文芸社セレクション

ミラクル年金の功罪

紋手　久里人

MONTE Kurihito

JN061771

文芸社

目次

ミラクル年金の功罪

第一章　ねんきん特別便

平成二十年八月上旬。埼玉県K市。前年、日本で一番暑い市となった。それまでの山形市が一九三三年に記録した四十・八度を、七十四年ぶりに更新し、四十・九度が観測された。

今年も、もしかしたら昨年の記録を上回るのではないか？　多くの市民が、期待と恐怖の入り混じった面持ちで、暑さに耐える日々が続いていた。

ある夜の八時、簡素な住宅街にある大川宅から、中肉中背の男が逃げるように立ち去っていくのを、近くを見回りしていた民生委員酒井文夫が発見した。

大川邸は、世帯主富蔵の商売が軌道に乗っていた頃に建てられた、門構えの立派な家であった。門から約十メートル入った玄関までは砂利が敷き詰められ、その上には飛石が置かれていた。

不審に思った酒井は、門をくぐり玄関までやって来た。引き戸が数センチ開いている。不気味な静けさの中に聞こえてくるのは、扇風機の回る音だけである。

「こんばんは、大川さん」

酒井は声をかけた。だが、返事は無い。

「もし、もーしっ、大川さん」

更に、大きな声で尋ねた。人の呼吸は全く感じられない。酒井は不吉な予感を感じ、家の中に上がった。そして、恐る恐る襖を開ける。

「ひぇー！」

酒井は、その場に立ちすくんでしまった。居間には、俯せに倒れている老人がいる。大川富蔵である。周りには、夥しい血が流れていた。

明らかに、死亡していると思われる。この年になるまで多くの仏を拝んできた民生委員酒井だが、殺害された遺体に出くわすのは初めてだった。

酒井は、やっとのことで自宅まで駆け戻り、K警察署に電話した。

二十分後、大川宅には数台のパトカーが到着した。

鑑識が、俯せ状態の死体を表に向けた。富蔵の右手に握られた包丁が、鳩尾に刺さっており、自らの体の重みで奥深くまで達していた。

担当刑事の赤堀警部補は、死体の周りの状況を注意深く観察している。

一見殺しのようにも思われるが、富蔵のすぐ横にはツルツルした広告紙があり、その上に梨の皮が剝かれてあった。富蔵がこの皮で滑って、運悪く持っていた刃物が、心臓まで届いた末の出来事だと思えなくもない。

鑑識が、丹念に指紋を採取していた。柱や家具などの室内だけでなく、家中のあらゆる場所に物証を求めている。

若手刑事の石井巡査が、富蔵が座っていたと思われる座布団を何気なく持ち上げた。

「こんな所に、こういうものがあります」

手にしたのは、今、旬の話題となっている、ねんきん特別便だった。

鑑識は、ねんきん特別便の通知文書からも指紋を採取した。

この日は、午後五時から六時にかけて、夏によくある夕立があった。そのため、玄関付近には訪ねて来た人間の足跡が、雨ではっきり残っていた。鑑識は、足跡も全て取った。

翌日、K警察署で鑑識から、昨日の調査結果が報告された。

被害者は、この家の主人である大川富蔵、七十三歳。

検出された全ての指紋を見ると、富蔵以外に四人のものが付着されていたことが判明した。

「それから」と、鑑識は続けた。

「大川富蔵が座っていたと思われる座布団の下から、ねんきん特別便の通知文が出てきました。奇妙な点は、その通知文にあった指紋には、大川富蔵の他に何者か一名のものだけが付着しており、家の中にあった郵便受けからも、富蔵と同じ何者かのものだけが検出された点です」

指紋以外の証拠物として、足跡についても公表された。

民生委員酒井の話によると、大川富蔵は午後八時には殺害されていた。司法解剖の結果、犯行時間は、午後六時から八時の間だと思われる。

その直前には夕立があった。そのため、訪問した人物の靴に雨が付着しており、足跡採取も比較的容易であった。

玄関ポーチ及びコンクリート土間には、犯人と思われる26cmの靴跡が確認された。これも特記すべきだが、同じ26cmでも、模様の違うものが二種類あった。また、そのうちの一つは、台所の勝手口からも見つかった。

大川富蔵の死体の状況、及び死体の傍らの広告紙の上に剝かれた梨の皮が有ったことを鑑み、事故死と殺人の両面から捜査を進めることとした。

鑑識発表後、刑事たちが近所の聞き込みに走った。その結果、次のような情報が得られた。

殺された大川富蔵は、つい最近まで内縁の妻、安木勝世三十九歳と同棲していた。富蔵より、三十四歳も年下である。

また、富蔵と離婚した最初の妻春江との間には、三人の子がいた。長女夏代、二女秋子、長男太一だ。離婚の際、いずれも春江と共に、大川宅から出て行った。

近所の人の話によると、富蔵死亡事件の数日前、今まで姿を見せなかった長男太一が突然、大川宅を訪れた。周りの家にも聞こえる程の大声で玄関先で怒鳴っていた。聞こえた話の内容は次のとおりだ。俺たちの母ちゃん、春江が二週間前に死んだ。六十一歳だった。アンタのせいでさんざん苦労し、惨めな人生を送り続けた末にだ。

俺たち三人にとって、春江が母ちゃんでもあり、父ちゃんでもあった。母ちゃんの無念を俺は絶対に忘れない！　二人の姉ちゃんも、俺と同じ思いだ！

富蔵は、黙ってじっと聞いていた。やがて太一を、どうにかなだめて家の中に入れた。それで、それ以降の話は分からなくなった。

太一が帰った後、今度は、勝世が富蔵をヒステリックに責める声が、家の中から聞こえ始めた。門から玄関までの距離が十メートルもあるので、話の内容まではよく聞き取れなかった。勝世は、かなり興奮している様子だった。

その翌日から、勝世の姿が見られなくなった。

K警察署では、先妻の三人の子供たちと内縁の妻勝世が、富蔵殺害に絡んでいる可能性が高いとみて、捜査を開始した。

長女夏代は、三十五歳。結婚してからも同じK市内に住み、夫と子供一人の三人で暮らしていた。二女秋子は三十一歳、長男太一は二十二歳。共に年老いた母春江と一緒に住んでいた。秋子と太一が働きに出るため、昼間は夏代が母の看病に来ていた。

夫富蔵と別れた後、三人の子供を育てあげた春江は、末っ子長男太一が高校を卒業するのとほぼ同じくして倒れた。長年の過労がたたり、床に伏す日々が続いた。

まさに骨と皮ばかりになった春江は、三人の子供たちに「すまないね。本当にすまないね」と、目に涙をためながら、それぱかりを繰り返していた。

そして、死ぬ間際、「昼は夏代、夜は秋子と太一、かわいい子供たちにずっと見守られてきた。私ほど、幸せな人間はいない」と言い、観音様の様に温かくにっこり笑った。それが、薄幸の女春江の臨終だった。

富蔵が死亡した夜、大川宅から逃げるように立ち去って行ったのは、二十代から四十代の中肉中背の男だった。この証言をもとに、赤堀警部補と石井巡査は太一を自宅に訪ねた。

運良く太一に会うことができた。二人の刑事は、一目見た体型に証言どおりの手ごたえを感じた。

「昨日、大川富蔵さんが亡くなられたのは、ご存じですか？」

「えーっ？　私は全然知りません」

太一は、度肝を抜かれた表情だ。いかにも初耳という様子だ。

「あなたは数日前、大川さん宅に行き、富蔵さんと会いましたね？」

刑事たちの追及が始まる。太一は赤面し、顔が強張る。

「ええっ、行きましたよ」

「あんたは、かなりいきり立っていて、玄関先で大声を出していましたね。近所の何人もが聞いています」

「……そうですか」

太一は、うなだれた。そして、続けた。

「あの時は確かにそうでしたが……」

「よほど富蔵さんを憎んでいるんだな」

刑事の語調は、自然と強まっていく。更に、厳しい口調になった。

「自分の父親なのに！」

その言葉に太一の態度が一転した。

「あんな者が、父親であるはずがない！」

そう言って、唇を噛み締めた。そして、頬が怒りで膨らんだ。太一は続ける。

「あの男のために、俺や姉ちゃんたちが、どれだけ苦しい思いをしてきたか！　死んだ母ちゃんが、どれだけ惨めであったか！」

太一の突然の豹変に、二人の警官は口をつぐんだ。

数秒の沈黙後、太一は幾分か落ち着いてきた。そして、言った。

「刑事さんたちは、どこまで知っているんですか⁉　俺たちがちっちゃい頃、母ちゃんはよく泣いていた。俺は、大人の母ちゃんが何故あんなに涙が出るのか、分からなかった。

ある時、長い間家を留守にしていたあの男が突然帰ってきた。そして、母ちゃんに『金はどこだ、早く出せって』と怒鳴り、ぶちやがった。姉ちゃんたちは、それを止めようとした。だが簡単に追い払われた。アイツは、今まで俺には家族の中で人一倍優しくしてくれた。でも母ちゃんや姉ちゃんがやられたのを見て、許せなかった。俺は『母ちゃんに何する！　姉ちゃんに何する！』と言いながら、夢中で飛びかかっていった。そしたらアイツ、一瞬驚いて目を丸くし、呆然とした。だが、遂にあの男が意を決した。『うるさい！』っと俺を投げ飛ばした。小さな俺は三メートル飛ばされ、わんわん泣いた。母ちゃんは、『お願いだからやめてくれ』って、泣きながら、タンスの中から、金をかき集めてアイツに渡した。姉ちゃんたちは、泣きじゃくっていた。小さいながらも、俺は男だった。アイツの後を追っかけて、外に飛び出した。そしたら、タクシーの中に綺麗な女の人が乗っていた。あの男は、車に入った。中で二人はニコニコした。タクシーが出て行った。俺は、あの光景を、絶対に忘れない」

太一は歯を食いしばって、一呼吸した。そして、語り続けた。

「子供の俺には、あの男と綺麗な女の関係、それがどういうことかちっとも分からなかった。大きくなってから、それが母ちゃんの涙の訳だということがよく分かった。母ちゃんはあの男に耐え切れず、やがて離婚した。すると、俺たちは、ご飯もろくに食べられない生活になってしまった。母ちゃんは、また泣き出した。俺たちは、母ちゃんの涙を二度見た。今度の涙は、俺たち子供には、本当に苦しかった。身体の弱い母ちゃんが、工場で男たちに交じって、一所懸命働いた。そして、うちに帰ってくると、倒れるように眠った。俺たち家族は、それで飢えをしのいできた」

二人の警察官は、黙ってじっと聞いていた。

でも、やはり刑事だ。

「オマエたちは、よほど父親を憎んでいたんだな」と、詰め寄る。

「当たり前じゃないですか！」と、太一は、拳を握りしめ、またも激怒した。

「あの男のせいで、俺の、いやっ、俺たちの母ちゃんは早死にしたんだぞ！　それを憎まない人間なんて、いるのかよお！」

太一は、収まらない。だが、刑事は動じない。

「オマエは、昨日の夜、何処にいた？」と、問い詰める。

「刑事さんたちは、俺を疑っているのか！　俺がいくら憎んでたって、自分の父親を殺す訳ないだろう！」と、太一は真っ赤になって否定する。

「とにかく、何処にいたんだね？」と、刑事は凄みのある顔で訊き返す。

太一は、声が出ない。顔が硬直し、青ざめている。

やっと、正常な意識を取り戻したようだ。太一は答える。

「秋子姉ちゃんと一緒に、夏代姉ちゃんの所へ行っていたんだ」

刑事は、太一を鋭い目で見つめてから、言った。

「きょうだいの証言なんて、信用できないことは知っているだろ？」

その言葉に、太一は即座に反撃する。

「知っている。でも、本当だ。嘘じゃないよ！」

太一には、真剣なまなざしが感じられる。

「誰か、他に証明してくれる人がいるか？」と、刑事は聞き方を変える。

「あっ、いるよ！」と、太一の顔は、思わずほころぶ。

「夏代姉ちゃんの旦那と子供がいたよ。ちゃんと証拠もありますよ。子供に、おもちゃを買って行ったから。あー、良かった」太一は、ほっとした顔になった。

「この場合、夏代さんの夫と子供も証人にはならないんだよ」

赤堀刑事は、事務的に言い放った。

太一は、言葉に詰まった。今にも、両目玉が飛び出しそうである。沈黙が続いた。

太一は、祈るように話し出した。

「本当なんですよ。信じてください！　俺と秋子姉ちゃんは、母ちゃんが死んでから、仕事以外は家にいっぱなしだったんだ。たまには夏代姉ちゃんの所でも出かけてくるかって、行ったんです。間違いはありませんよ。それをちゃんと証明してくれる人がいるのに、夏代姉ちゃんの夫と子供じゃダメだなんて言うなら、俺たちは一体どうなっちゃうんですか!?」

太一の態度に、作為は微塵も感じられない。

「それ以外に、オマエが昨晩の六時から八時まで、何処で何をしていたか、きちんと証言してくれる人間を見つければいいんだよ」

赤堀刑事は太一を、まるで容疑者かのような言い方をした。

太一はがっくりと肩を落とし、顔が白くなっていった。出口の全く見えないトンネルに、不意にほうりこまれたように。赤堀刑事は太一に言う。

「しっかりした証人をよく探しておくんだな。たぶん、そのうち、また来るから」

二人の刑事は帰っていった。


もう一人疑いのかかっている富蔵の内縁の妻、安木勝世の行方は、刑事たちの必死の捜査にもかかわらず、何の進展もみられなかった。

だが、数日後、思わぬ情報が赤堀警部補の耳に飛び込んできた。

三十九歳の女盛り勝世には、七十三歳の富蔵では満たされぬものがあったのか、十歳くらい年下の愛人らしき者がいたということが分かった。

最近の勝世は、外出する際は派手な装いをすることが多くなった。たまたま、近所のある者が、市外の行楽地で勝世と愛人らしき男性が一緒にいるところを目撃した。

二人は仲良くソフトクリームを食べており、勝世は普段見せたことの無い満面の笑みを、若い男に向けていた。女は顔を隠すように深く帽子をかぶり、サングラスをかけていたが、見たことのある服装と体型から、勝世に間違いは無いと言うのである。

そして、赤堀刑事が目撃者に確かめたところ、愛人らしき三十歳前後の男性は、中肉中背であった。大川富蔵が殺害された直後、大川宅から逃げるように出て行った犯人らしき人物と一致する。

富蔵死亡の数日前に太一が大川宅を訪問してから、勝世の富蔵に対する非難が激しくなったことを考え合わせると、勝世と愛人が富蔵殺害で繋がっている可能性も高いと考えられる。

K警察署では、長男太一の周辺捜査に関するグループ、内縁の妻勝世と愛人男性への捜査に関するグループ、及び他の可能性を捜索するグループの三つのグループに分かれ、捜査を推し進めていった。

大川富蔵死亡事件について、目新しい展開がみられない状況がしばらく続いた。

埼玉県警に秋の人事異動の時期がきた。K警察署では、赤堀警部補が他署に転出し、その後任に宇賀神剛警部補がやってきた。

宇賀神は、十年前の若かりし頃、K警察署に在籍したことがあった。県内各地を人事異動で回っていたが、どうもK市の暑さには思い出が深く、懐かしさと共に愛着さえも感じていた。

就任後の宇賀神警部補に、ペアを組むことになった石井巡査から、大川富蔵事件の経過が伝えられた。じっと耳を傾けて聞き入っていた宇賀神警部補は、一連の話を聞き終えると、石井巡査に訊ねた。

「今回の事件で、特別気に掛かることはあるかい？」

経過説明をした石井巡査は下を向いて、静かに考えていた。

「どんな小さなことでも良いから、気付いた点があったら、言って欲しい」と、宇賀神警部補は言った。

石井巡査は、答えた。

「そうですね」

宇賀神は目を輝かせる。

「奇妙なことがありました」

「何だね？」

「大川富蔵が座っていたと思われる座布団の下から、ねんきん特別便が出てきました」

「それで？」

「ねんきん特別便には、大川富蔵と謎の人物の指紋だけが付いていましたが、室内の郵便受けにも同じように、この二人だけの指紋が付いていました。謎の人物が、郵便受けの中を探したように思われます」

石井巡査は宇賀神に、ここ数ヶ月、心の中で気になっていたことを正直に伝えた。

「謎の人物が郵便受けの中を探した……」

宇賀神は好奇心に満ちた顔で、言葉を繰り返した。石井巡査は、続ける。

「ねんきん特別便は、今はやりの社会保険庁から送られてきたものです。あまり他人に見せるようなものではないと、思うのですが」

石井巡査の言葉に、宇賀神は絶句した。突然、電気ショックを受けたかのように押し黙ってしまった。

わずかの沈黙後、宇賀神は改めて確認する。

「そこに付いてあった指紋は、大川富蔵本人以外のものもあるのだね？」と。

石井巡査は、繰り返して答える。

「はい、そうです。ねんきん特別便と郵便受けに、大川富蔵と一人の第三者だけの指紋が付いていました。第三者が、郵便受けの中を探したように見えるのです。さっぱり訳が分かりません」石井巡査は、正に狐につままれた顔である。

宇賀神警部補は、両目を瞑って腕組みをしていた。普段温厚な姿からは、想像もできない形相である。激しいショックに襲われて、言葉を失ったように見えた。


数日間、宇賀神警部補の頭の中は、引っ掛かっていたことがある。それを、どうしても確かめられずにはいられなくなった。

ある日曜日の午前、石井巡査と共に太一宅を訪問した。

チャイムを鳴らした。出てきたのは、一緒に暮らしていた二女の秋子だった。

「休日でお休みのところ、すみませんね。日曜日なら、お会いできると思いまして」

宇賀神警部補は、丁寧に挨拶した。

「刑事さんも、日曜出勤でたいへんですね」

秋子は、顔を強張らせながらも、愛想を繕って答えた。

「ちょっと、お聞きしたいことがあるのですが」と、宇賀神刑事は言う。

その言葉に、秋子の緊張は更に高まる。そして、玄関ポーチから家の周りを見回した。刑事が自宅に出入りするのを、近所の人たちに気を使ったからだ。

「では、家の中に入ってください」

宇賀神と石井、二人の刑事は、秋子に続いて客間に上がった。

そこには、同居している太一の他に、長女夏代の姿もあった。

「きょうだい三人、仲が良いのだね」

石井刑事は、三人を見るなり皮肉っぽく言った。

その言葉に、太一は、数週間前の尋問を直観的に連想した。きょうだい三人で太一のアリバイづくりを策略したと、赤堀警部補と石井巡査に疑われたことである。

太一は、強い口調で石井巡査に言う。

「仲が良くて、何故悪い！　俺たちが、母ちゃんを亡くして、どういう思いでいるのか、あんたに分かるのか！」

その言葉に、二人の姉たちもキッとなった。

石井巡査は紅潮して、押し黙った。数秒の静寂が続いた。

宇賀神警部補は、申し訳なさそうな表情で切り出した。

「さぞかしお力を、お落としのことと思います。皆さんたちのお気持ちを察すると、心が痛みます」そう言って、深々と頭を下げた。

その態度に、三人のきょうだいたちは、幾分か表情が和んだ。宇賀神は続けた。

「亡くなられた富蔵さんは、七十三歳ですね。年齢的には、年金をもらっていると考えられますが」

それに対して、きょうだい三人は即座に反応した。

「父が、年金をもらっていたはずが、有る訳ないでしょ！」と、それまで黙っていた長女夏代が、口火を切った。夏代は続ける。

「そんな余裕なんか、有りませんよ！　年金を払うお金なんか有りませんよ！　確かに、父は若い頃は、羽振りが良かったから、年金は掛けていたと思いますよ。確定申告の時なんんか、国民年金を払ったお金も引けると言って、領収書を探していたのを、子供の頃に覚えていましたから」

一呼吸してから、夏代は続けた。

「あとで分かったのですが、あの頃、商売がうまくいっていましたから、お金に余裕が有りました。でも、父は、外に女性をつくっていたのです」

更に、二女の秋子は、付け足した。

「そのせいで、母は苦しんだのです。本当に苦労したのです。経済的にも、精神的にも。おまけに、父は母に暴力をふるうようになりました」

そう言いながら、秋子は、当時を思い出したのか涙ぐみ、声にならなくなってしまった。夏代が、それを引き取った。

「商売が傾いてからは、父は年金を払っていないはずです。税務署の取り立てが厳しくなり、国民年金の支払いまでは、手が回らなくなったのです。俺は、国が大嫌いだ！　と、よく言っていましたから。社保も税務署とグルなんだ。どっちも、国のやることじゃないか！　信用なんか、できやしない。土地と家を持っていかれちゃ困るから、税金は少しは払うが、年金なんかには、手が回らねえ。そんなことを、よく言ってましたよ」

そして、夏代は結論のように言った。

「もとはと言えば、自分で若い女にうつつを抜かしたのが悪いのに！」

今まで、姉たちの言うことを聞いていた太一も参加した。

「そうだよ。俺も国は好きじゃないが、アイツも国のやることは嫌いだった。大嫌いだったよ。年金をもらっていたはずが、有る訳ないだろ!?　掛けるのをやめたのだから」

宇賀神は、それ以上は聞かなかった。

石井巡査は、宇賀神警部補に導かれるままに、太一宅を後にした。

宇賀神警部補は、K警察署に出勤すると、大川富蔵死亡現場にあった『ねんきん特

別便　年金記録のお知らせ』を、改めて読んだ。

住所、氏名の右側には、こう書かれてあった。

《社会保険庁でわかっているあなたの年金記録は表のとおりです。「もれ」や「間違い」がないか、十分にお確かめください。ある場合も、ない場合も、必ずご回答をお願いします。

なお、表の記載では、厚生年金の標準報酬月額、国民年金の納付・未納の詳細などはお示しできていませんので、少しでもご心配のある方は、「ねんきん特別便専用ダイヤル」等にお問い合わせください。》

更に、その下にある（あなたの加入記録）を読み進めた。⑤資格を取得した年月日、⑥資格を失った年月日、そして、⑦加入月数、となっている。

これだけを見ると、「国民年金の納付・未納の詳細などはお示しできていません」にあるように、⑦の加入月数の中で、実際に納付した月数が何ヶ月で、未納であった月数が何ヶ月であったかは確認できないように思われる。それゆえ、納付した月数が判明できなければ、富蔵の子供たちが言っていた「父が、年金をもらっていたはずが有る訳ないでしょ！」と言うように、富蔵が年金受給資格を満たしていたかどうかまでは、読み取れないのでは？と思われる。

宇賀神は首を傾げながら、更にその下に書かれた⑧国民年金、の項目を読んだ。そこには、国民年金の納付済月数の欄があった。その欄には、数字で３００と記載されていた。３００月という意味だろう、と推測できる。

宇賀神は警察官であり、年金の専門家ではないが、国民年金は二十五年納めなければ受給資格が付かないことは知っている。

１２ヶ月×２５年＝３００月

このページの一番下には、《※このお知らせの見方については、リーフレットの２～３ページをご覧ください。》とある。そこで、該当する箇所を読んでみた。

国民年金の納付済月数が３００と電算で印字されているということは、社会保険庁の納付記録が３００月ということになる。

やはり、大川富蔵は年金の受給資格を満たしていた、と思われる。

宇賀神警部補は、目を瞑り、唇を嚙み締め、黙考していた。

十年前、やはりＫ警察署に勤務していた頃に担当し、迷宮入りになってしまった事件のことが、脳裏に鮮明に浮かび上がっていた。

信用金庫職員の町田高行殺人事件だ。今回の大川富蔵事件とは共通したものがある、と思った。二つの事件は、共に埼玉県K市で起きている。そして、共に年金が関わっている可能性が高い。

I ねんきん特別便　年金記録のお知らせ

郵便番号
(住所) K市……　　社会保険庁でわかっているあなた…
大川富蔵　様

①基礎年金番号　XXXX-YYYYYY
生年月日　昭和10年6月23日
作成年月日　平成20年　月　日

(あなたの加入記録)

② 番号	③ 加入制度	④ お勤め先の名称 ……	⑤ 資格を取得した年月日	⑥ 資格を失った年月日	⑦ 加入月数

⑧国民年金

納付済月数	全額免除月数	……	計
300			300

国民年金の加入月数の合計→

第二章　日本一暑い市

宇賀神警部補は、大川富蔵について調査するために、K市役所を訪れた。太一宅に行った時に、子供たちから言われたことが気になったからだ。富蔵は税金の滞納に追われ、国民年金の納付を途中でやめてしまった。お金の工面ができなくなったのだ。それ以降も納めていたとは考えられない。

それなのに、『ねんきん特別便　年金記録のお知らせ』には、納付月数が３００月となっていた。25年である。これは、受給資格を満たしていたことを意味する。

まずは、市民税課で所得状況を調べた。無収入で届出がしてあった。これでは、市県民税が課税される訳はない。

次に、資産税課に行ってみた。土地と家屋を所有していた。富蔵の住所は街中の簡素な住宅街であった。門構えの立派な門であるが、家屋は平屋の木造造りで古くなっており、建坪もそれほど広くはない。価値は高くはないと思われる。

土地は、市街化区域に約二百坪有る。K市は埼玉県北部の中心都市であるため、それなりの額が課税されていた。確かに、所得の少ない者にとって、固定資産税の納付は厳しいものとなる。

　あとは、国民健康保険に加入しているため、国民健康保険税がある。また、軽自動車を所有していたので軽自動車税もあり、これも市税となる。

　課税の次は納付状況を調べた。納税課の地区担当職員との交渉経過もあった。これを見る限り、太一の言ったとおり税の納付だけで手いっぱいである。とても国民年金の納付まで手が回りそうにない。宇賀神にはこれが現実であったように思えてきた。

　税関係の次は、国民年金担当部署にいった。K市では、保険年金課の国民年金係が担当していた。宇賀神も、テレビや新聞などから、国民年金の納付は社会保険事務所で行われていることは大方知っていた。だが、一応は行ってみた。案の定、国民年金係の窓口でこう告げられた。

「以前は市町村で納めていただいておりましたが、平成十四年四月一日から、納付は全て社会保険事務所に移行されました。納付記録につきましても、現在は社会保険事務所でなければ、お調べすることはできません」

　最後に市民課を訪れた。最近は個人情報保護の高まりにより、戸籍や住民票などを請求する際、請求者の成り済ましを防ぐための本人確認が、厳しく行われていた。また、経費節減を試みる市場化テストにより、窓口には正規職員の他に嘱託職員も数名いた。

警察手帳を見せられると、カウンターにいた嘱託職員は一気に緊張し、窓口担当の市民係長を呼んだ。

「一ノ瀬係長さん。お願いしまーす」

数メートル奥でパソコンに向かっていた一ノ瀬直登は、ただちに窓口にやってきた。宇賀神警部補は、もう一度一ノ瀬に警察手帳を提示した。それを何度も見慣れている市民係長は、宇賀神を課の中に入れた。

市民課の奥には小さな部屋がある。昼当番時に担当者が交代で食事を済ませたり、カウンターではできないプライバシーに関わる会話や、職務上秘密を要する場合等に使用するための場所である。この部屋で、宇賀神警部補は一ノ瀬係長と二人で対面した。

まずは、宇賀神警部補が、名刺を差し出した。

『埼玉県警察　K警察署　警部補　宇賀神剛』と、印刷されていた。

「うがじん　つよし　です。どうぞよろしくお願いいたします」

宇賀神警部補は深々とお辞儀をした。一ノ瀬係長も、それ以上に深く頭を下げた。

今度は、K市役所職員一ノ瀬が、名刺を渡した。

『K市　市民部　市民課　市民係長　一ノ瀬直登』と、あった。

「いちのせ　なおと　です。どうぞよろしくお願いいたします」

一ノ瀬係長は深々とお辞儀をし、宇賀神警部補も一ノ瀬が自分にしたように、相手がしてくれた以上に深く頭を下げた。

宇賀神は、一ノ瀬の名刺に見入っていた。地味な宇賀神のものに対し、一ノ瀬のものはカラフルな色彩が目立っていた。公園の中の赤、黄色の花や、新緑が鮮やかに映えている。

「私の手作りです。写真は、住んでいる近くの公園なんです」と、一ノ瀬は言った。

本題に入った。大川富蔵事件に関する市民課での調査である。宇賀神は、聞き込みで得た情報の事実を確認するために来課したと、一ノ瀬に伝えた。

大川には、別れた前妻春江との間に、三人の子がいる。長女夏代、二女秋子、長男太一であった。春江は、今年の六月中旬に死亡していた。その四十九日前の八月初旬、太一が大川宅を訪れ、その数日後に富蔵が死亡した事実が確認された。

富蔵は春江との離婚後、戸籍上、誰とも再婚はしていなかった。若くて商売が軌道に乗っていた頃、次々と女をかえていたようだが、戸籍上妻であったのは、生涯春江のただ一人だけだった。大川富蔵の出生から死亡までの本籍が全てK市にあるのだから、これは間違いない。

安木勝世とは、戸籍上の夫婦関係は無い。住民票上は、同居人となっている。これは、一緒に住んでいて、これから婚姻する場合や、離婚後、夫婦のどちらかが住民票を動かすまでの間、同居人としておく場合などである。

戸籍や住民票に関する事務的な調べは終わった。宇賀神は、厳しい表情が幾分か和らいだようである。肩の力が抜けて、自然と雑談的な口調になった。

「大川富蔵さん事件は、すでに新聞等でご存じだと思いますが、第一発見者は近くに住んでいた民生委員ということです。伺った話によりますと、K市さんでは昨年暑さ日本一になってから、民生委員による単身世帯見回りの事業が始まったということですね」

「さすがですね。刑事さんの情報力はすごい」と、一ノ瀬は驚きの表情を示した。

「いえ、いえ」と、宇賀神刑事は、苦笑いした。

一ノ瀬もやっと緊張の糸がほぐれてきた。打ち解けた顔で宇賀神警部補に言った。

「確かに、昨年K市は四十・九度を記録し、山形市の記録を七十四年ぶりに塗り替え、全国的に有名になりました。でも、本当に大変なのは、それからなんです。それまでは、ただ、何となく暑い市できましたが、日本一暑い市ということが公《おおやけ》に証明されたのですから。今までみたいに、暑い！暑い！と騒いでいるだけでは、笑われてしまいます。日本一暑い市なら、どういう対策をたてたのだ？と、当然、そういう反応は返ってくると思われます。全国から注目されてますので。ろくな対応ができなければ、何やっているんだ！と、K市は逆に、恥さらしで有名になってしまいます」

「なるほど、そういう苦労もあるのですね」と、宇賀神警部補は納得した様子で、大きくうなずいた。

一ノ瀬は、また、語り始めた。

「でも、実はK市では、日本一の暑さを記録する前から、対策を考えていたのですよ。というより、『暑いK市を』をキャッチフレーズに、町おこしを考えていたのです。公に記録されるまでにも、K市が暑い！ということは天気予報などで、けっこう知られていましたから。関東地方では前から有名だったと思いますが、旅行などで遠くに出かけた時に、『何処から来たの？』『埼玉県K市です』『ああ、あの暑い所』と、言われたことのある人もけっこう多いと聞いています」

「そうかもしれませんね」

宇賀神は、相槌を打ちながら、聞き入っている。一ノ瀬は続ける。

「それで、このチャンスを無駄にしない手はない。暑い！を、逆手にとるんだ！　そう考えたのです。最初は、開き直りみたいな感じですよね。暑いぞ！K市、暑くて何が悪い！　そういったことが、世間から受けだしたのです」

一ノ瀬は、宇賀神警部補と話し始めた頃とは、別人と思えるほど元気になっていた。

宇賀神は、うなずきながら、黙って聞いている。

「まず、町おこしの目玉として売り出したのが、『雪K』です。ところで、宇賀神さん。『雪K』って、ご存じですか?」

一ノ瀬は訊いた。

「雪K?　いやっ、申し訳ありませんが、分かりません」

宇賀神は、いかにも初耳だという顔をしている。一ノ瀬は答える。

「K市は、水がおいしい市でも有名なのです。K市には、二つの大きな川が流れています。北には流域面積日本一の利根川、南には埼玉県と東京都を横断している荒川。この二つの一級河川の恩恵を、たっぷり受けているのです。

聞いた話では、日本で一番おいしい水道水は群馬県のM市、二番目が埼玉県のK市なんだそうです。このおいしい水と暑いK市を結びつけたのが、雪Kというカキ氷なんです。私も何度か食べたことがあります。氷がふんわりしていて、正に雪のようなな感触。一般のカキ氷とは全然違うのです。雪Kの暖簾を掲げるには、認定されないとできないそうです。厳しい審査があるため合格した店だけが許可されているのです」

「そうなのですか？　自由に暖簾が掲げられる訳ではないのですね」

　宇賀神は感心して、一ノ瀬の話に聞き入っている。更に、一ノ瀬は続ける。

「それと、『あついぞ！K　Tシャツ』も、町おこしに一役をかっていますよ。『あつべえ』という、お日様が汗をかいているようなキャラクターをプリントしたTシャツなんです。これも、けっこう評判が良いらしいですよ」

「K市さんも、いろいろ考えているのですね」

　一ノ瀬の快い顔を見ると、宇賀神も話に入り込んでいく。

「いやいや、それだけじゃあないですよ」

　ここで、一ノ瀬は、一呼吸した。そして、続けた。

「そういった商売気のあるものの他にも、暑さナンバーワンのK市が、全国の見本となるようなアイディアを市職員から募集し、約四百件集まったと聞いています。お決まりの緑化運動や道路面の遮熱性舗装。あっ、それからK駅に冷却ミストの設置などもありましたね。あと自慢できるのは、日本で初めての取り組みとして、日本気象協会と提携し、熱中症予防情報発信事業という、子供や高齢者にも木目細やかな情報を送ってサポートしています」

「そうですか。いろいろやっているのですね」

宇賀神警部補にそう言われて、一ノ瀬係長も熱が入る。

「その一環なんですよ。先ほどの民生委員による単身世帯見回り事業は」

「はい、よく分かりました」

いったん、話に区切りがついたのか、二人の間には沈黙が流れた。

一ノ瀬がそれを破った。一段と打ち解けた顔で話し始めた。

「ところで、昨年の八月十六日は送り盆の日でした。私は、父親が亡くなっているので、母と一緒にお寺に行きました。二時ちょっと過ぎに、お墓にいました。後で聞いたところでは、その頃に四十・九度を記録したのだそうです。正に、現実の世界とは思えない暑さでした。夢の中に迷い込んだ気がしました。周りをみたら、どこも同じなんです。お墓が、熱湯から取り出したコンニャクのように、上下左右に揺れ、陽炎がユラユラと立ち昇っているのです。目の錯覚ではないのかと思いました」

「ほおっ、そうだったのですか」

宇賀神も、市民課に到着した時とは、別人と思えるくらいリラックスしていた。

一ノ瀬は、更に続けた。

「実は、その前日、暑さではライバルのG県T市の気温の方が高かったのです。T市に負けたと、がっかりしている市民もいたようです。次の日、K市で四十・九度を出した時は、『凄い！　凄い！　K市が日本一になった！　これで今まで暑さに耐えてきた甲斐があった。なんとなく暑いでは、ダメなんだ。実際に証明されなければ。これで証明されたんだ。よくぞ、やってくれた！』、そう言った声も聞かれました」

「よく分かりました。ご丁寧に、ありがとうございました」

宇賀神警部補は、そう返事した。一気に疲れが出たようにも見えた。

一ノ瀬は、はっとした。

「すみません。長々とおしゃべりしちゃいまして」

「いや、いや。そんなことはありませんよ」

宇賀神は、口ではそう言っていた。

「大丈夫ですか？」

一ノ瀬は、宇賀神の顔を見て、本気で心配した。

宇賀神は、それが気にかかったようだ。

「いくつかの課に寄って来ましたので、ちょっと疲れが……」と、答えた。

一ノ瀬は普段心に思っていたことが、この場でふと口から出た。

「刑事さんは、本当にたいへんですよね。私は、推理小説が好きなんです。ある推理作家が、『現場の警察官が日本を支えている。しかし、そういう警察官が定年までボロボロになって働いても、退職後はろくな再就職先はない。逆に、現場の苦労を知らないでトントン拍子に階段を上っていった人間には、退職後も恵まれた椅子が用意されている』、そう書かれてあるのを読んだことがあります。いろいろテレビや新聞を見ていて、私は本当にそう思います。現場の警察官が、日本を守ってくれているんです。それで、私たちは、安心して暮らしていけるのです」

一ノ瀬がそう言った瞬間、その小さな部屋に、血相を変えた若い女子職員が飛び込んできた。

「係長、窓口でお客さんが、お怒りです。直ぐに来ていただけますか?」

「よしっ、分かった」一ノ瀬は、勢いよく椅子から立ち上がった。

宇賀神も、直ぐにそうした。そして、お互いに目と目で握手した。

一之瀬直登は、女性職員と一緒に、かけるようにカウンターへ向かった。

宇賀神剛は、K市役所を退出した。

宇賀神警部補は、その日の仕事を終え我が家に着いた。

現在は一人暮らしである。妻とは離婚している。別に二人の間に愛情が無くなり別れた訳ではない。もちろん、どちらかの浮気が原因でもない。宇賀神は別れた妻を、今でも愛していた。結婚中でも夫婦愛が無く、戸籍上の付き合いだけの夫婦よりも、宇賀神は妻に対する愛情は深かったと思う。

だが、宇賀神は警察官という自分の職業に、それ以上の愛着を感じていた。

結婚後、宇賀神夫婦にはかわいい女の子が生まれた。子供の成長を中心に一家は過ごしてきた。宇賀神にとっては、日々の激務を終え、重い足をひきずって我が家にたどり着き、一粒種の愛娘を見たとたん、全ての疲れがすっ飛んでいった。

宇賀神は庶民の家に生まれた。妻は裕福な家庭で育った。経済感覚では不一致な面があった。宇賀神は現場第一主義で実直な人間だ。昇進試験の勉強をしている間があったら、一人でも多くの犯罪者を捕まえろ！　そういう決意で仕事に取り組んできた男だ。自然と昇格は遅れ、給料も同期で入った人間よりも低くなる。でも、そんなことには、本人は全く関知せずだ。

妻は、そんな夫とは、生きてきた環境が違う。身を粉にして働いている夫の給料の安さには驚いた。独身時代から続けてきたカタログショッピングでの買い物を減らすことは、容易ではない。気がついた時は、サラ金から多額の借金があり、ブラックリストにも載ってしまった。

宇賀神は、この事実に大いに悩んだ。警察官の妻がサラ金のブラックリストに名が出る。これがどういうことか。結局、宇賀神が出した結論はこうだった。自分の独身時代に貯めておいた僅かの隠し金と、一般銀行から宇賀神名義で借りた金を合わせ、妻の多額の借金を全て返済する。これで夫としての責任を果たしたことにして、妻とは別れた。

もう、二度と借金をしないでくれ！　妻の浪費癖は一生直らない。俺にとって、警察官は天職だ。このままでは、定年まで続けられるかどうか分からない。俺は、社会正義や弱者救済を心の拠り所として、これからも生きるのだ！

宇賀神は、風呂を浴びた。ぬるま湯にゆっくり浸かった。時々、仕事のことが頭から離れられないこともある。だが、極力忘れることにしている。頭を空っぽにして、長風呂に浸かっている時間が、日々の激務を癒してくれ、翌日への英気を養う貴重なひと時だ。

宇賀神のもう一つの喜びは、風呂上がりのビールだ。いや、正確に言えば、発泡酒だ。肩代わりのローン返済があるため、安い発泡酒を箱ごと買い、一日二本ずつ飲んでいる。深酒は翌日に響く年齢に差し掛かっている。ほろ酔い気分になってから寝ようとする。

だが、その前に、一日の時間の中で何事にも代えられない、まさに貴重なひとときがあった。宇賀神剛は携帯電話を取り出した。愛娘は、妻のどうしても譲れない要望で妻が連れて行った。娘と父親を結びつけている唯一の手段が、携帯電話でのメール交換だ。待ち受け画面はもちろんのこと、数々の写真といくつかの動画が携帯電話の中にインプットされていた。愛娘の写真を見ては頬をくずし、声を聞いて、父親は快い眠りについた。


平成二十年十月上旬。ある日曜日。

朝食後、宇賀神警部補に、休日の日課であり楽しみでもある時間が訪れた。一週間分の新聞にゆっくりと目を通すひとときだ。平日では、忙しさのあまり、十分に読みきれなかった箇所を丹念に読んでいく。時には記事を鋏で切り取り、保存しておくこともある。

前月九月からの、年金改ざん問題がまだ続いている。

厚生年金受給者が自分の年金額が、記録していた給料から試算したものに比べ、極度に低く計算された金額になっているというものだ。これについて、各テレビ局や新聞社が取り上げて、大きな社会問題となっている。

更に、この話題を加速させたものは、この金額査定が計算間違いなどで偶発に発生したものではなく、社会保険庁という組織ぐるみの点だったことにある。

受給する厚生年金が本来の金額よりも低くなった理由としては、標準報酬月額が不自然に引き下げられている場合や、加入期間も不自然に短縮されていることが原因とされている。

厚生年金額は、平均標準報酬月額と被保険者期間月数の積に、妻や子の加給年金額（扶養手当に類するもの）を加算したものである。

初めは社会保険庁職員という表現もあり、これでは上層部ではない一般職員が犯罪の主体と思われた。しかし調査が進むに連れて、『社会保険事務所長が率先して、事務所の成績を上げるため徴収担当者に指示していた』という証言が多数聞かされた。

これにより、社会保険庁が組織ぐるみで改ざんに関与している疑惑が浮上した。その理由として、都道府県ごとに徴収率が競われ、更に同一都道府県内では、各区域の社会保険事務所同士での順位が競争させられた。

高順位の序列により、所長の天下り先が決まっていく。その繰り返し。これが現実なら、末端職員がそうしていたことも十分うなずける。

宇賀神は、この年金改ざん事件の記事を、関心があり、ストックしていた。

平成二十年九月十日　Y新聞
(見出し)厚生年金記録改ざん
　社保庁ぐるみ疑惑も　政府、被害回復に責任
要約◇表面化した改ざんは「氷山の一角」との指摘もある
　◇被害は相当数に上る可能性もあり、政府はその回復に全力を挙げるべきだ
(記事抜粋)政府は新たな対策で、厚生年金の全受給者に対して、標準報酬月額の記録を通知することを打ち出した。受給者本人が内容を確認し、同じ会社で働き続けていたのに不自然に報酬が下がっている時期などが見つかれば、改ざんされた可能性が高いことになる。これまで受給者に送られていた「ねんきん特別便」には標準報酬月額が載っていなかったが、今回の新たな通知で、受給者が自分で改ざんを発見できる可能性が高まる。

平成二十年九月十九日　Y新聞
(見出し)年金6万9000件改ざん

厚労相「社保庁　組織的に関与」

（記事抜粋）M厚生労働相は18日、参院厚生労働委員会の閉会中審査で、社会保険庁が管理する厚生年金記録の中に、加入者の月収の記録である「標準報酬月額」を実際より引き下げる手口で改ざんされた疑いのある記録が6万9000件あることを明らかにした。改ざんには他の手口もあることなどから、社保庁幹部は「今回の調査方法には限界がある。実際の改ざん件数は、この数倍にのぼる可能性がある」と認めている。

また、厚労相は答弁で「（社保庁の）組織的な関与はあったと推量する。極めてクロに近い」と述べた。

溜めておいた新聞記事に目を通しながら、宇賀神はふと思った。

（今まで読んでいた改ざん問題と大川富蔵事件は違う。決定的に違うのだ。これまでのものは、本人の年金額が減少していた。自分の受取額が予想していたものより少なく、これに不審を抱いたのが発端だ。しかし、大川富蔵事件に関しては、全く逆のケースにあたる。富蔵の子供たちの言ったことが、耳に突き刺さる。『年金をもらっていたはずが、有る訳ないだろ!?　掛けるのをやめたのだから』これは、一体全体どういうことなんだ？）
　富蔵の座っていたと思われる座布団の下から出てきた『ねんきん特別便　年金記録のお知らせ』。宇賀神は、これを読んだ。
（富蔵は、会社勤めをしたとは聞いていない。ずっと国民年金のはずだ。お知らせ通知の⑧国民年金の欄、納付済月数は３００と印字されていた。ということは、社会保険庁のホストコンピューターの納付記録が３００月ということになる。３００月とは、25年だ。それなら、国民年金の受給資格を満たすはずだ。子供たちの言うこととは、全く相反する。こんな改ざん問題が存在するだろうか？）
　宇賀神は、ねんきん特別便が送付された頃の新聞を探した。有った！
平成二十年三月二十八日　A新聞
（見出し）年金特別便　誤記２万通
　　　他人の加入歴、空白も
（記事抜粋）社会保険庁は二十七日、５千万件の「宙に浮いた年金記録」の持ち主である可能性が高い１０３０万人に郵送した「ねんきん特別便」のうち、他人の加入記録が印刷されていたり、記録欄が空白だったりしたものが約２万通あったと発表した。

社保庁がデータの印刷を業者に発注した際に、作業上の注意点を伝えるのを怠り、大量のミスが発生した。

特別便を受け取った年金受給者から今月下旬に「内容がおかしいのではないか」との指摘を受け、社保庁は初めて誤りに気づいたという。対象者には二十八日におわびの文書と正しい特別便を再送するが、政府が約束した「3月末までに本人に通知」というスケジュールに間に合わないものも出てきそうだ。

その結果、９９０９通の特別便には本人と他人の加入記録が同時に印刷されたほか、９９１３通には加入記録が印刷されなかった。

ミスがあったのは計1万９８２７通。

また、こんな記事もあった。

平成二十年四月一日　Y新聞

（見出し）不明年金記録　名寄せ期限

「解決」21％のみ

（記事抜粋）５０００万件の該当者不明の年金記録は、政府・与党が約束した名寄せ期限の31日を迎えた。名寄せの結果、持ち主が特定されるなど「解決済みに記録」は全体の約21％の1065万件にとどまり、特定困難な「未解決の記録」は、最大で約56％の2858万件に上った。ねんきん特別便の対象である「解決の可能性が高い記録」は1172万件だった。

記録問題の「切り札」とされた特別便も、発送数が増えるほど、その効果が疑問視されている。

宇賀神は、新聞記事を丹念に読み終えた。そして、こう思った。

（年金は難し過ぎる。政府が先頭に立ち、旗を振りながら進めてきた。国民との約束があるため、専門家を集め、相当な意気込みで作業をしてきたはずだ。それでも、これだけのミスがある。一般シロウトには、分からないことばかりだろう）

またもや、大川富蔵の子供たちの言葉を思い出す。『年金をもらっていたはずが、有る訳ないだろ!?　掛けるのをやめたのだから』

（しかし、ねんきん特別便の⑧国民年金の欄、納付済月数は300と印字されていた。今読んだ新聞記事、『年金特別便　誤記2万通　他人の加入歴』にあるように、大川富蔵の年金記録には他人の加入歴が印字されていただけなのだろうか？）

第三章　年金相談会

大川富蔵事件については、息子太一に捜査が進められていた。

事件当日、民生委員が見たという中肉中背の男性について、太一が当てはまるからである。

更に、太一は事件の数日前、父富蔵とトラブルを起こしていた。それが、近所の複数の者から目撃されている。動機についても、実の母が富蔵から受けた屈辱を考え合わせると、納得できるものである。

また、物的証拠として、太一宅の玄関に置いてあった靴の大きさが、犯行現場から確認できた26㎝と一致した。更に、大川宅の家の中から採取された数人の指紋の中に、太一のものが含まれていた。

しかし、どれも決定的証拠というには無理がある。靴の大きさについては、26㎝で一致はしたが、現場にあった靴裏の模様とは不一致である。

更に、指紋については、太一が数日前に大川宅を訪れた際に付着したものとも思われ、事件当日のものとは限らない。指紋を詳しく調べたが、ねんきん特別便と郵便受けに付いていたものと、太一のものとは一致しなかった。

殺害動機については、十分である。アリバイについては、すべてが肉親のものであるため、成立するとは限らない。また、物的証拠は、あるにはあるが、決定的なものとは言えない。それゆえ、太一を拘束できない状態が続いていた。


宇賀神は、大川富蔵事件について、ある一つのことが頭から離れない日が続いている。どうしても気になって仕方がない。富蔵が座っていたと思われる座布団の下にあった、ねんきん特別便のことである。

宇賀神警部補はK社会保険事務所を訪れた。

(年金は難しい。誰に聞いても、皆そう言う。説明を聞いても、よくは、分からない。でも、大川富蔵事件は、どこかで年金が絡んでいるはずだ。俺の直感が正しければ)

と、思いながら。

宇賀神は恐る恐る、社会保険事務所の中に入った。一階は、順番を待っている一般市民でいっぱいである。番号札を持って椅子に腰掛けている。どの顔も、待ちくたびれた様子だ。時計を見ながら、いらいらしている人も多い。

受付で、小声で、警察官であることを告げた。すると、二階の事務室へ案内された。

周りを見渡した。あっ、知っている顔がある。それだけで、緊張感がかなり和らいだ。宇賀神が何か言おうとして立っていたのを、相手も気付いた。目が合い、男性がカウンターに近づいてきた。宇賀神が、先に声をかけた。

「やあ、お久しぶりですね。知っている方がいて本当に助かりました。年金は難しくって、私なんかにはちっとも分からないですよ」

相手の男性も、ニコニコしながら答えた。

「いや、いや。私も仕事をしているから、少しは分かりますが、一般の方には、確かに難しいですよね。まあ、どうぞ中へお入りください」

宇賀神警部補は、部屋の奥の方へ案内された。

二人は、椅子に腰かけた。宇賀神は名刺を出した。

「改めまして、宇賀神です。また、十年ぶりにK市に戻ってきました。よろしくお願いします」

社会保険事務所職員も名刺を出した。

『K社会保険事務所　業務第一課　係長　渡部勝』と、あった。

「渡部です。実は、私も昨年、こちらに戻ってきました。お互いに、十年ぶりにK市に戻ってきたなんて、何かの巡り合わせですね」と、渡部は笑顔で言った。

「本当にそうですよね。奇遇です」と、宇賀神は、ニコニコしながら答えた。

しかし、ひと通りの挨拶が終わると、仕事の顔になっていった。

宇賀神警部補は言う。

「ところで、K市で今年八月に起きた大川富蔵事件をご存じですか？」

「はい、もちろん知っています。確か、発見したのは、巡回していた民生委員だったと思いますが」と、渡部は答えた。

「はい、そのとおりです。新聞にも載りましたから」と、宇賀神警部補は言ったが、言葉に詰まった。大川富蔵事件と、ねんきん特別便との関係は、まだ公表されていないはずである。どう切り出したら良いか、考えていた。

「解決が近いのですか？」と、渡部は尋ねた。

宇賀神は焦った。

「いや、いや、まだ誰にも言える状態ではないです」

宇賀神は、間をおいてから言った。

「実はですね。社会保険事務所さんから、こういうものが届きましてね」

そう言いながら、鞄の中から、自分のねんきん特別便を取り出した。

「このねんきん特別便は一般市民には、ちょっと難しいですね」

「うんと難しいと言う人も、いっぱいいますが」と、渡部はあっけらかんと言った。

　宇賀神は、笑う気にもなれず、尋ねた。

「ここですけど。『⑧の国民年金』のところで、一番左に納付済月数というのがありますが、これはどういう意味なんでしょうか?」

「字のとおり、納付が済んだ月数です。納付済月数とは、実際に現金納付した月数です」と、渡部は答えた。

「分かりました。いずれにしろ、納付済月数だけで300月なら、25年納付したことになりますから、年金はもらえますすよね」と、宇賀神は、しつこいくらいに確認した。

「納付済月数が300月なら、当然、受給権は発生します」と、渡部は自信を持って答えた。

　宇賀神の頭の中に、大川富蔵の子供たちの言ったことが浮かんだ。

『年金をもらっていたはずが、有る訳ないだろ!?　掛けるのをやめたのだから』

　それを思うと、宇賀神は、どうしても渡部に聞かずにはいられなかった。

「万が一ですね、本当に万に一つでも、ここに印字されたものが誤っているという可能性はありますか?」と、鄭重に言った。

　渡部は即答した。

「ええっ、それは絶対にありません！　そんなことがあったら、年金制度が崩壊してしまいますよ。誰か、そういう人がいたのですか？　もし、いたら直ぐに知らせてください。大問題になりますよ！」

社会保険事務所職員、渡部は興奮してしまった。そして、更に続ける。

「宇賀神さん、お願いです。もし、そういう可能性がある人がいたら、直ぐにこちらに連絡してください。本当なら、大変な騒ぎになりますよ！」

宇賀神は、下を向いて黙ってしまった。

渡部は興奮が落ち着いてから、もう一度言った。

「心当たりの人がいるなら、直ぐ調べますよ。お願いですから、教えてください」

宇賀神は考えた。（これを話したら、外部に捜査状況が分かってしまう。でも、これがはっきりしなければ、大川富蔵事件は解決しないかもしれない）

宇賀神警部補は、意を決して渡部に言う。

「実はですね、亡くなられた大川富蔵さんの納付月数について、教えていただきたいのです」

「えっ、大川富蔵さんですか……」

渡部の顔色が変わった。急に押し黙った。先ほどの元気は無くなった。

「無理ですか？」宇賀神は、静かに念を押した。

「分かりました。調べてみます。正式な名前と生年月日を教えてください」

宇賀神は、手帳を見ながら伝えた。

「分かりました。調べてきます。少し待っていてください」

渡部は、立ち去った。

宇賀神はじっと一人で待っていた。周りを見渡した。一階の部屋ほどは、市民でごった返してはいない。しかし、電話での問い合わせがひっきりなしに掛かってきている。国民の年金に対する関心や期待は大きく、切実な問題だ。宇賀神はそう思っていた。

十分くらいして、渡部は戻った。そして、宇賀神に伝えた。

「お待たせしました。調べた結果、大川富蔵さんは、ねんきん特別便のとおり納付済月数は３００月でした。25年納付したことになります。受給資格は付いています」

「やはり、そうでしたか」と、宇賀神は釈然としない顔で答えた。

「それに」と、渡部は言った。一呼吸おいてから続けた。

「大川富蔵さんは、既に年金をもらっていますよ」

「ええっ、そうですか!?　年金をもらっているのですか？」と、宇賀神警部補は目を大きくして、聞き返した。

「はい、受給しております。ちゃんと、振り込まれていました」と、渡部は念を押すように言った。

「そうですか」と、宇賀神は、首を落とした。

逆に、渡部は余裕の顔になった。

「まあ、こちらとしましては、ねんきん特別便に書かれてあったことが証明されましたから、一安心できましたが」

「分かりました。どうもありがとうございました」

宇賀神は引きつった顔で、渡部に礼を言い、K社会保険事務所を出た。

帰る途中、宇賀神警部補の頭の中は、大川富蔵の子供たちが言った言葉が何度も繰り返された。

（だめだ！　こんなことをしていたら、交通事故を起こしてしまう）そう心に言い聞かせて、気を引き締めた。

K警察署に戻ると、宇賀神警部補は、さっそく相棒の石井巡査のところへ行った。

K社会保険事務所で調べてきた結果を伝えた。

「これでは大川富蔵の子供たちの言ってたこと、『年金をもらっていたはずが、有る訳ないだろ!? 掛けるのをやめたのだから』は、一体どうなってしまうのだろう?」と。

宇賀神はどうしても納得ができない。話を聞いた石井も、首を傾けながら答えた。

「確かに、社保で調べてくれたことと、子供たちの言ったこととは矛盾しますね」

少しの間、神妙な顔で考えていた。でも根がひょうきんな石井巡査はこう言った。

「宇賀神警部補は、騙されたのですよ」

「えっ」と、宇賀神は驚きの声をあげる。

石井は続けた。

「警部補は、大川富蔵の子供たちに騙されたのですよ。あの子供たちは、実の親を殺したかもしれない人間たちなのですよ。嘘をつくことなんか、平気でしますよ」

「そうには、みえないけどなあ」と、宇賀神は首を傾げる。

石井は、更に繰り返して言う。

「警部補は、人が良すぎるのですよ。大川富蔵の子供たちは、何かを企み、計算して言ったのじゃないですか」

宇賀神も、自分の考えを変えずに答えた。

「いや、俺にはそうは思えない。あの時言った子供たちの言葉が嘘だとは、俺にはどうしても思えない」

石井巡査も、それ以上言うのをやめた。


宇賀神は、一人暮らしの我が家に着いた。

（刑事の仕事はきつい。でも、好きで選んだ道だ。俺にとっては天職だ。ここでへこたれたら、別れた妻にバカにされる。いや、かわいい娘に対して恥ずかしい。わたしのパパは立派な刑事です。娘が胸を張ってそう言える人間になるんだ！）

風呂に入った。一日の疲れをとるため、のんびりとゆっくり浸かった。

次の楽しみは、風呂上がりの発泡酒だ。一本目は、あっという間に飲み干した。そして、もうすぐ二本目が飲み終わる。あとは、布団に入って寝るだけ。

その前に、一日の至福のひとときがある。

父宇賀神剛は携帯電話を取り出した。自分と、我が娘を繋ぐ唯一の通信手段だ。待ち受け画面になっている娘の写真を見ながら、ほろ酔い気分になって、携帯を開いた。メールが届いていた。娘からだ。肉声付きのメールだった。

「パパ、お仕事がんばってね！」

宇賀神は、今日の疲れが一気に氷解し、夢の世界で我が子と再会した。

膠着していた大川富蔵事件が、急展開を迎えることになった。

事件を通報した民生委員、酒井文夫はある晩、友人の佐藤と一緒に大川宅付近を歩いていた。あの時とほぼ同じ場所で、月の明るさもほぼ同じ夜だった。佐藤と話していた酒井は、向こう側から歩いてくる中肉中背の男性に、神経が緊張した。

(似ている！　あの時の大川富蔵さん事件の夜、逃げるように立ち去った男に！　あの背格好、あの特徴ある歩き方！)

だんだんと、こちらに近づいてくる。酒井は、益々緊張が高まっていく。

二人の距離は三メートルを切った。

(何か言おうか？　何をだ？)と、酒井は焦る。

その瞬間、対面の男性は、酒井の隣を歩いていた佐藤に声をかけた。

「こんばんは」営業用のスマイルで、ニコニコしながら挨拶した。

「あっ、村岡さんですか」と、佐藤は答えた。

「はい、村岡です。いつもお世話になっております」

どうやら、佐藤とは知り合いのようだ。

「こんな夜遅くまで、仕事なのですか？」と、佐藤は尋ねる。

「はい、そうなんですよ」

「お仕事、がんばってくださいね」

「どうも、ありがとうございます」

村岡は佐藤に、続けて酒井に、ぴょこんと頭を下げて、通り過ぎて行った。

しゃべっても聞こえないくらいの距離になってから、酒井は佐藤に訊いた。

「今の方、知り合いなんですか？」

「ええ、農協に勤めている村岡さんですよ」と、佐藤は答えた。

「農協の職員なんですか……」と、酒井は口ごもる。

佐藤は、話を続ける。

「今は農協もたいへんなんですよ。渉外係になると、こんなに遅くまで働くのです」

「今の人は、渉外係の人なんですか？」

酒井は、自然なかたちで情報を聞き出したい。

「こんな夜遅くまで、いや、もっと遅くても頼まれれば、直ぐ来てくれますよ」と、佐藤は言う。

「そういう方なんですか……」と、酒井は続ける。

「農協保険もやっていますよ。紹介しましょうか？」

「いやいや、この年では保険なんか入れませんよ」

「そんなことはないですよ。今は六十過ぎても入れるものも有りますよ」

「えっ、そうなんですか」

「もし、農協の保険に入るなら、村岡さんを紹介しますよ。本当に親切な方です」と、佐藤は自信を持って言った。

「その際は、宜しくお願い致します」と、酒井は笑いながら答えた。


佐藤と別れてから、酒井は、村岡のことで頭の中がいっぱいになった。目を瞑って、大川事件のあった夜のことを、必死で思い出そうと試みた。

(似ている！　あの背格好といい、あの歩き方といい、あの時のあの男にほぼ間違いは無い……。でも、もし間違えたらどうする？　俺は、何の罪も無い人間を苦しめることになる。その人間の一生に汚点を残すことになってしまう。それで良いのか？)

熟慮の末、酒井文夫は翌日、K警察署を訪れた。

民生委員酒井を一目見て、宇賀神警部補は新たな進展を直感した。

酒井を奥の部屋に案内した。酒井は、昨夜の出来事を宇賀神警部補にゆっくりと伝えた。

あの大川富蔵事件の夜、民生委員酒井が目撃した男が、農協職員村岡治郎であるかもしれない。そう言った瞬間、いつも温厚な宇賀神警部補の顔が、酒井が驚きで目をぱちぱちさせるほど、変わった。

宇賀神の頭の中には、十年前のK市で起きた信用金庫職員町田高行殺人事件のことが、燦然と脳裏に蘇った。絶対に忘れることのできない事件である。宇賀神にとって、K市の思い出と言えば、夏の酷暑と町田高行殺人事件のことだ、と言ってもいいくらいなのだ。容疑者を追い詰めながらも、決定的な証拠が挙がらず、結局逮捕には至らなかった歯がゆい口惜しさがある。


その信用金庫職員町田高行殺人事件の概要とはこうだ。

時代背景は、長寿社会の到来と、世間で騒がれ始めた頃のことである。給与の口座振込獲得競争も一段落し、長寿社会の時代では、年金の振込先としての口座獲得競争が、一段とエスカレートし始めていた。

田舎では、大手金融機関よりも、地元での密着性が高い信用金庫と農協が、国民年金の振込先として、しのぎを削っていた。

年金は、制度そのものが難しい。税金は帳簿をつけたり、領収書を取っておけば、簡単な確定申告ならできる人は多い。しかし、年金の請求になると、大部分の人間はお手上げとなってしまう。

難解な原因の一つとして、年金は期間が長い。二十歳で加入し、請求するのは六十歳から六十五歳までがほとんどだ。長期間の納付状況の他に、配偶者の年金加入制度及び婚姻期間等も必要な場合がある。

また、生年月日による経過措置も多く、個々の詳しい状況まで調べてからでなければ、正確に答えられない部分が多い。

更に、年金請求に添付する書類についても、素人には分かりづらい。

そのため年金の振込先に自分の所へ口座を指定して欲しく、年金相談会とセットで行っている金融機関もある。今は大手銀行でも行っているが、十年以上前は、田舎では地道に足を運んでくれる地元の信用金庫と農協が、強力なライバルとなっていた。

そんな状況下の中で、信用金庫職員町田高行が死体となって発見された。町田には、ライバルとして農協職員村岡治郎がいた。

二人とも、お客さんにはとても親切で、人柄からも好かれ、また、二人は成績でも、各々の金融機関で上位を争っていた。同じ家を町田と村岡がダブって訪問したり、また、二人がすれ違う時に、お互いに激しい火花を散らした顔になっているのを、多くの村人たちが目撃していた。

更に、決定的な証言が得られた。町田の死体が発見された前日夕方の薄暗い頃、正体不明の第三者と、公園内で言い争っているのが目撃されたのだ。

証言者の話——町田さんはすぐ分かりました。一緒にいた男性の方は、辺りがうす暗くなっており、見た角度からも、顔はよく分かりませんでした。

二人は、何か言いながら、木立の中に入って行きました。私は、二人が入っていた木立から、数メートル離れた道を散歩していました。

そしたら、普段あんなに温厚そうな町田さんが大声で、怒鳴っているのが聞こえました。私は、本当にびっくりしました。

相手の男性の声は、言い訳めいているようでもあり、言葉を濁しているようでもあり、木々の間からの声であったので、はっきり聞き取れませんでした。

ただ、町田さんの声で、「年金の振込先……」とか、「私は協力してきた……」とか言ったのだけは、覚えています。

その翌日ですからね。町田さんの死体が公園で発見されたのは。あの言い争っていた時、私が警察に連絡していたら、町田さんは死なずにすんだかもしれません。そう思うと、心が痛みます。町田さんは、本当に良い人でしたから。

十年前にK市で発生した信用金庫職員町田高行殺害事件では、若き宇賀神剛は、容疑者として農協職員村岡治郎を追い詰めていた。

村岡にはアリバイがあった。だが、そのアリバイを証明してくれるはずの人間、真坂が所在不明の状態が続いていた。

真坂は、いきあたりばったりの日雇い労働者だ。いつ帰ってくるか、今どこにいるのか、全く分からない。携帯電話も所有していなかった。

アリバイの成立は難しいと思われた。宇賀神は、逮捕寸前のところまで来た、という手ごたえを感じた。

だが、突然、真坂がどこからともなく帰ってきた。真坂は、一人暮らしの男だった。町田の死亡推定時刻の幅がある数時間、村岡は真坂の自宅で、二人で酒を飲んでいたと言う。多方面からの真坂の供述と村岡の供述と一致する。

警察は調べた。二人が会っていたという目撃情報もないが、否定も難しい。二人が、口裏を合わせて証言をしていることは、極めて考えにくい。

また、村岡と真坂の関係は肉親でもなく、アリバイを証明できる間柄であった。更に、二人が主張しているように、真坂の家にあったコンビニ袋や家具から、村岡の指紋が数か所検出された。アリバイは成立した。

しかし、奇妙なことが、また、起きた。村岡のアリバイを証明した真坂が、数日後、突然、交通事故死した。真坂は歩いていたところを轢かれた。K警察署は、車の運転手と村岡との関係を必死で捜査した。威信をかけて調べたが、二人の関係は遂に見つからなかった。

結局、宇賀神は、決定的な決め手に欠け、村岡逮捕に至らなかった。

宇賀神警部補は、眼の前にいる民生委員酒井を、しっかりと見た。あの大川富蔵事件の夜、酒井が目撃した男が、農協職員村岡治郎であるかもしれない。と言った。

宇賀神は、またも、村岡治郎を追う立場になったのだ。

酒井は、繰り返して言った。

「確かに、大川富蔵さんの事件があった夜、逃げ去るように去って行った人影に、村岡さんという人は、よく似ていることは似ています」

今度は、酒井は付け足して言った。

「でも、村岡さんは親切な良い人だ、とも聞いています」

宇賀神は、それを聞いて、またも、昔が蘇った。十年前と同じである。村岡を犯人だと信じ、追っていた時にも、多くの者から『村岡さんは良い人なんですよ。そんなことをするはずがありません』、そう言われたことを思い出す。

宇賀神は、民生委員酒井に丁寧にお礼を言った。

「貴重な情報をいただき、ありがとうございました。どんな小さなことでも、かまいません。何かありましたら、また、ご連絡を、お願いいたします」

酒井は帰っていった。


宇賀神は、一人になって改めて思った。今、事態は急展開した。よりによって、今度の事件でも、容疑者として、農協職員の村岡治郎が浮かび上がった。

町田高行事件では、村岡には動機があった。年金に関わる動機が……。

今回の大川富蔵事件では、動機は一体何なんだ？

年金に関係はあるのか？　社保から聞いた話では、大川富蔵は既に年金を受給しているという。それなら、農協職員には関わりは無いはずだが……。

とにかく、村岡治郎に会ってみよう。

翌日午前、宇賀神警部補は、石井巡査と共にK農協を訪れた。

既に渉外係の村岡治郎は外出していた。昼頃、戻るということで、その頃、もう一度行った。今度は、会うことができた。

宇賀神は、村岡を人気のない場所に呼び出し、訊ねた。

「ちょっと、思わぬことを耳にしましたので、お聞きします。今年の八月上旬、大川富蔵さんという男性がK市の自宅で亡くなられていたという事件がありましたが、ご存じですよね？」

この質問に、村岡の顔はさっと青ざめた。

「はい、知っています」と、村岡は答え、ぶるぶる震え出した。

宇賀神警部補は、手応えを感じて、更に訊いた。

「正確には八月五日ですが、夕方六時から八時まで、村岡さんは何処にいたのか、教えていただけますか？」

村岡の顔は、恐怖のため凍りついたようにも見えた。

やっと正常な意識を取り戻した様子になって、答えた。

「はい。その日、大川富蔵さんが亡くなられた日、夜八時に私は、大川さんの家に行きました」

「なんだって！」

二人の刑事は、思わず、大きな声を出してしまった。

遠く離れていた農協職員も、一斉に三人の方へ目をやった。

村岡の顔から、血の気は全く無くなっていた。

「ただ……、ただ……」村岡の震えが一段と激しくなった。

「ただ、なんなんだ！　なんなんだよ」若い石井巡査は熱くなった。

極度の緊張のため声が出なくなっていた村岡が、やっと口を開くことができた。

「すみません！　今まで黙っていて！」と、村岡は申し訳なさそうに答える。

「オマエがやったのか！」と、石井巡査は、思わず村岡の胸倉をつかんだ。

遠くから見ていた農協職員たちにも、緊張が走った。

「私は、私は、やっていません。殺してなんかいません！」

村岡も、興奮のあまり大きな声になった。

「私が行った時には」村岡は、息が切れて一呼吸した。「死んでいたんです！」

その言葉に、石井巡査は村岡から手を離した。村岡は、床に倒れ込んだ。

「すみません。すみません。今まで、黙っていて。でも、私は、絶対に殺してなんかいません！　本当です。信じてください！」

村岡は、興奮のあまり二人の刑事に土下座をして、必死で懇願した。

それを見ていた農協職員の数は、膨れ上がった。

沈黙が続く。宇賀神警部補が、それを破った。

「とにかく、署まで一緒に来てください」

村岡は、やっとの思いで、立ち上がることができた。


三人でK警察署に向かう車の中で、宇賀神警部補は、またも十年前の町田高行殺害事件を思い出していた。

被害者町田高行には、かわいい妹がいた。彼女が泣きじゃくりながら言っていた光景を、今でも鮮やかに覚えている。

『兄は、年金について一所懸命勉強していました。年金関係の本を自費で買ってきては、家でよく読んでいました。夜遅くや休日までも勉強していました。兄は、上司からも市民からも重宝がられていたのです。その兄がなぜ？　なぜ殺されなければならないのですか！　刑事さん、お願いです。絶対犯人を捕まえてください！』

ああっ、あの時、俺は、それができなかったのだ！

年金相談会
平日無料相談会開催のご案内

当（金融機関名）では、年金受給についての疑問や手続きなど、様々なご質問にお応えするため、「年金相談会」を開催します。

お一人ずつご相談を承りますので、どうぞお気軽にご来店ください。

開催日時：平成20年◯月◯日（曜日）午前9時～午後3時【個別相談・事前予約制】　※正午～午後１時は除く
本店営業部　ロビー相談コーナー（電話番号123-456-7890）

◇申込方法：開催店への電話予約、もしくは必要事項をご記入のうえ「年金相談会参加申込書」を窓口へご提出ください。
ご来店の際は次のものをご持参ください（コピー可）

（１）年金手帳、基礎年金番号通知書　※配偶者の方の手帳もお持ちください。
（２）お通帳（年金のお受取手続きを希望される場合）
（３）ご印鑑
（４）年金証書（ご本人または配偶者が年金受給中の場合）
（５）雇用保険被保険者証、または雇用保険受給資格者証
（６）「年金加入記録のお知らせ」、「年金見込み額のお知らせ」（ある場合）
（７）事前送付用「年金請求書（国民年金・厚生年金保険老齢給付）」（お持ちでない場合は不要です。）

切り取り線

「年金相談会参加申込書」

お名前　　　　　　　　生年月日
ご住所　〒
電話番号　　　　　　　希望時間

※お預かりする個人情報は、他の目的では使用しません。

金融機関名

第四章　DVD

　K警察署で、村岡治郎の取調べが始まった。宇賀神警部補と石井巡査の二人が行った。主として、石井巡査が詰問した。

「あんたは、大川富蔵さんのところへ行った時、既に死んでいたと言ったな?」

「はい、言いました」

「じゃあ、なぜその時、警察に届けなかったんだ?」

「そっ、それはですね……」

　取調室のような密室で、複数の警察官を相手では、ほとんどの人間は、初めのうちは恐怖のあまりしゃべれない。

「おまえが犯人ということなのか?」

「いやっ、犯人ではありません。私は、絶対に犯人ではありません!」

　村岡は、必死に犯行を否定した。

「じゃあ、なぜ逃げた!」と、石井巡査は迫る。

(このままでは、俺は犯人にされてしまう。そしたら……?)

村岡治郎は、覚悟を決めた。

「もし、私が警察に届け出たとしたら、私は第一発見者になるかもしれません。そしたら、私は犯人にされてしまうかもしれないと思ったからです」と、答えた。

「何を言ってるんだ、きさまは！」

村岡の言葉に、石井は思わず声が荒くなる。村岡は、一瞬ひるんだ。

しかし、腹を決めた人間は強い。

「テレビでは、そういう場面は多いじゃないですか。私は、第一発見者には絶対になりたくなかったのです」

石井巡査は、村岡を睨みつけている。村岡は、ありのままを語る。

「実は、私の父は生死の境をさまよっています」

「危篤なのか？」と、石井巡査は訊ねる。

「危篤とまでは言えません。でも、数日前、脳溢血で倒れ、意識が無い状態が続いているのです」村岡は、一息ついてから、また語り始めた。

「あの時、警察に届け出れば、私は第一発見者になってしまう。そう思ったのです。そしたら、第一発見者を疑え、の鉄則になります。たとえ犯人にされなくても、第一発見者だと名乗りあげたために、かなりの時間を取られてしまうことは、確実だと思いました。何度も何度も、警察に呼ばれていきます。忙しいと言って拒めば、怪しまれてしまいます。やってもいないのに、疑いをかけられることは、多々あります。警察の方にも、世間の人たちにも。こんなことで時間を取られたら、私は父の死に目に、本当に会えなくなってしまう。そして、万が一、本当に万に一つ、私に殺人容疑がかかったら……。私は殺人容疑をかけられたまま、父を死の旅路に送り出してしまうことになります。そんなことをしたら、一生後悔することになります！　私は心から、そう思ったのです」村岡の態度は真剣そのものだった。

石井巡査は急に黙った。じっと何かを考えているかのようだった。数秒の沈黙の後、石井は、口を開いた。

「大川宅には、何をしに行ったのだ？」

村岡は、どう答えようか、考えているかのようだ。

「何の用があったのだ？　その数日前にも、大川宅に行ったな？　目撃情報があるんだぞ」石井巡査は、自信に満ちた顔つきで畳み掛ける。

「それは、ですね」村岡は一呼吸してから、答えた。

「数日前、大川富蔵さんの所へ行ったのは、大川さんから電話があったからです。大川さんには、農協の定期預金や生命保険を掛けていただいています。私が行くと、大川さんから、こう言われました。

『もし、自分名義の定期預金と生命保険を全て解約すると、いくらくらいの金額になるのか、知りたい。計算して、家に持ってきて欲しい』

私は『できましたら、数日のうちに行きます』、そう答えました。すると、『明るいうちは人に見られるから、できたら夕飯後の午後八時頃が良い』と、言われました。

大川さんの事件があった日は、私が回答を持って、訪問した日でした。門から中へ入りました。踏み石や砂利を通って、玄関先まで来ました。誰かの靴跡が有りました。引き戸の側には、客のものだと思われる傘が、立て掛けてありました。その少し前、夕立があったので、そのせいだと思いました。私は大川さんとの話の内容を考えると、いったん大川さん宅を離れ、少し経ってから、もう一度訪ねることにしました。三十分くらい近くを散歩して、再び大川さんの家に行きました。後で思うと、私が散歩していた間に、大川さんを殺した犯人は逃げたのだと思いました。引き戸の側に有った傘が無くなっていましたので、客は帰ったと思いました。私は、早く計算書を大川さんに見せた方が良いと思い、『こんばんは、大川さん』と、声をかけました。家の中はしんとしていました。どうしたのだろう?と思いながら、私は、恐る恐る家の中に入りました。本当にびっくりしました。大川さんは俯せに倒れていて、死んでいるように見えました。辺りには、沢山の血が流れていましたから。実際に血だらけで人が死んでいるのを見ると、身体ががくがくと震え出しました。本当に怖かったです」

淡々と語り続けた村岡は、一呼吸した。そして、続けた。

「あとは、さっき言ったとおりです。私は大川さんには申し訳ないと思いながらも、父親が脳溢血で倒れた顔が目に浮かびました。思わず、『お父さーん！』、と言ってしまいました。そして、大川さんの家から一目散に出て行きました。たとえ、誰に見られようが、私は、絶対にやっていません！　これが事実です。間違いはありません」

村岡の話には、嘘は微塵も感じられない。だが、村岡の言うことが立証されなければ、村岡は容疑者のままである。

石井巡査は、初めは、村岡を犯人と決めつけて、かかっていくかのように見えた。だが、村岡の話があまりにも真実味を帯びており、真摯な話し方だったので、疑いを入れる余地は難しいと考えたようだ。

宇賀神警部補は、二人の会話に一切口を挟まず、じっと耳を傾けていた。村岡の話は、かなり納得できる。話の中身は、無理は無く自然だ。

また、話す態度を見ていても誠実であり、信用できる。直に話を聞いた人間は、みんなそう思うだろう。俺も、そう思いたい。しかし……。

宇賀神の頭には、またも、十年前の町田高行殺人事件が浮かんだ。この大川富蔵殺人事件と、共通している面が多いからだ。

まずは、二つともK市で起きていて、二つとも年金に関係がある。そして、どういう訳か、二つとも犯人候補として、村岡治郎が浮かんだ。

町田事件では、村岡は農協の渉外係で田舎を回っていた。地元農家の人たちから評判は良かった。今回の事件でも、村岡は農協の渉外係として足を運んでいた。

事件を届け出た民生委員酒井の話によると、一緒に歩いていた友人からも、『村岡さんは、夜遅くても、頼まれれば来てくれますよ。とても親切な人です』と言っており、またも評判は良かった。そして、さっきの尋問を聞いている限り、悪人という印象は感じられない。

町田事件では、目撃証言をもとにした、被害者町田と口論していた時の会話の断片から、村岡がその口論の相手とみなされた。でも、確定した証拠は得られなかった。

今回はどうか？　被害者が殺害された同時刻頃、村岡は被害者宅を訪れていたことを、自ら認めている。本人の話を聞いている限りでは、今回の方が、犯人としての可能性が高いようにも見える。

しかしだ。もう一つの大事な点、動機についてはどうか？　町田事件では、大本に有る動機は、年金振込先の口座獲得競争だった。

直接的な動機としては、公園内の木立から聞こえてきた口論の中身、『年金の振込先……』、『俺は協力してきた……』が原因と思われた。

今回の事件では、農協職員村岡治郎が大川富蔵を殺す動機が分からない。村岡は、いつでもどこでも人物的には信頼されている。

そんな村岡でも、人間である以上、他者には分からない何かが有ったのだろうか？

今回の事件では、人を殺すまでの、一体どんな動機が有るのだろうか？

前回の事件では、今のところ逮捕には至っていない。だが、何度か警察からの事情聴取や取調べがあり、本人は大分、苦しい思いをしてきたはずだ。殺人犯になれば、どんな将来が待っているのか。本人は十分わかっている、そう思われる。今回、何が動機なんだ？

宇賀神警部補は、村岡治郎に対する尋問を、今回はこれで終わりにした。

石井巡査は、これで村岡を帰すことには不満ではあったが、上司に当たる宇賀神警部補が判断したことなので従った。

翌日、出勤した宇賀神は、昨日の村岡の尋問調書を読んでいた。そこへ、石井巡査がやって来た。

「おはようございます、警部補」

「おはよう」

「昨日、村岡治郎の指紋を調べましたが、本人の供述のとおり、大川富蔵宅から出てきたものと一致しました」と、石井は言った。

「本人の言うことに、間違いはなかった。ということだね」

宇賀神は、穏やかだ。

「警部補、あとは大川の家に残された足跡です。村岡のところにいき、村岡の履いている靴を調べましょう」

宇賀神と石井は、またも、村岡の職場であるK農協へ行った。

村岡は緊張した。朝、出勤しても昨日のことがある。今朝、村岡が出勤してきたことについて、不思議がる者も多い。

人によっては、村岡治郎が警察に捕まった、とさえ思っていた職員も少なからずいた。そこへ、再び昨日の刑事たちの登場だ。

宇賀神と石井は村岡を連れて、警察車両の中へ一緒に入った。

石井巡査は、村岡に言う。

「昨日取らせてもらった指紋ですが、村岡さんの言うとおり、大川さんの家にあったものと一致しました」

村岡は、更に顔が強張った。そして、一呼吸おいてから、石井巡査に言った。

「私の言ったことは間違い無かった、ということが証明された訳ですね」

村岡は、話したことによって、少し気分が和らいだようだった。

だが、石井は職務上の発言をする。

「指紋については、村岡さんの言ったことが証明されました。あと一つ、証明していただきたいことがあります」

村岡は、またも緊張した。石井巡査は続ける。

「大川さん宅には、犯人のものと思われる足跡も残されていました。村岡さんは、富蔵さんの死体が発見された日、どの靴を履いていましたか？」

村岡の顔は、白くなった。声が出てこない。数秒後、やっとしゃべれた。

「今、履いているこの靴です。普段の仕事ではほとんどこの靴を履いていますから」

宇賀神は、うなずいた。石井は、鞄の中から何か取り出した。

「お手数ですが、靴跡を取らせていただきたいのですが？」

村岡は、覚悟を決めている。

「分かりました。どうぞ」

自分の履いていた靴を脱いで石井巡査に渡した。石井は、それを特殊シールに載せた。これで、村岡治郎の証拠品は更に増えた。

「私は、昨日も言いましたが、あの日、あの時間、大川さんと約束があって、家に行きました。家の中にも入りました。私の指紋が付いているのも当然です。そして、あの日もこの靴を履いていましたから、この足跡があるのも当然だと思います」

村岡は、開き直ったかのようにも思えた。

石井は、キッとした表情も見せたが、自分を制した。そして、理性を保ちながら言った。

「とにかく、こちらでも捜査はしています。本日はご協力ありがとうございました」

宇賀神警部補は、ただ黙って村岡に頭を下げた。

村岡は、警察車両から出ていった。

宇賀神と石井は、K警察署に戻った。

さっそく鑑識に、村岡治郎の証拠品の調査を依頼した。

結果が出るまでの間、宇賀神は机の上に積み上げられた書類に目を通していた。次から次へと雑多な事件が起きるものだな、と思いながら読み進めていた。

疲れたな、と感じた。頭の中に、ふっと別居している娘の顔が浮かんだ。メールで送られてきた動画が、鮮やかに思い出された。

「パパ、お仕事がんばってね！」

脳裏に、愛娘の笑顔と優しい声が再生されると、宇賀神の身体がふわっと軽くなった。


石井が、宇賀神のところへやって来た。

「警部補、村岡の足跡結果が出ました。やはり、ヤツの言ったとおりです。大川の家にあったものと、今日村岡から取った足跡が一致しました。指紋でも、足跡からもアイツが大川事件の当日、死亡現場にいたことは間違いないと思われます」

石井巡査の目は血走っている。宇賀神警部補は冷静だ。

「そうだろうね。それは、間違いないだろうね」と、石井に答えた。

「では、村岡をもう一度引っ張って、はかせましょうか？」

猪の如く一直線の心を持った若き石井巡査は、興奮気味だ。

だが、宇賀神は、まだ落ち着いた態度をくずさない。そして、石井にこう言った。

「これで、またも村岡の供述が証明されたことになる。村岡が嘘を言っていないことが、一つ一つ確実になっていく」

その言葉に、石井巡査の血気が薄れた。冷静な気持ちで、宇賀神警部補に言った。

「確かに、そういう見方もありますが……」

宇賀神は何かを考えているかのようだった。沈黙が続いた後、石井巡査に言った。

「まずは、私には、村岡治郎が大川富蔵を殺す理由が分からない。動機が掴めないんだ」

宇賀神警部補の客観的な言い方に、石井巡査は再び熱くなった。

「そんなことですか！　それは、本人を呼んできて、尋問を続ければ、どこかでぼろを出しますよ」

宇賀神は、態度を変えずに答える。

「私には、そう思えない。村岡は芯の強いしっかりした男だ。そう簡単には落ちない。尋問を続けても、ぼろは出ないだろう。もし、ぼろがあったとしても、それを試すには、もっとよく調べてからだ」

宇賀神警部補の言葉に、石井巡査は冷静になる。宇賀神は、更に続けた。

「大川宅の足跡は、玄関付近と台所の勝手口に有った。通報してきた民生委員を除くと、26㎝のものが二種類あった。勝手口には、二つのうちの一つだけがあった。村岡の足跡は、勝手口にも有った方なのか？」

石井は、書類を調べた。そして、答えた。

「いいえ、玄関付近にあったものだけです。勝手口からは、出てきませんでした」

宇賀神警部補は、自分の見込みどおりの回答が、石井巡査から返ってきたものと思われた。そして、言った。

「では、村岡の言ったとおりではないのかな。

約束した時間に、大川の家に行き、返事が無いので家に上がると、富蔵の死体があった。第一発見者にはなりたくない事情が有ったので、玄関から出て行った。勝手口に村岡の足跡が無ければ、村岡の供述の真実性が、一段と高まったことになる」

石井巡査は、じっと聞いていた。

宇賀神警部補は、心に思っていたことがあったようだ。それを、石井巡査に言った。

「村岡の指紋が大川宅から採取されたのは、本人の言うことから当然だと思う。私が気になるのは、村岡の指紋がねんきん特別便と郵便受けからは発見できなかった、という点なんだ」

宇賀神は語りながら、自分の考えに自信を深めていくかのように見えた。

ここで、石井巡査は宇賀神警部補に質問した。

「ねんきん特別便と郵便受けに村岡の指紋が付いていないから、村岡が犯人ではない。その関連性が私には、よく分からないのですが……」

石井巡査にそれを言われると、宇賀神警部補の勢いは弱まったかに見えた。

だが、心の中で持ち直したかのように、石井巡査に言った。

「はっきりしたことは私にも言えないが、村岡が言った『大川富蔵の死体を見て立ち去った』供述以外の事実は無いように思われる。それが確認された。言ったことに対する信憑性は高い。

私は思う。村岡は供述以外の行動は、何もしていない。だから殺人もしていない」

言い終わった後、宇賀神は、はっとした。

(俺は、十年前の事件の敵を討つため、村岡を殺人犯として見立ててしまっていたかもしれない。だが、推移をみているうちに、村岡が犯人の可能性は少ないと感じてきた。心はいつもニュートラル、そう自分に言い聞かせてきたつもりだったが……)

宇賀神は、石井の硬直した顔を見て、冷静になった。そして、石井巡査に言った。

「ちょっと、言い過ぎてしまったな。私も、もう一度、村岡が犯人だった場合についても、考えてみることにするよ。もし犯人だったら、動機は何だったのか？　そして、どういう行動をとっていたのか？」

それを聞いて、石井巡査もうなずいた。


平成二十年十二月初旬。

忘年会シーズンがやってきた。中旬や下旬になると、職場の催しが続く。どこの飲み屋も、一年のうちで最も忙しい時期となる。その混雑する前に、仲の良い者同士の小さなグループだけで、行いたいと思う人たちも多い。

市民課職員一ノ瀬直登もそんな一人だった。今日は、仕事の付き合いから解放された、親しい友人たちだけの集まりであった。肩の力を抜いて、普段職場では言えない愚痴などもこぼしあった。

そうしているうちに、酒も驚くほど進んでしまい、会話との相乗効果もあって、宴の終わる頃には、別人と間違えるくらいになっていた。

久しぶりだからと、数人で二次会までいき、あるスナックに入った。すると、誰かがセーラームーンを歌っているのが聞こえてきた。男性のような声である。

一ノ瀬は、好奇心で近づいていった。まさに男だった。一人で歌っている。しかも、どこかで見たことのあるような人物だ。よく見た。一ノ瀬は、あっと思った。口を開けたまま、動きが止まってしまった。

一ノ瀬の驚いている姿に、一緒に入った友人は聞いた。

「あのセーラームーンを歌っている男は、一ノ瀬の知り合いかい？　変わった友達がいるんだな」

一人が言った。皆が、どっと笑った。

「誰だい？」

誰かが聞いてきた。一ノ瀬は真っ赤な顔になり、黙ってしまった。

とても、言えやしなかった。セーラームーンを歌っている男性が、K警察署の宇賀神刑事であるとは。

「どこかで見たことがあるけど、思い出せないや」と、一ノ瀬は何とかはぐらかした。

「一ノ瀬は、いろんな友だちがいて、楽しいな」

またも、笑い声が沸き上がった。

一ノ瀬は思った。

（宇賀神刑事は、仕事に相当疲れているな。刑事の仕事はかなりのストレスがある、と聞いている。それとも、何か考えがあってのことか？　仕事上、こんな格好をしているのかも？）

一ノ瀬たち数人は、ボックスについた。比較的若い世代である。十二月初旬であり、まだ客は混んでいる状態ではない。そのため、店の女の子に余裕があった。一ノ瀬のボックスに、数人の女の子が入ってきた。話し相手になってくれたり、カラオケで一緒にデュエットを歌ってくれたりで、徐々に盛り上がってきた。

一次会は職場の男性だけで、憂さ晴らしで熱くなっていたが、二次会で若い女の子が加わると、グループの雰囲気は一変した。他の友人たちが女の子にうつつを抜かしている間に、一ノ瀬は店に入ってからずっと気になっていた人のところへ向かった。

宇賀神警部補は、一人でいた。そばに行くと、疲れているためか、うつらうつらしていた。一ノ瀬は、どうしようか迷ったが、声をかけた。

「宇賀神さん」

宇賀神は、目を覚ました。一ノ瀬直登の顔を見て、きょとんとして目を丸くしている。頭が起動するまでに、時間がかかる。

「私です。覚えていますか？」と、一ノ瀬は宇賀神警部補の顔をよく見て言った。

「おっ、覚えていますよ。一ノ瀬係長のことは絶対に忘れませんよ」

宇賀神警部補は、元気に言った。やっと正気になったようだ。

「えっ、そうですか。ありがとうございます」一ノ瀬は、嬉しそうに答えた。

「だって、初めて市役所でお会いした時の言葉、私ははっきり覚えています」と、宇賀神は、目を輝かせる。

「ああ、そうですか……」一ノ瀬は思い出そうと、頭を傾げた。

「一ノ瀬係長が言った言葉、『現場の警察官が日本を支えているのです。しかし、そういう警察官が定年までボロボロに働いても退職後はろくな再就職先についていない。逆に、現場の苦労を知らないでトントン拍子に階段を上っていった人間には、退職後も恵まれた椅子が用意されている』、そう言いましたね」

宇賀神は、アルコールが回っていてほろ酔い気分だ。自分で言ったことに、うんうん頷いている。

「あっ、あの言葉ですか。私の大好きな推理作家が、ある本でそう書いていました。私も、心からそう思っています。私たちが安心して暮らせるのは、宇賀神さんたち、市民に直結した警察官がいるお陰なんです。本当にありがとうございます」

一ノ瀬は、宇賀神に深く頭を下げた。宇賀神は、それ以上に深く長く首を垂れた。

一ノ瀬は、話題を全く変えた。

「ところで、よくセーラームーンの歌を知っていますね？」

「えっ、聞いていたのですか？」
宇賀神は、大きな苦笑いをした。一ノ瀬は、笑いながらも続ける。
「だって、入ってきて、みんな驚きましたよ。男の声で、セーラームーンを歌ってい
る人がいるって」
宇賀神は、今度は小さな苦笑いをした。ちょっと目を瞑った。それから、目を開け
た。そして、今度は側においてあったバッグから、携帯電話を取り出した。二つ折り
型の携帯電話を、パカッと開けた。それを一ノ瀬に見せた。待ち受け画面には、高校
生くらいの女の子が映っていた。
宇賀神は、心から嬉しそうに言う。
「うちの娘なんです」
直登は、携帯電話を手にとって、見入った。
「かわいい！　本当にかわいいですね」
独身の一ノ瀬直登の反応は、大きかった。それに対する宇賀神の喜びも、更に大き
かった。でも、すぐに宇賀神は神妙な顔つきになって言う。
「実は、私は妻と離婚しているんです」
「あっ、そうですか」一ノ瀬は、できるだけ表情を小さくした。

「事情があってね……」

宇賀神は、離婚の理由を話すか話すまいか、考えているようだった。それを見かねて一ノ瀬は言った。

「まあ、いろいろと事情はありますよね」

「いろいろ事情はあるね……。まあ、いいか。事情は」

宇賀神は別れた妻を思い出している様子で、宙を見ながらそう言った。

「いいですよ」と、一ノ瀬は言った。

「うむ」宇賀神は、また、ニコニコ顔に戻った。そして、言った。

「娘は妻と一緒に住んでいますが、時々メールをよこすんですよ。それが、今の私にとっては、一番の楽しみでね」

宇賀神警部補は、正にメロメロ顔だ。

「ええー、メールですか。いいですね。実の娘が、メル友なら。今、何歳くらいですか?」と、一ノ瀬は訊く。

「高校一年生です」

そう答えて、宇賀神は再び携帯電話を開いた。何かを操作している。

「今のメールは便利ですね。こういうこともできるんですよ」と、宇賀神は一ノ瀬に見せた。すると、携帯電話に動画が再生された。

「動画をメールに添付できるのです。写真を送るのと同じなんですね」

宇賀神の手中にある携帯電話の中で、愛娘はセーラームーンを歌っていた。まるでアイドル歌手のようだ。

「私は、これを見るのが本当に楽しみなんです。娘はパソコンを持ってなく、携帯電話しかありません。メールでいろいろなものを送ってきます。手紙、写真、それに動画ですよ。動画は一度には、そんなに量を送れませんから、少しずつですが。

私は自分の携帯に送られた娘からのメールを、今度は自分のパソコンの中に、全て保存しています。それが溜まると、今度はＤＶＤにしているんですよ。

今の時代は、本当に便利な時代ですね」

宇賀神は、入ってきた時の、セーラームーンを歌っていた時の顔になった。幸せの絶頂の！

「これが、私と娘を結びつけている唯一の絆なんですよ」

宇賀神は、そう言いながら、いかにも美味そうに水割りを飲み干した。

「宇賀神さん、幸せですね。娘さんも、こんな良いお父さんがいるなら、きっと心から喜んでいますよ。今日は、本当に良い話を聞かせていただきました」

一ノ瀬は、宇賀神に挨拶して、元の席に戻っていった。

第五章　社会保険庁職員

ある休日、宇賀神は蒲団の中でゆっくりと寝ていた。だが、眠ってはいなかった。もう一時間も前から目は覚めていた。大川富蔵事件のことが頭から離れないのだ。

疑いのある人物は三人いる。まずは、富蔵と別れた妻春江との間に生まれた、長男太一である。事件当日、民生委員が見たという、大川宅から逃げ去るように出て行った中肉中背の男という証言。かつ、事件数日前の富蔵との口論が目撃されている事実から、有力な容疑者と思われた。

また、大川宅から太一の指紋が検出された。だが、指紋は薄くやっと確認できる程度で、事件当日に付着したものとは考えにくい。更に、事件の当日に玄関付近あった足跡が26㎝で、太一のものと一致した。だが、太一の靴のサイズは26㎝だったが、事件現場にあった靴の模様のものは、太一宅からは発見されなかった。

太一にはアリバイがあった。しかし、それを証明してくれる者は、太一の姉、妹、それに姉の夫と子。すべて肉親者で、アリバイは成立しない。だが、太一の言ったことは、まんざら嘘には思えない。

次に容疑者として浮かんだのは、富蔵が亡くなる数日前まで、富蔵と同棲していた内縁の妻、安木勝世の愛人である加村勇二だ。

加村は、近所の人から聞いた話では、勝世と仲睦まじく一緒にいたところを見られている。三十九歳の勝世は、三十四も年の離れた七十三歳の富蔵では、肉体的には満足できず、若い恋人に走ったと思われている。更に、目撃者の言うことには、加村は中肉中背の男だった。

大川富蔵が殺害された時、採取された指紋からは、富蔵以外のものが四人検出されていた。そのうち、三人は確認が取れた。勝世のもの、富蔵の長男太一のもの、それに農協職員村岡治郎のものであった。残るは、あと一人。謎の人物のものだ。

それは、足跡についても当てはまる。玄関付近には、26㎝の足跡で、模様の違う二種類のものがあった。そのうちの一つは、村岡治郎のものであることが判明した。あと一つのものが謎の人物だ。しかも、この謎の人物の足跡は、勝手口から採取されたものとも一致した。

謎の指紋の人物と、謎の足跡の人物とが、一致する可能性は高い。この人物が、富蔵の内縁の妻である安木勝世の愛人、加村勇二であるかもしれない。加村勇二については、中肉中背の男であること以外、今のところ何も分かっていない。

したがって、加村勇二の指紋、足跡などの物証は何一つ無い。本人との接触も皆無であるため、アリバイが成立するかどうかの問題もある。大川富蔵への殺人動機については、安木勝世から唆された以外には、今のところ考えにくい。

そして、三人目の容疑者として、農協職員村岡治郎が考えられる。民生委員酒井文夫は、富蔵事件の後、たまたま友人と歩いていた時、村岡を見かけた。村岡が事件の夜、大川宅から逃げるように立ち去った人物だと直感した。

村岡本人に会い事情聴取したところ、村岡も大川事件の当日の時刻頃、現場にいたことを認めた。また、本人の供述どおりに、大川宅から採取された指紋も足跡も村岡治郎のものと一致した。これにより、物証からも本人の供述からも、村岡治郎が大川富蔵事件の最も疑わしい人物となった。

村岡治郎については、十年前K市で起きた信用金庫職員町田高行殺害事件の容疑者にもなったこともあり、K警察署では、いろいろな推測がなされていた。

ある意見では、真犯人は、大川富蔵事件は長男太一で、町田高行事件は村岡治郎ではないのか？　また、別の主張では、大川富蔵事件では加村勇二が真犯人で、町田高行の件はやはり村岡治郎ではないのか？　そして、またまた第三の推測では、大川富蔵と町田高行の二人をやったのは、共に村岡治郎ではないだろうか？

宇賀神警部補は、町田高行殺害事件と大川富蔵殺害事件の両事件、共に直接関わった。思うことは、二つの殺人事件は共にK市で発生し、そして、奇遇なことに共に年金に何らかの関わりがある可能性が高い。更には、両事件に容疑者として村岡治郎という農協職員が浮かんだが、共に逮捕に至るまでの決定的なものは摑めていない。

宇賀神警部補は、両事件を担当して、捜査に直感は禁物だということは分かりきってはいるが、二つの殺人事件の犯人は同一人物に思えてならない。当初、他の人たちが言うように、大川富蔵と町田高行の二人をやったのは共に村岡治郎ではないだろうか、と考えていた。

しかし、最近は、大川富蔵殺害事件と町田高行殺害事件の両事件の犯人は、同一人物であるが、村岡治郎ではない。そういう思いが心のどこかで、自然と大きくなってきた。理由はと聞かれても、はっきりした根拠はない。ただ、どちらの事件にも『年金』がキーワードとなっているが、農協職員では、犯人のイメージに結び付いてこないのだ。

やはり、年金といえば、社会保険庁が所管である。明日はK社会保険事務所に行ってみよう。宇賀神は、休日の遅い朝、蒲団の中でそう考えるに至った。

翌日、宇賀神警部補は、K社会保険事務所に行く前に、その途中にあるK市役所に立ち寄った。仕事上の調べものがあるため、市民課を訪れた。

宇賀神がカウンターに現れると、目が合った一ノ瀬係長が直ぐにやって来た。

すると、一ノ瀬は、同じ係の者から声をかけられた。

「あっ、係長、ちょうど良かった。年金を請求される方が、書類の関係で教えてもらいたいそうですので、お願いします」

一ノ瀬は、宇賀神に、ロビーで少し待ってもらうよう伝えた。宇賀神は、一ノ瀬と客のやりとりを遠くから見ていた。

五分くらいして、一ノ瀬は係員に何かを言い、宇賀神を呼んだ。

宇賀神は、一ノ瀬に案内されて、市民課の奥の小部屋に入った。

「お忙しいところ、申し訳ないですね。お客さんは、大丈夫ですか?」と、宇賀神は尋ねた。

「大丈夫です。どの書類を交付したら良いか、よく伝えてきましたから」

「ちょっと見ていたところ、年金関係の書類ですか?」

「はい、そうです。年金の請求は難しいですからね。どういう年金には、どういう戸籍や住民票が必要か。戸籍はどこまでが必要か。一番新しい戸籍だけで良いのか、もっと古いものまで必要なのか、いろいろケースによって異なります。

　また、住民票も請求者個人のものだけで良い時や、他の家族が必要な場合もあります。あと、年金の種類によっては、所得証明書が必要な場合と、必要でない場合があります」と、一ノ瀬は答えた。

「ああっ、難しそう。私なんか、ちっとも分かりませんよ」

　宇賀神の言葉に、一ノ瀬も一瞬黙ってしまうが、また、話し続けた。

「市民課でも、さっきみたいに慣れていない人には難しいです。私も、昔、保険年金課で国民年金の係にいましたから、少しは分かりますが、年金は本当に仕組みが複雑です。私も、税金関係の職場にいたこともありますが、年金の方が、やはり難しかったです。市役所職員の中で税金に明るい人はいっぱいいますが、年金に詳しい人は、ほとんどいません」

「一ノ瀬係長は、税金にも年金にも詳しいのですね。役に立ちますね」

「はい、それは喜んでいます」一ノ瀬は、笑いながら言った。

「年金と言えば、ここのところ、よく新聞やテレビなどで社会保険庁のことが問題になっていますね。聞いた話では、昔から社会保険庁のことで、いろいろあったそうですね」

宇賀神は、一ノ瀬が年金係にいたと知って、自然とそういう方向へいってしまった。一ノ瀬はちょっと迷ったが、知らない間柄ではないと思い、話し始めた。

「私が、十年前、保険年金課の国民年金係にいた頃のことですが、一番困ったのは、社保のコンピューターが正午から午後一時までピタッと止まってしまうことだったです。市役所では、昼時間も交代で職員が窓口に出ていましたし、市のコンピューターは、昼時間もずっと動いていました。でも、社保の基になっている国のホストコンピューターが正午から午後一時までの間、ピタッと止まってしまうのです。社保への記録確認ができなくなり、市民からたいへん苦情を言われたことが多々あります。

会社にお勤めの方で昼休みに、会社から抜け出して市役所に来て、社保への記録照会ができないことを知り、憤慨していた人もけっこういらっしゃったですね」

「ああ、そういうこともあったんですか」と、宇賀神は、何も知らない様子だった。

「あの頃から、社保はそのうち潰れると冗談で言っていた人がいましたが、まさか本当になるとは思わなかったですね。

社保の職員の身分も複雑だったですよね。確か、私が年金係に異動した頃の職員は、上層部を除いて、県の職員だったと思いますが、途中から国の職員になったようです。あと一年で、今度は日本年金機構の職員になるらしいですね」

　一ノ瀬は、今でも、年金に関心があるらしい。

「何か、そう新聞に書いてあったと思います」と、宇賀神は答えた。

　一ノ瀬は、また、話を続ける。

「ああ、そういえば、社保の課長、出先の社会保険事務所の課長ですから県の本庁に戻れば係長に当たりますが、会うとよく収納率のことを聞いてきましたね。先月より下がると、顔が引きつるような感じだったです。市の職員にも、どういう収納対策をやっているのか、よく聞かれました。社保の課長も収納率には随分苦しめられていたようですね。なぜあんなに気にしているのか、最近の新聞を見てよく分かりました」

　一ノ瀬も宇賀神と同様に、よく新聞を読んでいるようである。

「はあ、昔からそういう兆しがあったんですね」と、宇賀神は言った。

「ええ」と、一ノ瀬は答えた。そして、そのまま話し続けた。

「でも、まあそういう課長だけでは無かったですけどね。K社保にも、本当に立派な課長がいましたよ。私なんかが社保に行き、何か聞くと、直ぐに自分で調べてくれる課長が。部下に命令しないで、自ら直ぐに取り掛かるのです。職員に聞くと、そういう課長は部下からも慕われていました。そういった信頼感が一番大事だと思います。社保にも、素晴らしい人もいましたが、体質には勝てなかった。それがこうなった原因だと、私は思います」と、一ノ瀬は昔を思い出しながら言った。

「なるほど、なるほど」宇賀神は、大きくうなずいた。

一ノ瀬は、自分は少ししゃべり過ぎたと感じた。

宇賀神部補から頼まれた書類を処理し、渡した。宇賀神は、慎重に読んだ。納得して一ノ瀬に礼を言った。

一ノ瀬は、ニコニコしながら、宇賀神の方を見て言った。

「ところで、この前は本当に驚きましたよ」

「えっ、何がですか?」

「セーラームーンですよ」

「あっ、ああっ」宇賀神は、真っ赤になった。そして、言った。

「ああ、お恥ずかしい」

「いやあ、幸せですよ、宇賀神さんは。私には、子供はいませんから……。宇賀神さんは、娘さんが最高の宝物ですね。本当に幸せだ。宇賀神さんも、娘さんも」

宇賀神は、赤面のまま下を向いた。

そこへ、市民課職員が部屋に入ってきた。

「一ノ瀬係長、お客さんです。金融機関の方が年金のことで。お願いします」

「じゃあ、直ぐ行くから。ちょっと待ってもらっていてください」

その言葉に、職員は部屋から出ていった。

「金融機関の人も来るのですか？」宇賀神警部補は、興味を示した。

「金融機関で年金の説明会を開いているのです。年金の振込先に自分とこの口座を指定してもらえば、金融機関の職員が代理で市民課に来て、年金請求に必要な戸籍や住民票を取ってくれるのです。もちろん、請求者本人の委任状が必要です」

一ノ瀬はそれを言うと、立ち上がった。宇賀神も、一緒に立ち上がる。

「たいへん、お世話になりました」宇賀神は礼を言った。

「わさわさしていてすみません。また、いらしてください」

「ありがとうございます」

二人は、市民課奥の小さな部屋から出ていった。

宇賀神警部補は、K市役所を出ると、K社会保険事務所へ向かった。行く途中、頭の中は、この前K社保に行った時のことを思い出していた。

宇賀神が、社保職員渡部勝に大川富蔵の納付月数について聞いた時、「えっ、大川富蔵さんですか……」と言って、渡部の顔色が変わった。そして、急に押し黙って、元気が無くなった。

（渡部は、大川富蔵事件に何か関係があるのだろうか？）

突然、宇賀神の頭の中に新たな疑念が生まれた。

（この事件は、年金と何らかの関連があると思われる。社保職員なら、大川富蔵と何らかのかたちで、糸が結ばれていても不思議ではない。

そして、もしや？　連想は連想を呼ぶ。

この前の話では、渡部は十年ぶりにK市に戻ってきた、と言っていた。つまり、十年前にはK社保に勤務していたということになる。ということは、信用金庫職員町田高行殺害事件があった頃と一致する。あの当時、容疑者として浮かんだのは、年金口座の獲得競争で争っていた、農協職員村岡治郎だけだった。

町田高行事件と大川富蔵事件、共にK市で発生している。共に年金に何らかの関係があると思われる。そして、二つの事件が起きた時、共にK社会保険事務所には、渡部勝という職員が在職した期間でもあったのだ！　ここまでは、思い付かなかった。K市、年金、K社保という三つのキーワードの中に、渡部勝という人物が潜在していたのだ！）

宇賀神は、空を見上げた。晴れ渡った青空だ。

（こんな閃きなど、刑事生活で、何度も有るものではない）

そう思いながら、Ｋ市の澄み渡った天を見つめていた。


宇賀神警部補は、Ｋ社会保険事務所に到着した。さっそく渡部に会おうと訪ねたが、来客中だった。

渡部の対応していた相手の男性も、椅子に腰掛けていた。パリッとしたスーツ姿で、大きな黒い鞄が脇に置かれてあった。そして、男性は熱心にうなずきながら、渡部の話を聞いていた。

宇賀神の側にいた若い女子事務員は、先日、宇賀神と渡部が親しそうに話していたのを思い出して、宇賀神に言った。

「お客さんは、銀行の方です」

「あっ、そうですか」と、宇賀神は答えた。

どうりで、きちっとした服装に大きな黒鞄なのか、宇賀神は合点がいった。

「時間はかかりそうですか？」と、宇賀神は、女子職員に尋ねた。

「ええ、ちょっとかかると思います。年金は難しいですからね。渡部さんは年金に詳しいから、金融機関の方がいらして、よく渡部さんに聞いていますよ」

「まあ、本当に年金は難しいですね」

宇賀神は、渡部と銀行員が熱心に話している姿を見て、「じゃあ、また来ます」と女子事務員に告げて、その部屋を去った。

宇賀神は、社保のトイレを借りて、用を済ませ、トイレを出た。

そこで、思わぬ人にばったり会った。やはり、十年くらい前に宇賀神がK警察署にいた頃、K社会保険事務所で勤務していた女性である。

「やあ、久しぶりですね。今、ここにいるのですか？」と、宇賀神は尋ねた。

「はい、そうです。また、K市に戻ってきました」女性は、そう答えた。

「確か、お名前は……。花香《はなか》さんでしたっけ？」と、宇賀神警部補は自信無さそうに訊ねた。

「はい、花香良子《よしこ》です。残念ながら、今でも花香です」と、女性は赤い顔の笑顔で答えた。

宇賀神も、その返事に赤面した。花香は、続けて話す。

「ここは、通勤に便利なので希望して来ました。前にいた社保は、県南でたいへんでしたから」

「私も、今年またK市に戻りました。私は希望しなくても、ここに来ましたが」

宇賀神は、笑いながら言った。そして、続けた。

「確か十年くらい前、ここにいましたよね」

「はい、いました」と、花香は答えた。

「ということは、渡部さんと十年前も一緒だったということですか？」

宇賀神は、だんだん刑事魂が活躍してきた。

花香は答える。

「そうですよ。一緒だったですよ。宇賀神さんが、十年前に、渡部さんのところへ何回かいらしたのを、私、ちゃんと覚えていますよ」

「じゃあ、確実だ」

宇賀神は周りを見渡した。辺りには、誰もいなかった。

宇賀神は、小声で花香に訊ねた。

「十年くらい前、K市で町田高行という信用金庫の職員が殺された事件をご存じですか？」

「それは、よく覚えています」花香も小声で答える。

宇賀神の瞳が大きくなる。

「えっ、よく覚えているのですか？」

「ええ……」花香は、余計なことを言ってしまった、そんな顔をした。

宇賀神は、まだ聞きたそうな顔で、花香を見つめている。

花香は周りを見渡した。誰もいないことを確認すると宇賀神に小声で話し始めた。

「渡部さん、亡くなった町田高行さんの妹さんが好きだったみたいですよ。確か、桃子ちゃんという名前だったと思います。とってもかわいい子だそうですよ。

町田高行さんは、信用金庫で年金の担当をしていたみたいで、よくここに通ってきました。渡部さんのところへ来て、教わっていました。町田さんは、礼儀正しく、勉強熱心な方でした。よくここに来ていましたから、目立っていましたね」

花香は、一呼吸おいてから続けた。

「ある時、渡部さんがいない時、町田さんが私に聞いてきたことがありました。

町田さんが桃子ちゃんと一緒にいるところを、偶然、渡部さんとばったり会ったことがあるそうです。あとで、町田さんと一緒にいたのが妹だと分かると、渡部さんは、桃子ちゃんのことをしつこく町田さんに聞いてきたらしいです。それで、町田さんは、渡部さんのいない時を見計らって、私に渡部さんのことを聞いてきたのだと思います」花香は、また、話を中断した。

少しの沈黙があった。花香は、何かを決心したかのようだった。

「もしかしたら、もしかしたら」

花香の顔は青くなった。身体が小刻みに震えている。

宇賀神警部補も、花香の態度に緊張した。

「町田さんの事件、私が原因かもしれないのです」花香は、唇を噛み締めた。

「渡部さんが桃子ちゃんをしつこく誘おうとしていると、町田さんから相談をもちかけられた時、私は町田さんに渡部さんはやめておいた方がいい、と言ってしまったのです。それが原因かもしれないのです」

花香は、そこまで言うと言葉が詰まってしまい、目には涙を浮かべていた。

宇賀神も、花香の突然の話に何と言ったら良いか分からず、黙ってしまった。

花香の大粒の涙が、今にもこぼれ落ちそうになっている。

宇賀神は思わずこう言った。

「いやあ、そんなことはないと思いますよ。花香さんが原因ということはありません。私たち、みんなでよく調べましたから」

宇賀神は、花香の目をみつめ、自信をもって、そう答えた。そして、

「貴重な、お話を、ありがとうございました」

宇賀神は、花香に丁寧に頭を下げて別れた。

花香は、宇賀神の言葉に、いくらか気分が和らいだようだった。


K社会保険事務所の外に出た宇賀神警部補は、愕然とした。心の中で強く思った。社保に行く前に、俺は急に閃いた。町田高行事件は、年金に関係すると思われる。それならば、社保職員の可能性もあると。当時、K社会保険事務所職員だった渡部勝は、全く注目されていなかった人物だった。

さっき聞いた社保職員の話から推測すれば、渡部には町田高行を殺害する動機が無い訳ではなかった。動機としては薄いかもしれない。だが、人間は感情的な動物だ。恋愛が絡むと、どう行動するかは見当がつかない。

町田が殺害される直前の公園の木立から聞こえた会話、犯人と思われる者が町田に言った『年金の振込先……』、『俺は協力してきた……』。これはもしかしたら、社保職員渡部勝と信用金庫職員町田高行との会話かもしれない。

それに、渡部勝は、町田事件の時も大川事件の時も、共にK社会保険事務所の職員であった。

では、渡部勝と大川富蔵との関係は何だ？　社会保険事務所の職員なら、年金に関係することは十分考えられる。

ねんきん特別便通知文と、郵便受けに付いていた指紋について、考えてみる。そして、この通知文が、なぜ富蔵が座っていたと思われる座布団の下から出てきたのか？

今まで富蔵事件の容疑者として挙げられたのは三人、つまり、富蔵の長男太一、富蔵の内縁の妻の愛人加村勇二、それに農協職員村岡治郎だった。

このうち、大川太一と村岡治郎の指紋ではないことが、確認された。加村勇二のものかどうかは分からない。加村勇二については、一向に消息がつかめないからだ。

これに、K社会保険事務所職員の渡部勝が加わる。

もし、大川事件の現場に残された唯一不明の指紋と、渡部勝のものが一致すれば、渡部が犯人である可能性は極めて高くなる。社保職員なら、ねんきん特別便と関係があっても不思議ではない。

宇賀神は、ふと思った。大川太一と山中勇二は、それほど年金に明るいとは思われない。農協職員村岡治郎は、年金を勉強していてある程度の知識はありそうだが、社保職員渡部勝には、とても敵わないだろう。

思い浮かべると、社会保険事務所のずさんな体質が、昨年からどれだけ新聞やテレビを賑わしてきたことか。

宇賀神は、ねんきん特別便が送付された頃の新聞を思い出した。

『平成二十年三月二十八日　A新聞

（見出し）年金特別便　誤記2万通

他人の加入歴、空白も

（記事抜粋）社会保険庁は二十七日、5千万件の「宙に浮いた年金記録」の持ち主である可能性が高い1030万人に郵送した「ねんきん特別便」のうち、他人の加入記録が印刷されていたり、記録欄が空白だったりしたものが約2万通あったと発表した。社保庁がデータの印刷を業者に発注した際に、作業上の注意点を伝えるのを怠り、大量のミスが発生した。

特別便を受け取った年金受給者から今月下旬に「内容がおかしいのではないか」との指摘を受け、社保庁は初めて誤りに気づいたという』

大川富蔵の場合も、これと同じようなケースなのだろうか？

その内容に誤りがあった場合とか、何かが考えられそうだが……。

Ｋ社会保険事務所で大川富蔵のねんきん特別便の内容をホストコンピューターと照らし合わせた結果、誤りはなかった。コンピューターから出力されたものが、ねんきん特別便に印字されていた。

それ以外に考えられるのは、コンピューターに入力するまでの間のことか？　それはどういうことか？

厚生年金ならば、今騒がれているように、標準報酬月額が不当に引き下げられていることが考えられる。だが、国民年金にはそういう問題はない。国民年金で問題になるのは納付月数だけであるはずだ。納付月数？　納付月数の誤りとは何が考えられる？　何だ？　宇賀神は、じっと黙考した。

納付月数の誤りで考えられることといったら、納付記録のつけ間違いだろうか？　ある人間の納付記録を、間違えて他人の記録につけたということだろうか？　大川富蔵に、納めてもいない記録が自分の納付記録の中に含まれていることを発見され、それをもみ消すために、殺害したのだろうか？

そのくらいで人を殺すだろうか？　あれだけ多くの、同じようなケースが有るのに？

ねんきん特別便の内容について、確認したいことがあるからうちに来て欲しい。大川富蔵にそう言われた。そして、渡部勝がねんきん特別便を見た時の指紋が、謎の人物だということが考えられる。それなら、犯人が社会保険事務所の職員ということも納得できる。

宇賀神警部補は考えているうちに、大川富蔵事件の新たな第四番目の容疑者として浮かんだ渡部勝が、町田高行殺害事件の容疑者としても急浮上し、かつ最も有力であると思い始めてきた。

第六章　「消えた年金」の逆？

一ノ瀬直登は、現在、母と二人暮らしである。父は、数年前に他界した。結婚歴はない。

若い頃、友だち同士でよく飲み歩いていた。だが、四十歳を超えると同級生は、ほとんど結婚している。今の一ノ瀬は、自宅でテレビを見ながら晩酌をすることが、日々の大きな楽しみとなっている。

そうはいっても、ボーナスをもらった時にはやはり、自然と街中を闊歩したくなるものだ。一ノ瀬は、外で一人で飲むことにも、全く抵抗を感じない人間だ。

（今日は、車を置いて飲んで帰る）そう心に決めた。

仕事を終え、ぶらぶらと歩いてＫ駅近くまでやって来た。

そこで、一ノ瀬は、偶然、Ｋ警察署の宇賀神警部補とばったり出くわした。宇賀神も、今は一人暮らしであり、酒がきらいな方では決してない。直ぐに二人の間で話がまとまり、手ごろな赤提灯に入った。一ノ瀬が先に言った。

「やあ、たまにはこういう場所もいいですよね。ここは、カラオケはありませんが」

宇賀神は、照れくさそうな顔をした。そして、一ノ瀬に返した。

「いつも、仕事でお世話になっており、ありがとうございます。さあ、今夜はゆっくりやりましょう」

二人は、十二月中旬の寒い夜、熱燗をさしつさされつつ、ほろ酔い気分になっていった。

「ところで、一ノ瀬さんの趣味は何ですか？」と、宇賀神は訊いた。

「私の趣味は、山登りですよ。あまり、遠くの方には行かないで、よく秩父や飯能の山に登っています。初めて登った山が、埼玉県単独で唯一の百名山、両神山でした。本当にきつかったです。そのおかげで、両神山へ登ってから他の山に登ると、たいがいの山は楽に感じます。今まで、三十以上の百名山に登っていますが、両神山はきつい方の五本の指に入りますね」一ノ瀬は答える。

一ノ瀬にとって、酒を飲みながらの山の話は格別だ。

「いつも、そんなきつい山ばかり登っているのですか?」と、宇賀神は訊ねた。

「いやあ、たまにですよ。両神山に登るのは、二、三年に一回くらいです。千七百メートルくらいあります。普段登る山は、一年を、夏コースと冬コースの二つに分けています。夏コースは、飯能の伊豆ヶ岳や武川岳のコース。冬コースは、東秩父村の笠山、堂平山、大霧山の三山を登るコース。どちらも、八百メートルから千メートルで、私には、ちょうど良いです」

一ノ瀬の話を聞いて、宇賀神は返す。

「良い趣味があっていいですね。ところで、秩父といえば、この前、K社会保険事務所へ行った時、秩父から通っている人がいましたよ」

この言葉に一ノ瀬は、ほろ酔い気分の中に緊張が走った。宇賀神は続ける。

「十年くらい前、K社保にいたことがあったそうです。県南に方に通っていたけど、今度希望して、またK社保に戻ってきたとか、言っていましたね」

一ノ瀬は、顔が真っ赤になった。いや、酒を飲んでいて、顔の赤さは変わらなかったが、頬がカアッと熱くなってしまった。

（たぶん、彼女に間違いはない。聞きたいことは一つだ。彼女は、今でも独身なのか？）一ノ瀬は、思っていても、宇賀神にとても聞けない。

だが、直ぐに答えが出た。宇賀神は言った。

「確か、花香さんという人だったですね。私も十年くらい前、K社保に何度か行ったことがありました。その時と同じで、独身だそうです。珍しい名字で覚えていたけれど、今でも花香さんです。あんないい子がもったいないな。秩父の山奥で、独身でいるなんて」

宇賀神は、本音で言っているようだった。

（ああ、そんなことは良く分かっていますよ）一ノ瀬は今にも口に出しそうになった。

（誰よりも、私が知っていますよ！　彼女が、どれだけいい子かなんて！）

花香の名前が出ると、一ノ瀬は感情が昂ぶり、じっとしていられなくなった。

トイレに行って、気を落ち着けてきた。そして、今度は一ノ瀬が質問した。

「宇賀神さんの趣味って、何ですか？」

今度は、一ノ瀬が聞き返した。宇賀神は答える。

「私の趣味ですか？　うーん。読書ですかね。歴史小説を読むのが好きなんですよ。現実を忘れて、昔の世界に没頭できる時間がたまらないですね。今は仕事に疲れて、あまり本を読んでいる間もないですが」

ふと、寂しそうに宇賀神は答える。一ノ瀬は言う。

「現実を忘れる時間なんて、最高ですね。世の中、真面目にやっている人間がバカをみることが多いですから」

「ええ。まあ、そういうこともけっこう多いですよね」

宇賀神は、言いたいことを我慢しているかのように見えた。

一ノ瀬は、酒が回っていた。日頃、思っていることが、つい口から出てしまう。

「窓口で、市民から、世の中の不公平や不平等をよく言われます。話を聞いていて、よく分かります。本当にその通りだと思うことが多いですよ」

一ノ瀬の発言に、宇賀神は反応する。

「俺たち警察官が、そういう社会を何とかしなくてはならないのですが……」

そう言って、宇賀神は自然と下を向いた。自分の責任のように感じているように見える。

その姿に、一ノ瀬は心を洗われた。

「宇賀神さんたち警察官の皆さんは、本当にありがたいです」と、一ノ瀬は真剣な顔で答え、深く首を垂れた。

そして、市民との窓口や職員仲間から聞いて出来上がった、一ノ瀬の持論を言った。

「縁の下の力持ちは、ずっと縁の下の力持ちで終わるのです。民間でも、公務員でも真面目にやっている人間がバカをみるようでは、世の中、狂っちゃいますよ」

「本当に、そうですね」

宇賀神と一ノ瀬は、そんな話を少しして別れた。


宇賀神は、家にたどり着いた。一ノ瀬との会話に上機嫌で帰った。アルコールは入っていたが、パソコンは何とか操作できた。宇賀神は、宝物が入っているDVDケースを開けた。その中の一枚を取り出し、パソコンに挿入した。愛する娘から携帯電話に送られたメール、それを集めて作成したDVDだ。我が娘が、画面の中で歌っている！　世界中のどんなアイドルよりも、愛娘はかわいい。

宇賀神剛は、娘に語りかけた。

「現場の警察官が日本を支えている。そう言ってくれた人がいたよ。今日、偶然その人と会った。二人で酒を飲んだ、楽しかったよ。お父さん、がんばって働くからね」

宇賀神は、快い気分になって、床に就いた。

宇賀神警部補は、ここ数日ずっと考え込んでいる。

――町田高行殺人事件と大川富蔵殺人事件は、共にK市で起きており、また、共に年金が関係している。同一犯人である可能性が非常に高い。その線から追っていくと、容疑者として、最初に農協職員村岡治郎が浮かんだ。

村岡は、町田高行殺人事件では、十分な動機はあった。証拠は、ありそうにも見えたが、結局決定的なものとはならなかった。大川富蔵事件でも、客観的には、かなり犯人に近い位置にいる。犯行時刻に犯行現場にいたことが、本人の供述からも、物証からも得られた。しかし、両事件とも、殺害に関する本人の自白は全く得られない。

次に、第二の容疑として浮かんだ、社会保険庁職員渡部勝について考えてみる。町田高行と渡部勝との接点が判明した。

信用金庫職員だった町田高行は、年金の口座振込獲得競争を優位に進めるため、年金をよく勉強していたが、更に詳しい知識を得るため社会保険事務所を訪れた。そこで、職員渡部勝と知り合い、複雑な年金制度について教えてもらっていた。

たまたま、町田高行にかわいい妹桃子がいることを知った渡部は、桃子に近づこうとした。だが、兄高行に拒否された。複雑な年金について丁寧に教えてやったのに、恩を仇で返された思いを、渡部は感じたに違いない。これが、殺害動機に結びついていったものと想像される。

　一方、渡部の大川富蔵に対する殺人動機は何なのか？　富蔵の死体のそばにあった布団の下から出てきた、ねんきん特別便。ここに、渡部と大川を結びつける何かがあるのだろうか？　もしそうなら、渡部と大川富蔵とは、年金を通して結びつく。年金受給者と社会保険事務所職員なら、どこかで繋がっていてもおかしくはない。動機は何だろうか？――


　宇賀神警部補は、K社会保険事務所を訪れた。

　二階に上がると、渡部勝は在籍していた。宇賀神警部補は、渡部に依頼した。

「お忙しいところ恐れ入りますが、この人の年金加入記録を調べていただけませんか？　いつからいつまで加入していたか、その正確な年月日が分かるものをお願いします」と、言って頭を下げた。

「分かりました」と、渡部は答えた。

　そして、直ぐに、パソコンの前に行き、キーボードをたたき始めた。

　宇賀神は、部屋の中を見渡した。相変わらず、皆忙しそうである。春ほどでもないが、それでも年金に関する問い合わせは、ひっきりなしにかかってくる。

数分すると、渡部は戻ってきた。調べた書類を宇賀神警部補に手渡した。

宇賀神は言った。

「今年は、ねんきん特別便があって、社保さんもたいへんな年だったですね」

「そうですね。こんな年は、今までなかったですよ」と、渡部は答えた。

宇賀神は、更に渡部に話しかける。

「消えた年金と、マスコミでだいぶ騒がれましたからね」

この話題に渡部は、首を傾げて答える。

「まあ、確かに、年金加入期間が自分の思っていたものより少ないという問い合わせが多かったですが、ねんきん特別便が自宅に届いていないというものも、かなり多かったですよ」

「特別便が自宅に届いていない？　そういうことって多いのですか？」と、宇賀神は、聞き返した。

それに渡部は答える。

「多いですよ。こういうことを調べるのも、大変な手間だったですよ」

言った渡部は、いかにもそうだったという顔をした。

「いろいろ、お疲れ様の年でしたね。今日は、どうもありがとうございました」

宇賀神は渡部に礼を言って、部屋を出た。

一階に下りるのに、階段を使った。下りた所で、偶然、花香に会った。ここは、市民があまり来ない場所だ。おまけに、少し奥には社会保険事務所のパンフレットを置いておく、ちょっとした空間がある。

宇賀神は心の中で思った。（どんな小さなことでも良い。事件解決のきっかけになるような何かが摑めたら……）

宇賀神は、そこに花香を案内した。

「この前は、どうもお世話になり、ありがとうございました。渡部さんは、金融機関の方に年金のことを教えたり、市民との接触も、けっこうあるようですね。この前お聞きしたこと以外に、何か市民とのトラブルが有ったことはありませんか？」

宇賀神は、どんなことでも良いから、渡部がどういう人間であるのか、知りたいのだ。

「ええっ」花香は、突然の質問に考え込んでしまった。

「うーん」花香は首を傾げて、思い起こそうとしている。

「あっ」

突然、何か閃いたかのように、顔の神経が動いた。だが、直ぐに努めて押し黙った。宇賀神は、それを見逃さない。

「秘密は絶対に守ります。お願いします」

正義感に燃えた目で目礼した。花香は決心した。

「五月の連休明け頃のことですが、市民とトラブルがありました。別に渡部さんが悪いというわけではなかったですが、ちょうど連休明けで窓口が異常に混雑していましたので、待ちくたびれてしびれを切らせてしまったお客さんに、渡部さんが胸倉を摑まれたということがありました。渡部さんもかなり耐えていましたが、相手のエスカレートも止まりません。渡部さんは首根っこをもたれ、ぐいぐい押されました。ついに渡部さんも堪忍袋の緒が切れてしまい、警察を呼ぼうとしましたが、上司がそれを止めました。

今は世間の風当たりが社保に強いから、我慢するんだ。そのようなことを言い含められ、じっと堪えました。渡部さんは偉かったですが、よほど悔しい思いをしたと、感じました。私には、あの顔が忘れられないです」

「そういうことがあったのですか」

「それで、その興奮した市民の方というのは、誰であるか分かるのですか？」

「ええ……」

宇賀神は、花香の言葉を待った。良子は慎重な顔で、言葉を選びながら言った。

「その方、あとで新聞を見ると、亡くなられた大川さんに似ているような気がするのです」

それを聞くと、宇賀神は言葉が出てこない。口を開けたまま呆然としている。

あの時の光景が、脳裏に浮かんだ。

（宇賀神が、渡部勝に大川富蔵の納付月数について聞いた時、「えっ、大川富蔵さんですか……」と言って、渡部の顔色が変わった。そして、急に押し黙って、元気が無くなった）

二人の間に、沈黙が続く。花香が先に言った。

「ただ、あの異常な混雑でしたから、みんな対応に追われ、見てみぬふりでした。周りの市民の方も、長い間待たされ、カリカリきていましたから、誰も止めようとする人はいませんでした」

宇賀神は、まだ黙ったままである。花香は続ける。

「その方が、亡くなられた大川さんかどうか、はっきり分かりませんよ。私は、今思うとそんな気がしていますが。あるいは、私の勘違いかもしれません……」

花香は下を向いてしまった。

「はい、分かりました」と、宇賀神は、やっと口がきけた。

「他には、ありますか？」

「いえ、私が知っているのはそれだけです」と、花香は答えた。

宇賀神は、うなずいた。

「どうもありがとうございました。秘密はお守りします」

宇賀神は花香に丁寧に頭を下げて、K社会保険事務所を出た。


宇賀神警部補は、群馬県の出身である。十二月中旬、久々に忘年会を兼ねた高校時代の同窓会があった。草津温泉へ出かけた。その中に、剣道部で仲の良かった友人で、群馬県警に所属している兵藤警部補もいた。

一次会では久々に会った旧友同士、昔の思い出話に大いに盛り上がった。群馬県も埼玉県と同様、男女別学の高校が多い。宇賀神剛の出身校もまた、男子校であった。

一次会のあと、二次会があった。更に、それが終わると、部屋に戻って寝る者、小さなグループに分かれて三次会に行く者たちと、次第にばらばらになっていった。

宇賀神は三次会へは、群馬県警に勤めている兵藤と二人きりで出かけた。同じ剣道部で一緒に汗を流し、また、今となっては県こそ違うが、同じ警官同士である。滅多に会うこともなかった旧友は、話がはずんだ。

ある飲み屋に入った。たまたま、一番奥の席に座っていた客が立ち上がった。運良く席が空いたので、二人はそこに着いた。部屋の中は、がやがや騒がしく、周りの者の声は、耳には入らない状態である。

宇賀神は、この状況を見て、心の中に引っ掛かっていたものを旧友に語り始めた。

「実は俺、今、奇妙な事件を抱えているんだ。こんな事件に、今まで出くわしたことはなかった。小説やテレビでも、お目にかかったことは、無いような事件なんだぜ」

一次会や二次会とは、打って変わった顔だ。

「なんだい、それは？」

兵藤も、やはり警察官だ。かなり酒が回っているようだったが、『事件』という言葉を聞くと、パッと目が覚めた状態になった。

「ねんきん特別便って、知っているだろう？」と、宇賀神は話を進める。

「もちろん知っているよ」

「その特別便が、害者が座っていた座布団の下にあったんだよ。害者は、この家の世帯主なんだ」

「それだけなら、不思議ではないだろうが」と、兵藤は答える。

「まあ、それだけならね。おかしいのは、その特別便にはこの家の主と謎の人物の指紋だけが付いていて、室内の郵便受けにも、主と謎の人物の指紋だけが付いていたんだ」

「ふーむ」と、兵藤は好奇心で、目が輝いてきた。

宇賀神は、それを見て、更に話に熱が入っていく。

「俺は、十年前K市にいた時にも、年金が関係するような殺人事件を担当したことがあるんだよ」

「えっ、十年前にも、年金関係の殺人事件？」と、兵藤は、目を丸くした。何かを言おうとした。

宇賀神が、話を続ける。

「うん。十年前には、年金の口座獲得競争をしていた信用金庫職員が、殺された事件が有ったんだ。この時は、容疑者にライバルであった農協職員が浮かんだけれど、すんでのところでアリバイが成立したのだ。不可解なことに、アリバイを証明した人間が、その直後、交通事故で急死した」

「あやしいな」と、兵藤は言う。

「本当にな」と宇賀神は答えて、一呼吸入れた。

旧友兵藤と、さしつさされつ地酒を飲んだ。

「ここまでの話なら、ライバルの農協職員が疑われると思うよな」と、宇賀神は友人に、暗に同意を求めた。

「普通なら、そうだろう」と、兵藤は答える。

宇賀神はうなずき、

「俺は、その農協職員を追い詰めていたが、今言ったようにすんでのところでダメになった」と、繰り返した。

兵藤は、黙ってうなずいた。宇賀神は、話を続けた。

「ところがおかしなことに、今年の夏起きた事件でも、その農協職員が、殺害現場から立ち去ったのが目撃されたんだ」と、宇賀神は言う。

「ふーん。普通に考えれば、その農協職員はあやしいが……。まあ、それでは単純過ぎるか……」と、兵藤は首を傾げた。

宇賀神は、それをひき取って言う。

「ああ、そうなんだ。そんなに単純ではなかったのさ。農協職員は、殺害事件があった時間に、現場にいたことを認め、確かにその証拠もあった。その時間、その場所にいた理由も、はっきりしていた」

「それじゃ」

「ところが、その時間、その場所にいたが、殺害の行われた直後だったと、農協職員は言うのさ」

「なるほどね。その農協職員は、そうとう頭の良い人間なんだね」と兵藤は続ける。

「頭が良いだけではないのだ。十年前の事件の時も、今回の事件でも、お客さんからの評判はすごく良いのだ」

「それは、そうとう手ごわいな」

「そうなんだ」

ここで、また、二人はアルコールで渇いた喉を潤した。

「その農協職員があやしいと思っていたら、今度は驚く人間が容疑者として、急浮上したんだよ」

「ええっ、誰だろう?」と、兵藤は皆目見当がつかない、という顔になった。

「全く、思ってもみなかった人物が」

宇賀神は、兵藤の好奇心を刺激した。兵藤は、口を開けたまま、無言でいる。

宇賀神は、二、三秒、間を置いてから言った。

「社会保険事務所の職員なんだよ」

その言葉に、兵藤は大きな驚きを示した。そして、

「えーっ、まさか!?」と、思わず声が高ぶる。

宇賀神は答える。

「そのまさかなんだよ。まだ、社会保険事務所の職員と、決まった訳ではもちろんないが。その可能性が十分考えられる」

宇賀神の言葉には、ある程度の自信が感じられる。

「まあ、このところ、世間では社会保険事務所の不祥事が続いているからね」と、兵藤自身も、納得の色が少しは感じられる。

それを見て、宇賀神は、更に自信が出てきた。

「俺は、今回の事件と十年前の事件が、どこかで繋がっているように思えてならないのだよ。共通点は、ともにK市で起きていて、ともに年金に関係がある。そうなれば、社会保険事務所の職員が関係していると、疑われても不思議はないからね」

宇賀神は更に、自信を深めた感がある。

「それは、いい点をついているよ。さすがだね」

そう言いながら、兵藤は宇賀神に酒を注いだ。

「奇妙な話だろう。年金絡みの殺人事件なんて、俺は聞いたことがない。いったい、

どうしたら良いのか。本当に悩むよ」

宇賀神はそう言って、杯を飲み干した。そして、兵藤も喉を潤した。

今度は、今まで聞き手だった群馬県警兵藤が、幾分か改まった顔になってから、語り始めた。

「そうか。実は、昨日、俺も奇妙な事件に遭遇したんだよ。宇賀神と同じ、年金が絡んでいる事件なんだ」

「ええっ。年金絡みなのか？」今度は、宇賀神が、驚愕の顔で聞き返した。

兵藤は、酔いが少し醒めた顔で、話を続ける。

「そういう可能性はある。昨日、キノコ狩りに来た市民が、白骨化した死体を発見したんだよ。群馬県は、キノコがいっぱい採れるからね。発見した人は、人がほとんど行かないような場所に行った。たいがいのところは、発見され尽くしているからね。死体発見場所の上を見ると、高い崖になっていた。たぶん、そこから転落死したらしい。発見者は、遠くから死体を見た時、服でも捨ててあるのかな、と思ったらしい。そばに行って、骸骨だったので腰を抜かしたと。二人で行ったから何とか帰れたが、一人で行っていたら、俺も同じ目に遭っていたかもしれない、骸骨にな。そう言っていたよ」

それまで聞き手だった宇賀神が、

「そうだろうな。誰も行かないような山道で、突然、白骨死体に出くわしたら、警察官だってぶったまげるよ」と、相槌を打った。

「問題は、その先なんだ」と、兵藤は真剣な目で、話を続ける。

「骸骨の着ていた服のポケットから、本人のものと思われる手帳が見つかったんだ。その中に、訳の分からないことが書いてあった。年金の関係だよ」

それを聞き、宇賀神は即座に、

「年金！」と、叫んだ。

突然の大声に周りの客も驚き、宇賀神の方を見た。宇賀神は、はっとし、身が小さくなった。少し落ち着くと、兵藤は語り出した。

「俺は、年金のことは難しくてよく分からないけれど」

冷静になった宇賀神は、話を引き取る。

「どういうことだい？　俺は年金のことを少し調べたから、簡単なことなら分かるかもしれない」

宇賀神の顔は、真剣そのものだ。早く先を聞きたい。兵藤は答える。

「手帳には、こう書かれてあったよ。

平成12年1月28日
K社会保険事務所に電話する
あと何ヶ月納めれば、オレは年金がもらえるか?
年金番号をいう
11※※―※※※※※
オレには年金を受ける資格がついている
すでに請求してあり、振り込まれている!
だれかが、オレの年金を受け取っているのだ!!

」


兵藤は、記憶をたどりながら、宇賀神にそう言った。

「ええっ、そんなばかな!」またもや、宇賀神は、大声をあげてしまった。

そして、またも周囲の客は宇賀神の方を、驚いて見た。宇賀神は、周りの視線を気にするどころではなくなっていた。少しの間、時間が止まってしまった。

宇賀神は、徐々に正常な顔になっていった。やっと現実に戻れたのだ。

宇賀神は言った。

「それじゃあ、俺の扱っている事件と同じじゃないか。こういうことが、本当にあるのか!?　今、世間で話題になっているのは、『消えた年金』だ。これは納めた年金が、社会保険庁の納付記録に残っていない、あるいは、社会保険庁のデータが自分が納めた金額よりも少なくなっている。そういうことだった。社保の職員が掛金を着服したりして、ずさんな管理が問題になっていた。

しかし、今回の事件は何なんだ？　自分が納めた記憶がないのに、納付されたことになっている。しかも、この事件も、俺が扱っている事件も、本人が請求手続きをした覚えがないのに、手続きがなされている。おまけに、振込みが為されている。知らない何者かが、年金を受け取っているのだ！」

宇賀神警部補は、一次会、二次会、そして三次会と酒の量は増えていった。だが、一気に酔いは醒めてしまっていた。かなりのアルコールが体内に吸い込まれたため身体はだるいが、頭の中は前代未聞の話に冴えきり、おかしなバランスになった。

「兵藤、俺たちはたいへんな事件に遭遇してしまったなあ。もし、これが事実なら、年金制度が崩れてしまうかもしれない」

宇賀神は年金に人並み以上の関心はあるが、兵藤はさっぱりらしい。

「そんな、大事な問題なのか？」と、兵藤は訊き返した。

「そうだよ。これが本当なら、大きな社会問題になるぞ」と、宇賀神は真剣な顔で答える。

「そうか」兵藤は、考え込んだ。

「ところで俺は群馬県のM社会保険事務所に行って、年金番号11※※—※※※※※※から、本人の情報を調べたんだ」と、兵藤は続ける。

「うむ」

「そしたら、また、驚いたよ」と、兵藤は言う。

「どうした?」

「その白骨死体の住所が、おまえのいるところ、埼玉県K市になっていたんだ」

「えっ、なんだってK市?」と、宇賀神は目を丸くし、顔は硬直した。酔いは、完全に醒め切った。

兵藤は、宇賀神に言う。

「そうなんだ。それで、来週にでもK社会保険事務所に行こうと思っていたんだ」

宇賀神は兵藤に答える。

「そうか。それなら、俺のところへ是非寄ってくれ。俺も何度か、K社会保険事務所に行ったことがある。知っている人もいる。俺も是非、この事件を確かめたい。俺の方からお前に、Ｋ社会保険事務所に一緒に連れて行ってくれと、頼みたい」

　こんな状況の中で、宇賀神の顔は輝いた。俺は、直ぐにでも行って確かめたい。その思いが、ありありと浮かんでいる。

　群馬県内の不可解極まる事件であるが、白骨死体の住所が埼玉県Ｋ市だと聞き、これが事件解決の糸口になるかもしれない。宇賀神警部補は、そう直感した。

第七章　年金納付記録

　群馬県警の兵藤警部補は、草津温泉での同窓会旅行から帰った翌日、さっそく埼玉県のＫ警察署に宇賀神警部補を訪ねた。

　二人は、簡単な挨拶を済ませると、宇賀神の運転でＫ社会保険事務所へ向かった。

　宇賀神は、渡部がいないことを望んでいたが、運良く有給休暇を取っていた。

　花香良子が、宇賀神と兵藤の応対をしてくれた。

　宇賀神は、兵藤から聞いた話を基に、花香に調査を依頼した。

「群馬県のＭ社会保険事務所で、この年金番号１１※※―※※※※※※を調べると、

K市で年金を受け取っている方であることが、分かりました。申し訳ありませんが、この年金番号から、この方の住所、氏名、生年月日を教えていただきたいのですが」

花香は、直ぐにコンピューターの前に行き、キーを打ち始めた。

まもなく、アウトプットされた結果を、二人の刑事に持ってきてくれた。住所は埼玉県K市荒川町1－2、氏名は山脇勉、生年月日は昭和十一年五月三日、とあった。

住所については、K市役所市民課に電話して、山脇勉の住民票を住基データから確認してもらった。たまたま、一ノ瀬係長が不在であったため、電話に出た人に聞いた。社保の記録にあるとおり、住民票もK市荒川町1－2であった。

次に、宇賀神は花香に、核心部分について尋ねた。

「この方の納付月数は何月か、分かりますか？」

この質問に、花香は即答した。

「はい、分かります。この紙のこの部分に打ち出されています」

花香は、アウトプットされた用紙の納付月数の部分を指した。そこには300と印字されていた。宇賀神は大川富蔵の場合と同じ月数であることを思い出した。300月納付したということは、25年納めたことであり、年金の受給権が発生している。

宇賀神は、山脇勉のポケットから見つかった手帳に、書かれてあった内容を思い出した。そこで、花香に、また調べをお願いした。

「この山脇勉さんが、現在年金を受け取っているかどうか、分かりますか？」

数分すると、花香が戻ってきた。

「お調べしました結果ですが、この方は年金を現在も受け取っています」

それが、調べた答えである。

宇賀神は考えた。

(もし、あの白骨死体が本当に山脇勉なら、死亡が確認されたのが先週だから、まだ死亡届が提出されず、年金が支払われ続けているのは分かる。しかし、問題は、本人が年金掛金の支払いをやめているのに、受給資格が付くまで納付がされていた。しかも、本人が知らない間に年金が請求されており、受け取りもされている。全てが謎の何者かによって)

宇賀神は、またも、大川富蔵事件を思い出す。ねんきん特別便の国民年金納付月数が３００月となっているのに、富蔵の子供たちの言った言葉である。

『年金をもらっていたはずが、有る訳ないだろ!?　掛けるのをやめたのだから』

そして、K社会保険事務所で調べたところ、大川富蔵も国民年金を請求し、受給していた。

(子供たちが知らなかっただけで、富蔵は年金を受け取っていたのか？　確かに、それは子供たちに言う必要はない。言えば、お金を要求されるかもしれないからだ。だが、もし山脇勉のように、本人が知らない間に、誰か別人が掛金を成り代わって納め、納付月数が300月になり、受給権が発生する。すると今度は、本人に成り代わって請求し、年金を受け取っていたとしたら？)

宇賀神警部補は、頭の中が混乱してきた。

(そういうことが、果たして可能なのだろうか？)

兵藤警部補は、宇賀神警部補の面前で、K社会保険事務所の花香にお願いをする。

「山脇勉さんの年金が既に請求され、定期的に振り込まれていることが、調べていただき分かりました。ありがとうございました。これで、本人の手帳に書かれてあったことが間違いない、ということが判明しました。あとは、あの死体が確かに山脇勉さん本人であるかどうか、確認しなければなりません。私も、遠くからやって来ましたし、上司に報告する手前、誠に申し訳ありませんが、山脇勉さんの年金納付記録をいただけないでしょうか？　本人の手帳に書かれたこととの事実確認をするに当たり、貴重な資料となりますので、是非よろしくお願いいたします」

兵藤は花香に、深々と頭を下げた。花香は、ちょっと考えてから言った。

「はい、分かりました。殺人事件の可能性も考えられる事件なので、大丈夫だと思います」

花香は、山脇勉の年金納付記録を、兵藤に渡した。

兵藤は、それを見た。そして、気にかかっていたことを花香に尋ねた。

「一つ、お聞きしてよろしいですか？」

「はい、何でしょうか？」

兵藤は花香に、本当に申し訳なさそうに言った。

「こんなことはないとは思うのですが、万が一、本当に万に一つですが、社保さんの方で納付記録の付け間違いということは、有りうるのでしょうか？　他の人が納めたのに、山脇勉さんが納付したことになっている。そういうことは考えられるのでしょうか？」

花香は、納付記録の紙を見ながら、即座に答えた。

「ここを見ていただきたく思います。納付金額の下に、納付した年月日が記入されています。たとえば、ここは上の段に１３，３００円、その下にH．11．10．31とあります。つまり平成11年10月31日に１３，３００円納付したという記録です。年金番号と氏名を確認してから、何年何月何日に、いくら納めたかを入力しています。コンピューターから打ち出された内容も、何度もチェックしています。ここに間違いがあるとは、私には考えられません」

控えめな花香良子が、自信を持って、胸を張って答えた。

兵藤は納得した。宇賀神はそれを見て、思い立ったかのように、花香に言う。

「実は、私も、ずっと気になっていたのです。この山脇勉さんの事件と、私が担当している大川富蔵さんの二つの事件が、どこかで繋がっているのではないかと。誠に申し訳ありませんが、大川富蔵さんと山脇勉さんの年金納付記録を、私にいただけないでしょうか？」

花香は、宇賀神の瞳の奥で、火が燃え盛っているのを感じながら、答えた。

「分かりました。少々お待ちください」

数分して、花香は戻った。そして、宇賀神に、二人分の年金納付記録を渡した。

「貴重な資料をいただき、ありがとうございます。必ず役立たせます。本当に、お世話になりました」

宇賀神警部補と兵藤警部補は、Ｋ社会保険事務所を後にした。

二人は、花香に教えてもらった山脇勉の住所、Ｋ市荒川町１－２へ行ってみることにした。そこは、K警察署まで帰る途中にあったため、近くのK駅の交番に立ち寄り、地図で位置を確かめた。

住所については、K市役所市民課に確認したとおり、山脇勉の住民票はK市荒川町1－2で、間違いはないはずであった。ところが、地図上で見る限り、その場所には山脇の名はどこにも見当たらない。

もしかしたら、山脇勉は世帯主でなく他の人が世帯主となっているため山脇の名字は出てこない。そう考えられなくもない。とにかく、宇賀神と兵藤は、現地に行ってみることにした。

K市荒川町1－2に到着した。豪華な家が立っていた。表札は、全くの別人だ。

宇賀神は、チャイムを鳴らした。運良く、直ぐに人が出てきた。若い夫婦らしかった。身なりも立派で、裕福そうに見えた。

宇賀神警部補は、警察手帳を見せた。相手方は人並みの反応を示しただけだった。

「ちょっと、お尋ねしますが、ここは山脇勉さんのお宅ですか？」

「いいえ、違いますわ」

妻らしき者は答えた。

「山脇勉さんて聞いたことは、ありますか？　市で確認したところ、住民票はここに置いてあるということですが」

「ああ」女性は、そう言いながら、夫らしき人の方を見た。男性は答えた。

「うちも困っているんですよ。その山脇勉さんというのはこの土地の前の所有者なんです。ここはK駅にも近く歩いても二十分くらいですし、静かな場所でしたので、私たちは買いました。あまりに値段が安かったので不動産屋さんに聞いたら、競売物件と言うことでした。前の所有者が借金が払えなくなり夜逃げしたと、聞いています。場所的には良い所ですし、間にしっかりした不動産屋さんが入っているということでしたので、私は決めました。土地が安く買えましたので、お金には助かりました」

「ええ、それで、こんなに立派な家を建てられたのですか」と、宇賀神は、納得したように言った。

「いえ、いえ、そんなことはありません」

その家の所有者らしい男性は、にこにこと笑顔になった。しかし、直ぐに笑いは消えた。

「前の所有者が、住民票を置いたまま行方不明になったため、知らない手紙やハガキなどがいっぱい来ましたよ。郵便局に話したら、来なくなりましたが。でも、今でも人が来たりすることもあるので、困っています。今日もまた、警察の方が……」

男性は、途中で言うのをやめて、黙ってしまった。

「本当に、申し訳ありません」と、宇賀神警部補は、深々と頭を下げた。

「いや、いや、そんなことは……」

相手は恐縮した。宇賀神は尋ねる。

「その方について、何か聞いたことはありますか？」

それに対して、主人らしい男性は、きっぱりと答えた。

「私は、前の所有者のことは一切聞きたくはないと、思っています。不動産屋さんから買ったあとのことだけを、考えれば良いことですから」

強い意志が感じられる。

「確かに、そのとおりですね。おじゃましました。ありがとうございました」

宇賀神と兵藤の両警部補は、丁寧に礼を言ってその家を後にした。

二人は、近所を少し歩いた。すると、ある昔づくりの家があった。門までいくと、運良く庭に老婦人がたたずんでいた。二人は、側に行った。

「きれいな庭ですね」

宇賀神が言うと、婦人はにっこりした。警察手帳を見せた。

「お疲れ様です」

婦人は、好意的な感じを示した。宇賀神警部補は訊ねた。

「ちょっと、お尋ねいたします。私たちは、人を捜しています。荒川町1-2に昔、山脇勉さんという方がいらっしゃったようですが、さきほどこの住所に行ってみると、表札は全然別の人になっていました。豪華な家が立っていて、そこのご主人さんらしい方に聞いてみると、山脇勉さんは前の土地の持ち主らしいが、不動産屋さんから買ったのでよくは知らない、ということでした。もし、奥さんが、山脇勉さんのことで知っていることがありましたら、伺わせていただけないでしょうか？」

宇賀神警部補は、頭を深く下げてお願いした。老婦人は、躊躇していた。

やがて、周りを見渡して誰もいないことが分かると、口を開いた。

「山脇さんは、良い人だったんですよ」と、しみじみとそう言った。そして続けた。

「子供が小学校に通っていた頃は、ＰＴＡの会長をしていました。奥さんと子供さん一人の三人暮らしで、事業の方も順調にいっていたようです。あの頃が山脇さん一家は、一番良かったのじゃないですかね。ご主人の勉さんはお顔も良かったんですよ」

老婦人は、ニコニコと笑った。そして、また、語り始めた。

「女性から好かれる顔で、やさしい人柄でしたからね。ＰＴＡの女性たちから、会長さん、会長さんって、ちやほやされていました。人の話では、そういった女の人たちを連れて、よく飲み屋さんにも行っていたらしいですよ。それが、だんだん度を越すようになっていき、ＰＴＡのある女性と仲がよくなったみたいです。どんどんとその女性の方にのめり込んでしまい、気が付いた時には、借金が大分あった、ということです」そう言って、婦人は息をついだ。

二人の刑事は、うなずいていた。少しして、婦人は、また語り始めた。

「その頃、運悪く、商売の方もうまくいかなくなってしまったようです。奥さんが帳簿をつけていましたから、借金が膨らんでいくのが分かって、ほうぼうの知り合いを訪ね、お金を借りまくっていたそうです。でも、そのうち、奥さんも借りるところが無くなり、また、勉さんも飲み屋からの催促もあって、夜逃げ同然で、一家は急に姿を消しました」

婦人は、思わず下を向いた。数秒して、顔を上げた。

「昔は、あんなに羽振りが良かったのですがね……。今は、どこでどうしているのやら……。生きているのかどうかさえも、私たちには、分かりません」

老婦人は、しみじみとした口調で語り終えた。

「その後のことについて、何か耳にしたことは有りますか？」と、宇賀神は、聞いてみた。

「何にも」と、婦人は、首を横に振りながら答えた。

だが、ふと思い出したかのように、付け足した。

「そういえば、埼玉では人に見つかってしまうと言って、群馬の山の中で暮らしているとか、そんな話を聞いたこともありましたね。ほら、たまにテレビなんかで、自給自足の番組をやっていることがありますよね。あれを見ると、私は山脇さんを思い出しますよ」

その言葉に、宇賀神と兵藤は黙って下を向いてしまった。

二人の刑事は、老婦人に丁寧に礼を言って、その家を後にした。


K警察署に着いた。

宇賀神は、兵藤と一緒に自席に戻った。直ぐに、お茶が運ばれた。

「まあ、どうぞ。喉がからからですね」と、宇賀神は兵藤に勧めた。

「ええ、いただきます」

二人とも寒い中を歩き疲れ、温かいお茶が喉と共に心までも潤した。本当にうまい一杯だった。飲み終わると、兵藤は、宇賀神に心から礼を言った。

「今日は、K社会保険事務所と、山脇勉の件で一緒に回っていただき、ありがとうございました。K社保から納付記録もいただき、助かりました。今後の捜査に大いに役立つと思います」
「いや、助けられたのは私の方です」と、宇賀神は答えた。そして、続けた。
「兵藤さんから草津で話を聞いた時、私は本当に驚きましたよ。私が追っていたのと同じ事件だ！　そう直感しました。こんな類のものなんて、聞いたことがありませんでしたから。山脇勉の手帳に書かれてあったこと、
『平成12年1月28日
　K社会保険事務所に電話する
あと何ヶ月納めれば、オレは年金がもらえるか？
年金番号をいう
1 1※※－※※※※※※
オレには年金を受ける資格がついている
すでに請求してあり、振り込まれている！
だれかが、オレの年金を受け取っているのだ!!』
この真実が、K社会保険事務所で証明されたのですから。

私が追っている事件、K市で八月の暑い夜、起きた殺人事件と共通点があるんです。二つの事件は、どういう訳か、年金とK市が絡んでいるのが不思議ですが。私も、社保から二人の納付記録をもらってきたので、よく調べてみます」

全く不可解な事件ではあったが、二つの事件の共通性を見つけると、なにがしかの解決方法があるかもしれない。難解な問題に挑戦する刑事魂が、宇賀神警部補の顔にみるみると湧き上がっていった。

「今日は、本当にお世話になりました。今後とも、よろしくお願いします」

群馬県警兵藤警部補は、宇賀神警部補に丁寧に礼を言って、K警察署を去って行った。

十二月二十四日の晩。

宇賀神は、クリスマス・イブを自宅で一人で迎えた。テレビを見ながら、焼き鳥と焼酎でくつろいでいた。

メールの着信メロディーが鳴った。見ると案の定、愛娘からのものだった。

『メリー・クリスマス！

パパ元気？　私は元気よ。ママもね。

これから寒くなってくるけど身体に十分気をつけてね。

年末・年始は、特に忙しいでしょうけど、がんばってね！

私たちが、安心して暮らせるのはパパたちのおかげでーす。

パパは、私の誇りでーす。

敬礼』

宇賀神の頬に、熱い涙が伝わった。

娘が子供の頃を思い出した。刑事の仕事で、クリスマス・イブを自宅で過ごすことは、滅多に無かった。ほとんどは、娘の大好きな赤い長靴を、寝ている間に、妻に頼んで枕元においてもらっていた。

そして、娘は父に会うと、こう言った。

「サンタさんは、本当にいたわ。パパが、みんなが寝ている時も、お仕事をしているのを知っているんだわ。あたしには、こんな大きなプレゼントをくれたのだもの。パパにも、すこし分けてあげたいな」

無邪気で、本当にかわいかった。

親のせいで、子供には迷惑をかけてきた。娘には、何の罪もないのに。

焼酎でほろ酔い気分になりながら、宇賀神は愛娘と、夢の中でイブを過ごした。

翌日、宇賀神はK警察署に出勤すると、社会保険事務所からもらった年金納付記録に目を通していた。

社保の花香良子が言ったとおり、納付記録は、二段になっている。上段が納付額、下段が納付年月日だ。昨日、社保で見方を教えてもらった山脇勉のものを、じっと見つめていた。これで、納付記録の仕組みの概要は分かった。

次に、大川富蔵の記録を読んだ。山脇勉と同じに、二段になっている。上段が納付額、下段が納付年月日だ。

宇賀神は、ずっと見つめている。大川富蔵と山脇勉は、生年月日が違う。大川富蔵は、昭和十年六月二十三日生まれ。山脇勉は、昭和十一年五月三日生まれだ。そのため、納付年月日も当然違う。

大川富蔵の記録は、山脇勉と同じように、初めのうちは掛金が安く、それから徐々に上がっている。そして、平成八年六月二十八日に、突然277，200円を納めている。これは、過去二年間分である。

K社会保険事務所で説明を受けたように、免除の手続きがされていない場合は、掛金を納める消滅時効は二年である。お金に余裕ができた時は、過去二年間を一度に納めることができる。
　平成六年七月から平成八年六月の二年間分は、
11，100円×　9月＝　99，900円
11，700円×12月＝140，400円
12，300円×　3月＝　36，900円
　　　　　　　計277，200円
　計算どおり、一度に納めたことになる。

　ここで、宇賀神は疑問を感じる。大川富蔵の子供たちの言葉が頭に浮かぶ。

『年金をもらっていたはずが、有る訳ないだろ!?　掛けるのをやめたのだから』

　そう言っていた者が、突然、二年間分の年金掛金を納めるだろうか？

　しかも、商売が上手くいっていなかったようであるから、一度に277，200円を納めることは、臨時収入がない限り難しいのではないか？

　長く生きられることが確実ならば、リターンの方が大きいから、無理してでも納めた方が得だ。はたして、大川富蔵はそういう考え方をしただろうか？

　宇賀神は、あれこれ考えながら、年金納付記録を見ていた。

(1) 国民年金掛金の推移

改正年月	毎月の掛金
平成５年4月～	10,500円
平成６年4月～	11,100円
平成７年4月～	11,700円
平成８年4月～	12,300円
平成９年4月～	12,800円
平成10年4月～	13,300円
平成17年4月～	13,580円

(2) 国民年金支給額の推移

改定年月	満額の額
平成６年４月～	747,300円
平成６年10月～	780,000円
平成７年４月～	785,500円
平成10年４月～	799,500円

待てよ！　この277，200円。どこかで見た数字だ。

確か、山脇勉の納付記録にあったものと同じではないか？

宇賀神は慌てて、山脇勉の年金納付記録を見た。

同じだ！　大川富蔵と山脇勉は、過去二年間分を一括納入している。

もしかしたら？

宇賀神は、二人が277，200円納入した日付を確認した。

これも同じだ！　平成八年六月二十八日だ。

二人は同日付で、同額の過去二年間分277，200円納入している！　生年月日が違う。従って、六十歳になった日も違う。なのに……。こんなことが、ありうるのだろうか!?

そして、大川富蔵の納付記録で、またも目に留まるものが見つかった。

毎月一ヶ月分ずつ納めていることが多いが、時には二ヶ月分、あるいは三ヶ月分が納入されていることがある。

平成九年一月二十二日に二ヶ月分の24，600円、平成十年七月三日に三ヶ月分の39，900円が納入されている。これ自体は、何も不思議ではない。

気にかかったのは、二ヶ月分、三ヶ月分を納入した日付だ。

宇賀神は同じように、山脇勉の年金納付記録と見比べた。

同じだ！　大川富蔵と山脇勉の二ヶ月分、三ヶ月分を納入した日が同日だ。

まてよ、もしかしたら？　毎月分はどうなっているのか？　一ヶ月ずつ比べてみた。

最初のうちは、生年月日が異なるから、当然納付年月日も違う。

問題は、過去二年間分２７７，２００円を一括納入したあとの納付記録だ。

宇賀神は緊張する。手が震える。一月ずつ、ていねいに見比べる。大川富蔵の納付年月日を見る。月末になっている。山脇勉のものを見る。月末だ。同じだ。

次の月を見る。大川富蔵の納付年月日は月末になっている。山脇勉のものも月末だ。同じだ。二人とも月末に納めるようにしていたのか？

月末が続いていくが、突然、大川富蔵の納付年月日が翌月六日になっている。何かの都合で、遅れたのか？

次に山脇勉の記録を見る。同じだ！　これも翌月の六日になっている。いつも月末に納めていた二人の人間が、同じように遅れて六日になっている。たまたま偶然なのか？

宇賀神警部補は、２７７，２００円納付された以降の、二人の納付したすべての日付を確認してみた。

その結果、大川富蔵は一ヶ月分を三十三回納付している。それに先程の二ヶ月分が一回、三ヶ月分が一回。計で三十八月納入したことになる。

過去二年間の二十四月分を一括納入する以前に、二百三十八月納付している。

これで、２３８月＋２４月＋３８月＝３００月。

二十歳以降の納付月数は合計で三百月となった。年金受給資格が付いたわけである。

山脇勉は、過去二年間の二十四月分２７７，２００円を一括納入する以前の納付月数が二百六十月あった。

一括納入以降は、先程の二ヶ月分が一回、三ヶ月分が一回、それに一ヶ月分を納入したことが三十一回。計で三十六月の納入である。

二十歳以降の納付月数は、
２４０月＋２４月＋３６月＝３００月
同じように、山脇勉もこれで納付月数の合計が三百月となり、年金受給資格が得られた。

宇賀神は考える。山脇勉と大川富蔵の年金納付記録は三つの点で共通する。

まずは、若い頃、国民年金を納めていたが、途中から途絶えてしまった。六十歳を過ぎてから、過去二年間は納付できるというきまりにより、突然、二十四ヶ月分を一度に納めている。二人に、臨時収入があったかどうかは不明である。

第二の点としては、複数月を納めた記録についてである。二ヶ月分の24，600円、三ヶ月分の39，900円がそれぞれ一回ずつ納入されているが、納付年月日がすっかり同じである。

第三の点はこうだ。二人の納付記録が重なっている月は、納入年月日がすべて一致している。月末に納めていることが多い。だが、遅れて翌月に納入したことが五回あった。その五回の納入日も、すべて同一日である。

これは、本当に単なる偶然だろうか？　これだけ、納付記録がしっかりしたものなら、当初思ったようなこと、つまり、誰かと取り違えて記録をつけた、ということではないと思われる。

偶然でなければ作為だ。誰が？　誰がといっても、年金納付に詳しいのは、社会保険事務所の職員しか考えられない。社保職員が、作為的に納付したのか？

なぜ？　それは、大川富蔵事件でも、山脇勉事件からも想像はつく。

年金掛金を途中まで納め、放棄した人間を探す。本人に成り代わって納付し、受給資格を満たす。たとえば、本人が二十年納め、その後納められなくなったら、残りの五年を、本人の知らぬ間に本人に成り代わって納める。そうすれば、年金の受給資格が付く。そして、今度は本人に成り代わって請求し、年金を受け取る。

確かに、理屈のうえでは可能かもしれない。でも、これを実行するためには、相当年金に詳しくなければ無理だ。そして、理屈だけではない。事務処理や内部事情に精通していなくては、不可能だと思われる。そうすれば、犯人は自ずから明らかだ。社会保険事務所に勤めている職員でなければ無理ではないか!?

宇賀神は、新聞記事を集めて読んだことを思い出した。収納率を上げるため、標準報酬月額の書き換えをした社会保険事務所のずさんな体質。

そして、年金掛金のネコババといった、社会保険事務所職員のモラル無き行為。これらから類推すれば、犯人は社会保険事務所職員、そう思いたくなるだろう。

とりあえず、今回の大川富蔵事件について考察してみる。

宇賀神は、大川事件と町田高行事件の犯人は、同一人物だと思っている。確定的なものはないが、事件の内容と直感とでそう思えてきた。

そして、大川富蔵事件と山脇勉事件とは、年金納付記録を見る限り、同一犯人で間違いはないと確信は深まった。

宇賀神は、ここまで考えると、K社会保険事務所職員の渡部勝が一番真犯人に近い、という結論に達した。それを立証するためには、渡部の物的証拠を探さなければならない。

大川富蔵事件では、室内に数人の指紋が残されていた。解明していないのは、そのうちの一人だけである。それが渡部のものだとしたら、物証が得られることになる。

渡部の指紋を取る、何かうまい方法はないだろうか？　宇賀神警部補は、ふと思い出した。

先日、K社会保険事務所に行った時、渡部に調査を依頼し、渡部から直接手渡された書類がある。あれから指紋が検出されるかもしれない。そうすれば、わざわざ社保に出向く必要はない。簡単に済ますことができる。

宇賀神は、この書類を捜した。机の中を開けてみる。あった。良かった。さっそく鑑識の所へ行った。検出されるすべての指紋の採取を依頼した。

「時間が経っているので、どこまでできるか分かりませんが、とにかくやってみます」と、鑑識は言った。

「よろしくお願いします」

宇賀神は、自席に戻った。

（指紋が取れるかもしれない。そうすれば、うまくいくかもしれない。とんとん拍子にいくかもしれない。ああ、本当に長い戦いだった！）

宇賀神警部補は、十年前を思い出した。K市にいた。

（あの頃は、俺は若かった。町田高行事件。犯人らしき人物を追い詰めながらも、すんでのところでダメだった。あれが解決できなかったことが、その後の仕事に、どれほど自信を無くしたことか！

それが、今年またもK市に異動となり、戻ってきた。そして、大川富蔵事件に出くわした。更に、山脇勉事件。奇妙な事件が続いた。大川富蔵事件だけなら、富蔵の子供たちや内縁の女を怪しんだだろう。だが、町田高行事件と山脇勉事件を加えると、三つの複雑な事件に共通点があった。K市と年金だ。それにK社保も絡むかも？もしかしたら、この繋がりでうまく解決できるかもしれない）

宇賀神は、社会保険事務所職員渡部勝の逮捕に向けて、今後の流れを考えた。

（三つの殺人事件の同時解決だ。刑事生活で、何年かに一回あるかどうかだ。いやっ、一生に一度のことになるかもしれない）

自然と、心の中が浮き浮きとしてきた。

宇賀神警部補に電話があった。鑑識からだった。

「ばっちりですよ。書類から、指紋が取れました」

「分かった。直ぐ行く」宇賀神の心臓は張り裂けそうだ。

鑑識のところへ着いた。社会保険事務所で渡部勝から手渡しされた書類には、渡部の指紋がはっきりと付いていた。鮮明に読み取れた。だが、この指紋は、大川富蔵事件の時、大川宅から採取された謎の人物のものとは一致しなかった！

（そんなバカな！）

宇賀神は、呆然として言葉を失ってしまった。あれほどまでに自信があったのに。大川富蔵の座布団の下にあったねんきん特別便と、郵便受けに付着していた指紋の主とは、社会保険事務所職員渡部勝であると！

推測は、当たらなかった！　では、一体誰が真犯人なんだ！

宇賀神警部補は、ついさっきまでのにこやかな顔とは全然別人になってしまった。

またも、俺は犯人を捕まえられないのか？　十年前と同じになってしまうのか？

俺には、刑事としての才能は無いのか!?

第八章　国民年金掛金

宇賀神警部補は、最近、頭を抱えてしまっている。

(俺は、今までの考えを、見直すべきではないだろうか？　町田高行事件の犯人と大川富蔵事件の犯人は、同一人物であると仮定してきた。だが、それは、俺の思い込みだけだったのではないだろうか？　指紋は、渡部勝のものではなかった。私の思い込みは外れた。二つの事件の犯人は、別人であるかもしれない。そういう観点からも考えなければならない。しかし、大川富蔵と山脇勉の二人の納付記録を見る限り、二つの事件の犯人は、別人ということは考えにくい。同一人物が納付した以外には、不可能ではないだろうか？)

宇賀神は、しばらく考えてから、こう思った。(今までの自分には見落としている何かが有るかもしれない。頭を切り替えなくては)

さっそく、K市役所へ出かけた。

市民課の隣にある保険年金課を訪れた。ここには国民年金の係がある。窓口は混雑していた。

宇賀神警部補に応対したのは、初心者らしき女性だった。宇賀神は尋ねた。

「ちょっとお伺いします。国民年金の掛金は今は社会保険事務所で納めていますが、昔は市町村でも納めることができた。そういう話を、聞いたことがあるのですが」

それに対して、職員は緊張しながら答えた。

「はい、昔は納めることができました」

宇賀神は、更に訊ねる。

「いつ頃まで、市町村で納めることができたか、分かりますか?」

「はい、調べてみます」と、新人らしい職員は、周りの人に目を向けたが、皆それぞれが市民と対応しており、聞ける雰囲気ではなかった。

自分のオリジナルらしいノートを見ながら答えた。

「はい、平成十四年三月までは、市町村でも納めることができました。ただし、現年度のみです」

「現年度のみ?」新人の答えに、宇賀神は更に質問を進めようとする。

「はい、現年度は市町村、過年度は社保で納付していたようです」

宇賀神は、もっと深く知りたかった。そして、訊ねる。

「たとえば？」

新人は自分の知っている知識を総動員して、一所懸命答える。

「例えばですね。平成十二年度に市町村で納付する場合、十二年度が現年度ですから十二年分は市町村で、その前年の十一年度分を納めようとした場合は過年度になりますから、十一年分は社会保険事務所で納めていたようです」

宇賀神は、慎重に確認する。

「平成十四年三月までは、現年度は市町村、過年度は社会保険事務所で納付していたということですね？」

「はい、そうです」

カウンターを挟んで対応していた新人職員は、周りをきょろきょろと見た。宇賀神も、つられて周囲を見回した。

年末であり、来客は非常に多い。宇賀神の後ろにも多数の人が並んでおり、まだかまだかと自分の順番を待っている。

「分かりました。ありがとうございました」

宇賀神は、そう言って年金係を後にした。

宇賀神警部補は庁外に出て、歩いていた。先程のK市役所の国民年金係とのやり取りを思い出していた。

大川富蔵と山脇勉が、過去二年間の二十四月分を支払ったのは、二人とも六十歳を過ぎてからだった。職員の話では、『平成十四年三月までは、市町村でも国民年金の掛金を納めることができました。ただし、市町村で納めるのは現年度で、過年度は社会保険事務所で納付していました』ということだった。

この過去二年間の過年度分を、社会保険事務所で納付していたのは、社会保険事務所の職員と考えられる。

渡部勝、あるいはそれ以外の社会保険事務所の職員で、間違いはないのでは？

あれだけ多くの社会保険事務所職員がいる。そして、社保のずさんな体質、消えた年金、社保庁ぐるみの年金改ざん等。次に何が出てくるか分からないほど、いろんな問題が出ている。

宇賀神はそう思っているうち、急に閃いたことがあった。

あっ、こういうことも考えられるぞ。社保職員渡部勝と農協職員村岡治郎が、仲間の場合だ。年金納付記録を見る限り、本人になり代わって納付したのは、社会保険事務所職員だと思われる。農協職員では、無理だろう。

そして、大川富蔵の家に犯行時刻にいたのは、村岡治郎だ。これは、本人も認めているし、また、それを裏付ける物証もある。村岡本人は殺人を否認しているが、犯行場所に犯行時刻にいたのが確実なのは、今のところ農協職員村岡治郎しかいない。

村岡は、信用金庫職員町田高行と同じように、複雑な年金制度を勉強するために、よくK社会保険事務所に行っていたはずだ。それなら、村岡と社保職員渡部勝が組んでいたことも十分考えられる。むしろ、難解な今回の事件は、状況からそう推測するのが自然かもしれない。

社会保険事務所職員渡部勝の単独犯行では、大川宅に付着していた指紋との繋がりを解明できない。また、農協職員村岡治郎が単独では、年金納付記録の謎を解くことは無理だと思われる。二人は、共犯である可能性が高まる。

宇賀神警部補は、社会保険事務所職員渡部勝と農協職員村岡治郎との繋がりを捜査することにした。

世の中には、関連が無いと思われていることが、何かのきっかけで結びつき、あっという間に解決することもある。逆に、理屈の上ではくっついていそうだが、いくら調べても繋がりが見つけられないこともある。社会保険事務所職員渡部勝と農協職員村岡治郎との関係は、どちらだろうか？

宇賀神警部補は、事件が一気に解決するかもしれない。そういう思いに駆られ、考えられることは全て捜査した。

だが、二人の関係は、村岡が渡部に年金の手続きを事務的に教えてもらう、それ以外のことはいくら調べても見つからなかった。

二人が大それたことをやるために、わざと関係を疎遠にしていると考えられなくもない。だが、目下のところ、その痕跡は微塵も見られなかった。


平成二十年十二月二十六日（金曜日）。宇賀神は、仕事で疲れた重い足取りで、一人暮らしの我が家に着いた。

まずは、一風呂だ。寒い日の何よりのご馳走は、食事よりも温かい風呂だ。そう聞いたことがある。宇賀神にとっては、確かにそうだった。こんな日は何よりも、それを感じた。

風呂から出た。宇賀神は、なんとなく携帯電話を手にした。今日は、官公庁も御用納めの日。愛娘からメールが届いているかもしれない。期待と緊張にかられ、二つ折りの携帯電話を開けた。有った！　メール到着のマークがついている。

宇賀神パパは、直ぐにメールを開いた。愛娘から二つも届いている。まず最初のメール。動画だ。娘が画面の中でまるで目の前にいるように感じられる。アイドルのように。いや、どんなアイドルよりもずっとかわいい。声が聞こえた。

『パパ元気？　私は元気よ。ママもね。

今日は、本当に寒い日ね。

私、待っているから、おちょこを持ってきて。

そしたら、次のメールを開けてね』

パパは、素直に娘の言葉に従った。お勝手から、日本酒用の一番好きなおちょこを持ってきた。それを、テーブルの上に置いた。娘からの二番目のメールを開ける。次も動画だ。これも娘が面前で話しかけてくる。

『お待たせしました。

本日は、御用納めです。

宇賀神剛殿、私たち市民のために、この一年間、本当にありがとうございました。

私、宇賀神亜希が、みんなを代表してお礼を申し上げます。（そう言って、画面の中で、娘は深く頭を下げる）

さあ、こんな寒い晩は、温かい熱燗を召し上がれ。

かけつけ三杯。
まずは、一杯。（娘は、徳利を持って、こちらに注ぐまねをしている。以下同じ）
次に、二杯。
そして、三杯。
おまけに、もう一杯。
さらに、一杯。
どう？　パパ、おいしく飲めた？
風邪ひかないように、よく休んでね！
おやすみなさい

敬礼（娘は、敬礼した）』

宇賀神剛も、敬礼した。身体は、そのまま動かない。目から涙が、頰伝いに流れ続けている。熱い涙だ。ありがとう、ありがとう、本当にありがとう。何よりもおいしい熱燗だ。そして、誰についでもらうより、おいしい酒だ。

やがて、宇賀神パパは、本物の熱燗を飲んだ。さっきの娘の姿を思い浮かべながら、おちょこを差し出した。二度目の涙を流しながら。

渇いた喉に、娘から注がれた酒が染み渡っていった。

平成二十一年一月五日（月曜日）。御用始め。宇賀神警部補は、K社会保険事務所を訪れた。たまたま渡部は不在で、花香良子が対応してくれた。

形式的な年頭の挨拶を終え、宇賀神警部補は、花香に訊ねた。冬休み中、気にかかっていたことを確かめたかったのだ。

「社会保険事務所さんだけで、国民年金の掛金を納めるようになったのは、平成十四年四月からと聞きました。それまでは、現年度は市町村で、過年度は社保さんで納めていたということでよろしいですか？」

「はい、そうです。それまでは、現年度は印紙で各市町村から社会保険事務所へ納めていました。過年度は、現金で各市町村から社会保険事務所へ納めていました」

花香は、K市年金係の新人職員の説明を付け足した。

「それは、ややこしかったですね。お話を聞いていて、住民も戸惑いますね」

宇賀神は、これは難しいという顔をしながら、そう言った。

花香は明るい顔で、即座に答えた。

「でも、住民の方は、現年度でも過年度でも、現金で市町村へ納めていたのですよ。印紙で納めるというのは、各市町村の担当者が社会保険事務所へ納める際に、そうしていただけです」

花香はそう説明した。宇賀神は、初めて聞いただけでは意味が掴めない。それは、当然である。年金制度は複雑過ぎるのだ。宇賀神は、まだ納得できない様子でいる。

宇賀神は、花香の返事に対して質問した。

「過年度も市町村で、納めることもできたのですか?」

「はい。原則は、過年度は社保で納入になっていますが、市町村さんで、もし預かっていただければ、市町村さんでも納めることができました」と、花香は答えた。

宇賀神は、更に訊ねる。

「K市では、過年度も納めることは、できたのですか?」

「K市さんは協力的です。過年度も預かっていただきました」と、花香は笑顔で言った。

宇賀神は、狐に包まれた顔をして、花香に聞き返した。

「本当に、年金は難しいですね。よく分からないのは、先ほどの話の中で『住民の方は、現年度でも過年度でも、現金で市町村へ納めていたのですよ』と、言われましたよね」

「はい、そう言いました」と、花香は答えた。

「私は、そこのところが、よく理解できないのです。K市役所の年金係の人も、花香さんも、最初の説明では『平成十四年三月までは、現年度は市町村で、過年度は社会保険事務所で納付していました』と、言いましたよね」宇賀神は、もう一度訊ねる。

「はい、言いました」

「そして、今の話では、過年度も市町村で納めることができた、と言われました」と、宇賀神は腑に落ちない顔で、花香に訊き返した。

「ああ、そのことですか。私の説明不足でした。申し訳ありません。

正確には、平成十四年三月までは、現年度は市町村、過年度は社会保険事務所で納付するのが原則でした。過年度を納付する場合は、社会保険事務所へ連絡し、社会保険事務所から過年度分納付書をお客さんの所へ送って、金融機関などで納めてもらっていました。

ただし、市町村でも過年度分の用紙が置いてあって、希望すれば手書きで記入して、市町村でも納めることができました」

花香は、自分の説明が足りずに本当に申し訳ありません、そういった顔で答えた。

「と、いうことは、市民の方は現年度も過年度も市町村で納付できた。それで、良いですね」宇賀神は、しつこいくらいに確認した。

「はい、そうです。ただし、過年度分を市町村で納める場合は、実際には、置いてある手書きの用紙に市町村職員が年金番号等を記入し、市町村窓口で納めることが多かったようです」花香は宇賀神に、懇切丁寧に説明した。

宇賀神は、まだ黙って考えている。納付できないことが有るのだろうか？

数秒考えてから、言った。

「年金の掛金は、過去二年間分は納付できるということで間違いはないですよね？」

宇賀神は、花香に改めて確認した。

「免除の手続きがされていれば十年前まで遡って納付できますが、それがされていない場合は、おっしゃるとおり二年前までしか納めることができません」と、花香は答えた。

「お伺いいたします。しつこくて申し訳ありませんが、今の話で、平成十四年の三月までは、過去二年間分は市町村でも納付できたということで、よろしいですね？」

宇賀神は、このことに非常に拘った。

「はい、そのとおりです」と、社保の花香は答えた。

宇賀神は、それを聞いて、今度は大きく頷いた。

「年金は、本当に難しいですね。勉強になりました。今日は、どうもありがとうございました」

「どういたしまして」

宇賀神警部補は、花香に丁寧に礼を言って、K社会保険事務所をあとにした。

宇賀神は、心の中で強く感じた。

（これで、大川富蔵と山脇勉の過去二年間分の国民年金掛金を、本人の知らぬ間に支払うことができたのは、社会保険事務所の職員だけでなく、市役所の職員でも可能だったことが分かった。まだまだこの事件を解決していくためには、国民年金について知らなければならないな）


宇賀神警部補は、今度はK市役所の保険年金課国民年金係に行った。窓口に着くと、先日、宇賀神に応対した新人らしき女性が、直ぐに側にやって来た。

「この前、私、誤解されるような言い方をしてしまったかもしれません」

「えっ」

宇賀神は、突然話しかけられ、面食らってしまった。

「平成十四年三月までの国民年金の納付は、現年度は市町村、過年度は社会保険事務所で行っていたと言いましたが、誤解を与えてしまったかもしれません」

宇賀神は、彼女が言いたいことが想像ついた。

「過年度は原則としては社保で納付となっていましたが、市役所にも手書きの用紙が置いてあって、納めることができたそうです。私の勉強不足で、言い足りなくて申し訳ありませんでした」

女性は、宇賀神警部補に恐縮して言った。

「はい、分かりました。私の顔を見ると、直ぐに来てくれたのですね。ありがとうございます」

宇賀神は、ニコニコしながら答えた。

「はい、あとで分かって、私の説明不足のため、ご迷惑をおかけしたと、気になっていましたので」

「分かりました。もう気にしないでください。年金は難しいですから、その当時のことは、その当時いた人でないと、なかなか細かいところまで分からないですよね」

「勉強します」

女性は苦笑いして宇賀神に頭を下げた。宇賀神はうなずきながら、女性に訊いた。

「ちょっとお伺いしますが」

「はい」

「国民年金は六十歳まで納めるということですが、もし、六十まで納めても二十五年に満たない場合は、どうなりますか？」と、宇賀神は言った。

「その方は、厚生年金や共済年金に加入したことは有りますか？」

「無いということで、お願いします」

「はい。では、次に、その方の配偶者は厚生年金や共済年金に加入したことはありますか？」

「それも無いということで、お願いします」

「夫婦で厚生年金や共済年金に加入したことが無い場合や独身者で、六十歳までに免除を含めた納付期間が二十五年に満たない場合は、高齢任意加入という制度が有ります。手続きをして、年金受給資格が付く二十五年になるまで納付して、資格が付いた時点で年金を請求できます」と、年金係は答えた。

「その手続きは、難しいのですか？」

「簡単ですよ。市に置いてある用紙に記入していただくだけです」

「印鑑は必要ですか？」

「印鑑は必要ありません」と、年金係は答えた。

宇賀神は、思った。

（ただ、市に置いてある所定の用紙に記入し、印鑑も必要ないのなら、誰でも記入することはできる。これは、本人に成り代わって、書類を作成することが簡単だ）

「ちなみに、もし六十五歳までに納付期間が二十五年にならなかった場合は、どうなりますか？」と、宇賀神は更に質問する。

「はい、昔は六十五歳までしか納めることができなかったのですが、今は特例高齢者加入といいまして、七十歳までに資格が付けば、納めることができます」と、年金係は答える。

「手続きは、高齢任意加入の場合と同じなんですか？」

「少し、手続きが面倒になります。特例高齢者加入の場合は、書類に印鑑が必要ですし、戸籍謄本も添付することになっています」

「それは、面倒ですね」

「はい、そうです。でも、そのおかげで助かっている人もいらっしゃいますが」と、年金係は答える。

宇賀神はうなずいた。そして、言った。

「年金は、複雑ですね。一般市民には、難しいと思いますよ」

宇賀神がそう言うと、年金係の女性は答える。

「私にも、とても難しいです。勉強しないと分からないことが多いです」

「時間を取らせて、すみませんでした。ありがとうございました。また、よろしくお願いします」と、宇賀神は年金係に言った。

「こちらこそ、よろしくお願いします」と、年金係は答えた。

宇賀神は、K市役所を去った。


宇賀神警部補は、K警察署に戻った。

自席に座り、机の中から書類を取り出した。K社会保険事務所からもらった大川富蔵と山脇勉の年金納付記録である。

二つを並べて、しっかりと読み比べた。共通点を、もう一度おさらいした。
（1）六十歳を過ぎてから、過去二年間の国民年金掛金二十四月分を一括して納入してある。
大川富蔵の生年月日は、昭和十年六月二十三日生まれだから、六十歳になったのは、平成七年六月二十二日。

山脇勉の生年月日は、昭和十一年五月三日生まれだから、六十歳になったのは、平成八年五月二日。

二人は、共に六十歳になってすぐに一括納入したのではない。

平成八年六月二十八日で、二人の納付日は一致している。

六十歳を迎えた日が違うのに、なぜか一括納付日が同一日だ。
（2）二ヶ月分及び三ヶ月分を、一緒に納付したことがそれぞれ一回ずつある。しかも、この二回を納付した日も同一日である。
（3）二人の納付が重なっている月は、納入日がすべて一致している。月末に納めていることが多い。だが、遅れて翌月に納入したことが五回ある。その五回の納入日も、すべて同一日である。
大川富蔵は、山脇勉の納入が終わってから、二ヶ月分を余計に納めた。これは、六十歳になるまでの納入月数が山脇勉より二ヶ月少なかったからである。

二人とも、納入月数の合計が三百月である。これで国民年金の受給資格が付いた。

宇賀神警部補は、以上の（1）（2）（3）から、大川と山脇の二人の、二十四ヶ月一括納入以降の年金掛金を納めていたのは、同一人物であると推測した。

しかも、忘れることのできない言葉がある。
（ア）大川富蔵の子供たちの言葉、『年金をもらっていたはずが、有る訳ないだろ!?掛けるのをやめたのだから』

（イ）死んだ山脇勉の手帳、
『平成12年1月28日
K社会保険事務所に電話する
あと何ヶ月納めれば、オレは年金がもらえるか？
年金番号をいう
11※※―※※※※※※
オレには年金を受ける資格がついている
すでに請求してあり、振り込まれている！
だれかが、オレの年金を受け取っているのだ!!』
この（ア）（イ）の二点を考えれば、正体不明の第三者が、大川富蔵と山脇勉の二人に成り代わって国民年金掛金を納め、そして年金を受給していることになる。
この第三者とは、初めは、これだけ年金に詳しいのだから、年金の専門家である社会保険事務所の職員だと思われた。
テレビや新聞などで社保のずさんな体質や、職員のモラルに反する行動などが、度々報じられてきたことも、少なからず推測に影響した。
納付記録のつけ間違いの可能性も考えた。しかし、大川富蔵と山脇勉の納付記録をつき合わせてみると、つけ間違いではなく、本人に成り代わって納めている可能性が極めて高いと思われてくる。

それでも、やはり社会保険事務所職員が疑われる。

しかし、調べていくうちに、次のことが分かった。
（4）現在は国民年金の納付は、社会保険事務所で行われている。
だが、平成十四年三月までは、市町村でも納めることができた。原則として、現年度は市町村、過年度は社会保険事務所が窓口となっていた。

ただし、市町村に過年度納付書で手書き用のものが置いてあり、市町村職員を通じて、過年度分も納付することができた。

更に、
（5）六十歳までに、二十五年の納付期間が足りなくて、受給資格が付かない場合は、高齢任意加入の手続きをして納めることができる。
この手続きは、市町村の窓口で可能であり、印鑑も必要でなく、所定の用紙に記入するだけで足りる。

高齢任意加入は六十五歳までであり、更には特例高齢加入といって、七十歳までに受給資格が付けば納めることができる。ただし、特例高齢者加入の手続きには印鑑と戸籍謄本とが必要である。

宇賀神警部補は、まずは（4）について考えた。大川富蔵と山脇勉の二人は共に、六十歳を過ぎてから二十四ヶ月分を一括納入している。

平成十四年三月までは、市町村で現年度も過年度も納めることができた。ということは、市町村でも納付記録を見ることができたということである。

また、（5）の高齢任意加入なら、印鑑も必要でなく、ただ所定の用紙に記入するだけなら、大川富蔵と山脇勉の住所・氏名・生年月日を知っていれば誰でもできたはずである。

以上（1）から（5）までを考え合わせると、市町村職員でも可能である。見方によれば、市町村職員の方が社会保険事務所職員より住民情報は得やすい。住民票の動き等が即座に分かるからである。

ここまで考えてきた時、宇賀神は、あっと思った。大事な点を見過ごしていた。（6）年金請求の仕方で、本人が国民年金しか加入していなかった場合、市町村で請求手続きをすることになっていた。確か、大川富蔵と山脇勉は、厚生年金や共済年金は無かったはずだ。国民年金だけなら、市町村の窓口で行っていたに違いない。

そう考えると、K市役所の保険年金課国民年金係の職員である可能性が、益々高くなってくる。

　更に突き詰めていく。大川富蔵と山脇勉の過去二年間分の一括納入が行われたのが、平成八年六月。

　大川富蔵の受給資格がつく最後の納付年月は、平成十一年八月。山脇勉の受給資格がつく最後の納付年月は、それより二ヶ月早い平成十一年六月だった。

　そして、受給資格が付くと、ただちに年金請求手続きをしたと思われる。

　ということは、K市役所保険年金課国民年金係の職員で、平成八年から平成十一年までの期間在職した人間を調べていけば、その中に犯人が潜んでいる可能性が、かなり高いと思われる。

　少なくとも、この四年間在職していれば、犯行は可能であると考えられる。


　宇賀神警部補は、ここまで考えると、心の中で小躍りした。

（よくぞ、ここまでたどり着くことができた！

　まだ、犯人を捕まえた訳ではない。また、K市役所の職員であるかどうかも、分からない。更には、平成八年から平成十一年までの四年間を、ずっと一人で在職した職員がいるかどうかさえも、調べなければ分からない。

ただ、自分としては、K市に着任してからずっと頭を悩まし続けてきた、前例の無い事件に、ある程度自信のもてる糸口を見出したと思える）

宇賀神警部補はほっと胸をなでおろした。気分転換のために自動販売機コーナーに行ってコーヒーを買った。ゆっくり飲んだ。数分間、努めて頭を空っぽにしていた。

宇賀神警部補は、コーヒーを飲み終えた。

（さて、俺は、これからどうする？）仕事モードに戻った。

宇賀神は、上司のところへ行って、二通の捜査依頼書を頼んだ。中身が年金に関することで前例も無く、また、発行できるかどうかのきわどいものであった。だが、これ無しには、いつまで経っても解決はおぼつかないため、何とか許可がおりた。


まずは、一通目の捜査依頼書を持って、K市役所保険年金課、津山課長の所へ行った。警察手帳を提示した。そして、K市役所保険年金課国民年金係の職員で、平成八年度から平成十三年度までの間に在職した全ての職員の名簿で、年度順別になっているものを依頼した。明日には、できているということだった。

保険年金の隣は、市民課である。遠くの方で一ノ瀬係長が、窓口で市民との対応に追われているのが見えた。相変わらず忙しそうである。

宇賀神は一ノ瀬と、しばらく会ってはいない。もし、来客中でなかったら、ちょっと立ち寄っていきたかった。だが、あいにく無理だった。

宇賀神警部補は、次にK社会保険事務所に向かった。行く途中で、ふと思った。以前、市民課に行った時のことである。一ノ瀬係長と宇賀神が話していると、市民課の窓口職員が一ノ瀬係長に助けを求めてきたことが頭に浮かんだ。中身は確か、年金請求に必要な戸籍謄本とかだったと思う。

一ノ瀬係長が、過去に保険年金課にもいたことがあるのでそれが今の市民課でとても役に立っています、そう言ったのを宇賀神は思い出した。

（もしかしたら……一ノ瀬係長は先程の捜査依頼書の、該当者ではないだろうか？）

宇賀神剛は、初めて市民課で一ノ瀬直登に会った時に言われた言葉が、頭の中にはっきりと蘇った。

（ある推理作家が、『現場の警察官が日本を支えている。しかし、そういう警察官が定年までボロボロに働いても退職後は、ろくな再就職先はない。逆に、現場の苦労を知らないでトントン拍子に階段を上っていった人間には、退職後も恵まれた椅子が用意されている』、そう書かれてあるのを読んだことがあります。

いろいろテレビや新聞を見ていて、私は本当にそう思います。現場の警察官が、日本を守ってくれているんです。それで、俺たちは、安心して暮らせるのです。ああっ、俺は一ノ瀬直登のこの言葉は、決して忘れない！　俺は、警察官を辞めた後も、ずっと忘れないだろう。俺にとって、この言葉が、どれだけ救いになったことか！　どれだけ働く励みになってきたことか！

でも、一ノ瀬直登が先程の捜査依頼書の該当者であるかどうかは、書類をもらってみなければ分からない。そして、万が一、本当に万に一つ、該当者であったとしても、一ノ瀬直登が犯人であるとは、限らない）

宇賀神警部補は、頭の中で思いを巡らせ、興奮しているうちに、K社会保険事務所に到着した。今回は、事件の重要性を鑑み、直接の管理者である小辻庶務課長の所へ行った。警察手帳を提示し、K警察署から発行されたもう一通の捜査依頼書を見せながら言った。

「大川富蔵事件、そして山脇勉事件、両事件の捜査でお願いしたいことがあります」

「はい」

社会保険事務所の庶務課長は緊張した。宇賀神警部補は言った。

「大川富蔵さんの実の子供たちからの話、そして死んだ山脇勉さんの衣類のポケットから見つかった手帳をもとに、我々は一つの推測をしました」

宇賀神も緊張している。一呼吸して続けた。

「こういうことが、実際に有り得ることが有るかどうか、分かりませんが」

庶務課長は、極度に身体を硬くし、無言のまま真剣な表情で聞いている。

宇賀神警部補は、言う。

「何者かが、本人が途中で掛けるのをやめた国民年金保険料を、本人に成り代わって納め、受給資格が付くと年金を請求し、そして受け取っているかもしれないのです」

全く思いも寄らない話に庶務課長は真っ青になった。白い顔といってもよかった。そして「そんな、そんな……。そんなバカなことが！」と、わなわなしながら言う。

急性顔面神経痛だと思われる。動きが完全に止まってしまった。

沈黙が続く。庶務課長は何も言えない。宇賀神警部補が言った。

「今の段階では、あくまでも我々の推測だけです。我々は、実際にそういうことが行われたかどうか、検証したいのです。そのためには、大川富蔵さんと山脇勉さんが年金を請求した時の請求書を見させていただきたいのです」

庶務課長には、宇賀神の言う言葉が、夢の中で聞こえているかのように見える。

庶務課長は、やっと現実の世界に戻ったかのように見えてから、答えた。

「分かりました。では、二人の年金裁定請求書を見つけてみます。時間がかかると思われますが、分かりしだい直ぐにご連絡いたします」

「では、よろしくお願いします」

宇賀神は、K社会保険事務所を後にした。


翌日、宇賀神警部補は緊張の面持ちで、K市役所保険年金課を訪れた。昨日依頼した保険年金課国民年金係の職員で、平成八年度から平成十三年度までの間に在職した職員の、名簿の受け取りである。

津山保険年金課長は宇賀神警部補のために、別室を用意してあった。課長と宇賀神は部屋に入った。机を挟んで、二人は腰かけた。書類は封筒に入れてあった。

「これが、昨日依頼された回答です」そう言って、課長は宇賀神に手渡した。

難解な事件を数多く解決してきた宇賀神であったが、この回答文を取り出す手は、緊張で震えていた。

平成八年、年金係職員は係長以下九名。

有った！　その中の一人に、一ノ瀬直登の名があった。

次に平成九年、この中にもあった。

結局、一ノ瀬直登の名は、平成十三年度までの間、全てに記載されていた。

宇賀神警部補は、書類を見てから、頬が極度に強張り、身体全体がカアーッと熱くなった。

平成八年度から平成十三年度までの六年間、通しで在職した職員は二人だった。

二人の内、男性職員は、一ノ瀬直登の一人だけだった！

第九章　末端公務員

一ノ瀬直登。昭和四十二年九月五日生まれ。

平成二年四月一日、K市役所へ就職。区画整理事務所に配属される。

平成七年四月一日、保険年金課国民年金係へ異動となる。同日の午後二時、辞令を持って同課へ、転入の挨拶に来る。

国民年金係の窓口は異常に混雑していた。午後四時三十分、荷物と共に席に着いた。

五時の終業チャイムが鳴り、窓口に並んでいる住民は少なくなった。一ノ瀬は、手の空いた職員から国民年金関係の本を渡され、概要の説明を受けた。

一ノ瀬は、あまりの複雑さに面食らう。年金業務は市民との対応が難しく、初めの一ヶ月くらいは内部の事務処理をし、その後は窓口に出るようにと言われた。

翌、平成七年四月二日、国民年金係として、朝の始業時から出勤する。

当保険年金課は、国民健康保険係（略称は国保係）と、国民年金係（略称は年金係）の二係に分かれていた。


「年金係さん、お願いしまーす」

そう言いながら、国保係の女性職員は辺りをキョロキョロと見回した。呼ばれた年金係は、皆せわしく窓口や電話での対応に追われている。

たった一人、真っ赤な顔をしながら身を縮めて、小さく腰掛けている男性職員がいた。女性職員は、窓口に殺気だって並んでいる市民の視線が自分一身に注がれているのにおののき、懇願するように声をかけた。

「一ノ瀬さん……、お願いできますか？」

呼ばれた一ノ瀬直登は昨日の夕方、席を移したばかりであり、煩雑な年金の知識はほとんど無い。もちろん、まだ一人で窓口に出たことも無い。

しかし、この状況の中で、他の国保係から名前を呼ばれ、自分の係が全員窓口で対応していると、自分も窓口に出ない訳にはいかなかった。

　ともかく、一ノ瀬は自席を離れ、窓口に向かった。並んでいる列の先頭の男性が、いらいらしながら、カウンター越しにこちらを見つめていた。

　一ノ瀬は緊張した面持ちで窓口に着いた。心臓は高鳴った。

「こんなものが送られてきた」

　そう言いながら、お客さんは青い色の用紙をカウンターに置いた。

（良かった！）と、一ノ瀬は思った。昨日、説明を受けたばかりの書類であった。

「あっ、これは社会保険事務所から送られたものですね。厚生年金を、〇月×日で喪失したから、国民年金へ加入の手続きをしてくださいという通知です」

　一ノ瀬は、自分の知っている内容なので、ほっとして答えた。

「俺は、もう三十年厚生年金を掛けてきたから、年金の受給資格は付く。だから、国民年金は入らないよ」

「法律で二十歳から六十歳までの間で、厚生年金や共済年金に入っていない期間は、国民年金に加入することになっています」

　一ノ瀬は更に、自分の知っている知識で答えた。

「厚生年金がもらえるから、それでいい。国民年金には、入らないよ」

市民は、あっけらかんと答える。

「厚生年金を抜けると、きまりで六十歳の誕生日の前月まで、国民年金に入ることになっています。六十五歳まで厚生年金をもらっていて、これから納めていただく国民年金は、六十五歳からそれにプラスされてもらうことになります」

一ノ瀬は、覚えたての知識を総動員して応対する。

「俺は、厚生年金だけもらえれば、それでいいんだよ」

控えめな市民であったが、原則どおりの説明に次第に顔が強張ってきた。

一ノ瀬にもそれが分かったが、手を抜くタイプの人間ではなかった。言うべきことを省略せず続けた。

(市民個人としてなら、そういう考え方もあるかもしれない。しかし、俺は国民年金を担当している公務員だ。国の制度といっても、俺たち市町村職員が窓口でしっかりと説明しなければ、年金の将来は危なくなる。日本のためなんだ！)

「年金を掛けるのは、今まで納めてきた分を自分がもらうというだけではないのです。社会全体での助け合いでもあるのです」

一ノ瀬は、まだ原則を突っ張る。

「そんなことはいいんだよ」

二、三秒の間を置き、カウンター越しの男性は意を決した。
「国のやることは、信用できねえじゃねえか！」突然、声を荒げた。

「俺も今まで生きてきて、何度だまされたかわからねえ。言うことや、やることがコロコロ変わるからな。年金は、どんどん減っていき、やがて無くなるのさ。みんなが言っているよ」

一ノ瀬は、直ぐに立ち向かう。

「いや、年金が無くなるとは、私には考えられません！　国が事業主なのですから。税金からの繰入が、三分の一から、二分の一になるように動いています」

一ノ瀬の思いも寄らない勢いに、市民は冷静になる。

「まあ、法律をつくっているのは、国会議員だからな。議員様は、みんな大金持ちなんだ。年金なんかをあてにしている奴なんて、だれもいねえよ。だから、年金が無くなっても全然平気なんだよ」

男性は一ノ瀬とは目を合わせず、宙を見ながら言った。

「でも、年金が無くなることは絶対に有り得ませんよ！」

一ノ瀬は、思わず力が入ってしまった。そして、続ける。

「もし、そうなったら、国民はどうやって老後を迎えていくんですか!?　国を信じてきた多くの人たちが」一ノ瀬は、持論を続けようとする。

「俺は、自分の年金さえもらえれば、それでいいんだ！　他人のことを考えるほど、偉くはねえ！」

一ノ瀬は、一瞬言葉に詰まった。何て返事をしたら良いか、分からない。

（確かに、一市民としては本音に違いない。しかし、自分は日本国の中で年金制度を支えている一員だ。無抵抗で逃げる訳にはいかない）

「あっ、そうですか。でも、このまま手続きをしなければ、六十歳を過ぎて厚生年金をもらう時、あなた様が困りますよ」

思い付いた事を、自信を持って言った。

（相手のためだ。そして、国のためだ）

相手の男は、心持ちか目が緊張した。一ノ瀬は続ける。

「二十歳から六十歳までの間は法律で、国民は、どこかの公的年金に加入することになっています。年金請求すると、その四十年間を全部調べます。そして、加入すべき期間に空白があると、調査されますよ。ちゃんと加入している人と比べて、支給決定には時間がかかります」

「えっ、そうなのか！」お客さんは驚いた。

一ノ瀬は男性を、自信を持った目で見つめながら、うなずいた。

それを見て、善良な市民は数秒考えてから、きっぱり言った。

「じゃ、加入するよ」

一ノ瀬は、そう言われたので、加入手続きをした。

「もし、経済的な理由で免除申請するようでしたら、いつでも良いですから、印鑑を持ってきてください」

「ああ、分かったよ。お世話さま」

そう言って、窓口の男性は帰っていった。

一ノ瀬と話していた市民は、地声の大きい人だった。二人が話し終える頃には窓口にお客さんはいなくなり、カウンター付近にいた職員に、二人の会話はほとんど聞こえていた。


一ノ瀬が席に戻ると、同じ係の若い女子職員永井美鈴が側に寄ってきた。小声で一ノ瀬に言った。

「一ノ瀬さんは、立派ですね。筋を、しっかり通すのですもの」

「ああ、そうだよ。俺は、定められたことは、ちゃんと言わないと嫌なんだ」

料金受取人払郵便

新宿局承認

7552

差出有効期間
2024年1月
31日まで
（切手不要）

郵便はがき

1 6 0-8 7 9 1

1 4 1

東京都新宿区新宿1－10－1

(株)文芸社

愛読者カード係 行

ふりがな お名前			明治　大正 昭和　平成　年生　歳	
ふりがな ご住所	□□□-□□□□			性別 男・女
お電話 番　号	（書籍ご注文の際に必要です）	ご職業		
E-mail				
ご購読雑誌（複数可）		ご購読新聞	新聞	

最近読んでおもしろかった本や今後、とりあげてほしいテーマをお教えください。

ご自分の研究成果や経験、お考え等を出版してみたいというお気持ちはありますか。

ある　　ない　　内容・テーマ（　　　　　　　　　　　　）

現在完成した作品をお持ちですか。

ある　　ない　　ジャンル・原稿量（　　　　　　　　　　　　）

書　名				
お買上書　店	都道府県	市区郡	書店名	書店
			ご購入日	年　　月　　日

本書をどこでお知りになりましたか?

1.書店店頭　2.知人にすすめられて　3.インターネット(サイト名　　　　　)

4.DMハガキ　5.広告、記事を見て(新聞、雑誌名　　　　　)

上の質問に関連して、ご購入の決め手となったのは?

1.タイトル　2.著者　3.内容　4.カバーデザイン　5.帯

その他ご自由にお書きください。

(　　　　　　　　　　　　　　　　　　)

本書についてのご意見、ご感想をお聞かせください。

①内容について

②カバー、タイトル、帯について

弊社Webサイトからもご意見、ご感想をお寄せいただけます。

ご協力ありがとうございました。

※お寄せいただいたご意見、ご感想は新聞広告等で匿名にて使わせていただくことがあります。

※お客様の個人情報は、小社からの連絡のみに使用します。社外に提供することは一切ありません。

■書籍のご注文は、お近くの書店または、ブックサービス(0120-29-9625)、セブンネットショッピング(http://7net.omni7.jp/)にお申し込み下さい。

「そうですよね」美鈴は、心から感心したように言った。

一ノ瀬直登が、K市役所国民年金係で初めて応対したお客さんとのやり取りだった。

それに対し、一ノ瀬は思った。

（これが、国民のありのままの声なんだ。年金は本当に難しい。厚生年金、国民年金それぞれの年金だって複雑なのに、その繋がりも分かりづらい。年金は危ない！　潰れる！　と、世論も活発だ。

また、五年ごとの見直しで、制度もちょくちょく変わっている。まあ、平均寿命や財政状況も変わるのだから当然かもしれないが、それにしても変わり過ぎだ。国民は、ついていけないいだろう。さっきの会話をみると、市町村の年金係は、国と住民を結ぶ接点だ。そして、何よりも大事なことは、市町村には国民が本音で語ってくれる。これを、今後の仕事に生かすのだ！）

こう考えると、一ノ瀬はお客さんが列をなすと、積極的に窓口に出ていった。もちろん、先輩職員に聞きかじりながら、やっとの思いで答えることがほとんどだった。対面の市民は、一ノ瀬がぎこちなく緊張している様子から、四月異動で配属されたばかりなのが、よく分かったらしかった。

待たされたうえ、ろくな説明を受けずとも感謝の笑顔と言葉を残して帰っていった多くの来庁者に、一ノ瀬は深々と頭を下げた。本当に胸の熱くなる思いだった。

五時の終了チャイムが鳴った。来客は、まだ並んでいる。定時を三十分くらい過ぎて、ようやく窓口が一段落した。一ノ瀬が周りの職員を見ると、みんな必死で事務に追われている。昼間の夥しい窓口や電話対応に追われ、平常の事務処理ができなかったため、その日のうちに処理せねばならぬ業務に、誰もが無我夢中で取り組んでいた。次の日に残すと、ますます苦しくなる。そのため、殺気だって片づけていた。

三月下旬から四月中旬の時期は、毎年住民票の異動や入退職の届出に伴い、国民年金係は異常事態になる。

午後八時になり、権上由紀枝国民年金係長は、係員の前に出て言った。権上はK市役所の中では数少ない女性係長であり、将来の課長候補でもあった。

「今日は本当にお疲れさまでした。明日も、同じように忙しくなると思います。みなさん、家に帰って早く休んでください」

強力なリーダーシップがある係長の挨拶が終わると、係員は一目散に散っていった。権上係長は、皆が即座に退却するのを、蛍光灯のスイッチに手を置きながら見据えていた
年金係での初仕事を終え、一ノ瀬直登はようやく我が家にたどり着いた。年老いた

母と、二人暮らしである。きょうだいはいない。

　父は数年前に他界した。優しくて温厚な人だった。決して他人に威張ることは無く、小さな子供たちにも大人と同じような態度で接していた。それが、一ノ瀬にはとても印象的な思い出だった。

　一ノ瀬の母は、そんな不器用で出世の世界からは完全に見放された夫に不満だった。自分のため、いや、一ノ瀬のためにもっと肩書きが欲しかった。

　その父を身体のどこかに受け継いだせいか、息子直登は正義感が強く、実直な人間だ。行動はぎこちなく、今まで損ばかりしてきた。年齢は現在二十七歳、女性とは個人的に交際したことは一度も無かった。スマートに声を掛けられるタイプではない。老母も早く嫁が来て、安泰することを切に望んでいた。

「初日から大変だね」

　一ノ瀬が帰宅すると、母はさっそく言った。

「お父ちゃんがいなくなって、おまえだけが頼りなんだよ。身体を大切にしておくれ、後生だから」祈るようだった。

「大丈夫だよ。年金は難しいけど、本当に勉強になるよ。いい課に異動して良かった」

一ノ瀬は、母を安心させるように言った。同時に心からの自己満足でもあった。

一ノ瀬の隣席には、この係の長老で年金事務に一番詳しいベテラン職員、野崎容子がいる。もう十年もこの係に在職していた。今年度中に六十歳となり、来年三月には定年退職する予定だ。一ノ瀬は、この生き字引がいる間に、年金のことは何でも聞いてみようと思っている。

野崎は、年金の裁定請求を主に受け持っている。これは、市民から提出された各種給付請求書の内容を確認したり、添付書類の不備をチェックして、社会保険事務所に送付する仕事である。この係では、今までずっと一番ベテランの職員が担当となっていた。これを卒業したら異動となるケースが続いているが、野崎は数年これに携わっている。権上係長も、複雑な年金業務の中でも難解極まりない裁定事務を受け持っている野崎に、一目置いていた。

一ノ瀬は、来客のいない時を見計らって、日頃の疑問を思い切って尋ねた。

「野崎さん、私もこの係に来て間もないので、分からないことばかりです。ごく単純なことですが、二十歳以上六十歳未満で、他の公的年金に加入していない場合は、国民年金に加入しなければならないと聞きましたが、実際のところどこまで厳しくやっているのでしょうか？」

「これは、単純だけど難しい問題ですよ。私も『六十歳の誕生日の前月までは加入することになっています』と、窓口で厳しく言ってきました。でも、ある時、厚生年金を三十五年納めた人で『年金の資格は付いているから、どうしても国民年金に入りたくはない！』と、強く言い張る人が来たんです。

私は『納めていただければ、六十五歳からもらう金額にプラスされます』と、言ったんですけど……。本人が『絶対に入りたくない！』と喧嘩腰で言うもんですから、他のお客さんの迷惑にもなりますし……、どちらでもよいと受け取れる言い方をしたことがあります。

そしたら、その人が六十歳になり、社会保険事務所へ厚生年金の請求に行ったのです。社保で空白期間について訊かれ、『市役所で、厚生年金の資格が付けば国民年金は入らなくて良い、と言われた』と言ったそうです。

そして、社保から電話で『市役所で、そんなことは絶対に言わないでください！』と、凄い剣幕で怒られました。

市民からは『厚生年金を三十年も三十五年も納め、突然リストラで首になりお金も無いのに、まだ国民年金に入らなくちゃいけねえのか！』と怒鳴られる。そして社保

では『六十歳の誕生日の前月まで加入するように、窓口で厳しく言ってくださ
い！』って、高圧的に言われるんです。市町村の窓口は、直接住民と接するから本当
に大変ですよ」
日頃の業務をテキパキとこなしている野崎が、しみじみと語ってくれた。
一ノ瀬も、（確かにそのとおりだ！）と思った。働きたくても無理やり辞めさせら
れた住民に対して、『厚生年金を抜けたら、国民年金に加入してください』と、規則
どおり言わなければならない。
（失業者は、俺たちより遥かに大変だ。聞いていると、涙の出てくる思いがする）
おまけに、一部のマスコミから『国民年金は危ない、やがては潰れる』と報道され
ている。時には、『国民年金が潰れるのは時間の問題だ！』とさえ、言っているとこ
ろもある。
（万が一そんなことがあったら、今まで真面目に納めてきた人たちはどうなるんだ?!
少ない収入の中から生活を切り詰め、自分たち年金担当者を信じて、納めてくれる人
たちもたくさんいる。
『国民年金は絶対に潰れませんよ！　私たちもがんばっています。国を信じてくださ
い』

『桁違いのお金持ちでない限り貯金はどんどん減っていきますよ。そんなものはみるみるうちに無くなっていくのです。年金は生きている限りずっとずっともらえるのです。長生きすればする程、有難味が分かります。そういう日が、きっと来ますよ！』

窓口で、俺たちはそう言いながら、精一杯がんばってきたじゃないか！）

一ノ瀬は、野崎の話を聞きながら、心の中に日頃の思いが激しくこみ上げてきた。

「でも、たまには嬉しいことを言われる時もあるのですよ」

野崎の顔色が、突然パーッと明るくなった。

「『あの時、あなたに、国民の義務なのですから必ず納めてくださいね！　って、言われたでしょ。年金が無くて、どうやって生きていくのですか！　貯金でもいっぱい有るのですか？　他に何か収入でも有るのですか！　って、怒ったように言われたでしょ。でも、後になって分かったのよ。あの時、ああ言われていなかったら、今の生活は無かったってことが！　本当に感謝しています』と。そう言われると、こっちまで嬉しくなるのよね。たまにだけど」

仕事のことでは滅多に笑顔を見せない野崎が、心から嬉しそうに言った。一ノ瀬は、この時の情景を決して忘れることができなかった。その後も、何かの拍子に何度も頭の中に蘇っていった。

野崎容子は、実直な女性である。十歳年上の夫は、すでに年金暮らしである。子供は、男の子が二人だ。長男は大学院生、二男は大学生。二人とも母親の定年退職と同時に、それぞれ就職の予定だ。それまでは容子が野崎家の大黒柱である。

野崎夫婦は口下手だと、自他共に認めている。だからこそ、サラリーマン社会の中でそれがどういう結果をもたらすか、お互いに心の中ではよく分かっていた。それぞれが、子供たちには自分たちの二の舞を演じさせたくはない、と願っていた。二人とも晩婚なので、喧嘩しながらも子供たちの成長を唯一の楽しみとして、連れ添ってきたのだった。

一ノ瀬は年金係に配属になってから、新聞に目を通す時間が以前よりも大分長くなった。ちょっとでも年金に関する記事が載ると、住民反応の敏感さは驚くほどである。

（それだけ、この問題は国民にとって重大な関心事だ！）

改めて、大きな使命感を感じる。以前、一ノ瀬は自分の未だ知らない情報を、先に市民から訊かれて困ったことがあった。市民の無言の呆れ顔と共に、職務に対する責任感の欠如に大いに苦しんだ。それ以来、常にいち早く、新聞記事に目を向けるようになった。

　ここ数日、再び、国民年金未加入者や未納者の問題が、各紙で取り上げられていた。案の定それに大反響して、市町村の窓口には住民が押し寄せてきた。

「今もらっている年金が、どんどん減っていくのかい？」

「俺たちは、本当に年金がもらえるのかい？」

「年金が危ないから、直ぐ抜けたい。お金を返してくれ！」

「俺たち貧乏人から、金を取らないでくれ！　金持ちから取ってくれ！」

「国がやっているものは、必ず潰れるのだ！」

　その他いろいろな質問や苦情が窓口や電話に浴びせられた。年金係全員が一丸となってお客さんの言い分を聞きながら、制度の仕組みを丁寧に分かりやすく説明した。

「絶対に潰れることはありません！」と、住民を安心させることに全力で奮闘した。そして、納入をお願いした。経済的に困難な場合には、免除を勧めた。しばらくの間、息つく間も無く対応に追われ続けていた。

　ようやく忙しさが一段落した。年金係に一瞬の静けさが訪れようとしていた。

　そこへ、五十代半ばの男性が窓口に現れた。

「お金が無くて年金が払えないから、納付書を返しに来ました」

あっけらかんと言った。

度肝を抜く一言だった。静寂が破られ、辺りに緊張の空気が流れた。それまでの年金に対する怒りの一つでも爆発させるために来たに違いない、皆がそう思っていた。

職員の「納めてください」、住民の「絶対に納めたくはない」は、ひっきりなしに繰り返されてきた押し問答だった。

また一悶着でも始まるのか、誰もがそう思わざるを得ない雰囲気になっていた。

一番近くにいた若手男子職員、会田聡がカウンターに出た。

「はい、分かりました」屈託なく答えた。

職員は初めは必ず納付を勧める、それが暗黙の了解となっていた。もう、こんなやりとりにはうんざりだ、会田の返答は、そう読み取れるようでもあった。

今度は、言われた市民が呆気に取られた。勇み込んできたのが、一瞬表情が止まってしまったようだ。夢と現実との境目の世界に迷い込んだ状態だ。沈黙のみが主人公であった。

数秒間考えてから、カウンター越しのお客さんは口を開いた。

「市の職員がそれでは、だめだ。俺たちみたいな者が来たら、なんとかそんなことは言わないで納めてください、と頑張らなくちゃ」

微塵も予想し得なかった言葉に、会田の顔は今にも燃え上がろうとしている。恥ずかしさと困惑で、おかしくなりそうだった。

「俺は、何もあんたをいじめようと思って、ここに来た訳じゃないんだよ」

相手は、最初の様子に反して、理性的で穏やかに続けた。

「俺は、いつまで生きていられるか分からない。新聞なんかを見ていると、年金の財政が苦しいとたびたび書いてある……」

会田も周りの職員も、皆が聞き入っている。少しの間を置き、お客さんの声がやや強めになった。

「俺は、年金は請求しない！　今まで納めてきたお金は、国に寄付する。俺は今まで、ろくなことをしないでここまできてしまったんだ。だから、最後に一度くらいは国のために、役立ちたいんだ！」

（こんな話は聞いたことが無い！）

居合わせていた年金係全職員は、キッと緊張した。

市民は一息ついて、更に強めの口調で、きっぱり言い放った。

「そういう訳で、俺はこれから先、年金は絶対に納めないし、今まで納めてきた金は全額国に寄付する！」

驚くような言葉が発せられた。力を込めて不平や不満と共にやって来た第一印象とは似つかわず、心をひっくり返される会話となった。

しんとした状態が続いた。蟻の歩く音さえ聞こえてきそうな静けさだ。周囲は誰もが耳をそばだてている。若手職員の対応に、全神経を集中させている。二人の間に入る者など皆無だ。

会田の頬は、更に燃え盛った。緊張が極限に達した。

わずかの沈黙があった。それから、会田聡は答えた。

「納付書は、ご本人さんが持っていてください。これから先、もし気が変わって納めることが有るかもしれません」

「いや、そんなことは絶対に無い！」お客さんは、突っ張った。

会田は、微塵もひるまずに続けた。

「でも、こちらでお預かりする訳にはいきません。今まで一所懸命納めていただいた、ご本人さんの権利です。将来、もし、万が一気が変わって納められ、年金をもらうことになるかもしれません。私たちは、そうなって、皆さんたちに喜んでもらいたいと思っているのです。そういう権利を、奪うわけにはいきません」

会田は、落ち着いて堂々と、強い信念で答えた。普段の柔和な態度からは、思いもよらない一面を覗かせた。

今度は、お客さんが、就職して間もない青年が本気になって職務をまっとうする姿に、言葉を詰まらせた。数秒間、目を瞑って考えていた。そして、言った。

「話は、よく分かりました。あなたには、迷惑をかけたくはない。納付書は、お預かりします。お世話になりました」

頭を深々と下げ、潔く帰って行った。

職員は皆、魔法に掛けられたように全てが止まっていた。誰もが何か言おうとした。お互いに、顔を見つめ合っていた。誰かが先にひとこと言ってくれるのを、誰もが待ち構えているかのようだった。

後に続いて我も何か言いたい！　ただ、そればかりを皆が待っていた。

あまりの感激に、目が潤んでいる職員もいた。

一ノ瀬直登は、二人の会話を、胸の内に何度も何度も繰り返していた。

その感激に浸って未だ止まぬ間に、五十歳くらいの、お金持ちそうな夫婦がやって来た。一見穏やかそうで、全てに恵まれている様子に見えた。何の用事で来庁してきたのか、誰もが皆目見当がつかない。

職員が窓口に出ると、温厚な表情とは裏腹な言葉が、男性から聞こえた。

「この納付書を返しに来ました」

声の大きさも、めりはりも普通の調子で、はっきり断定的に言った。なぜかしら、異様な自信に満ち満ちた態度である。そして、続ける。

「私たちは、国のやっている年金なんか、全然あてにはしていないのです」

何を言い出すのかと思ったら、唐突に一方的に話し始めた。

「どうせ、公務員のやること、国や市がやることじゃないですか。私たちは、もう五十年も生きています。いかに、国のやることがあてにならないか、よく分かっています。自分たちに都合の良いように、ちょくちょく制度を変えてばかりいる。政治をみれば、よくわかるじゃないですか。中選挙区になったり、小選挙区や比例代表になったり……。国を信じて、期待して、バカをみるのはいつも国民なのです。私は、何もあなたたちを、怒っている訳じゃない」

そう言いながら、男性はカウンター越しから、保険年金課職員全員を見渡した。

そして、続けた。

「国のやること、公務員のやることとは、一般市民から信用されていないということを言いたいのです」

　対応した職員、周りで聞いていた職員、誰もが皆真剣に耳を傾けている。突然の来庁者に粛正される思いだった。首を深く垂れ真っ赤な顔をしている者、目を瞑ってジィッと考え込んでいる者、それぞれが様々な状態で聞いていた。

　男性は、変わらぬ調子で淡々と続けた。

　その自信に満ち溢れた姿に圧倒され、職員は誰も異議を唱える者などいない。

「私たちは、僅かな年金なんかあてにしていないのです。年をとったら、子供たちに何とかしてもらうつもりでいるからです。世間では、子供たちに捨てられている親もいるようです。私の周りでも、そういう話を聞きます。それは、子にも責任は有るし、親にもいくらかは責任があるのです。

　私たち夫婦は、子供たち三人を、生まれてからずっと、いや、生まれる以前からずうっと、愛情を持って育ててきたのです。私たち二人で、できることはすべて、できる限りの愛情を持って育ててきました。だから、子供たちも私たち二人がしてきたことをしてくれると、信じているのです。いや、子供たちは、私たちがしてきた以上のことをしてくれるかもしれません。

　だから、国や市からの助けなんて、一切期待していません！　だいいち、そんなことを期待したら、子供たちがかわいそう。本当にかわいそう！」

お客さんのボルテージは、尻上がりになっていった。そして、数秒の間を取り、最後の締め括りをした。

「これは、お返しします！」

夫は興奮しながら、納付書をカウンターに置き、威風堂々と帰って行った。歯を食いしばり、絶対に受け取らない決意がありありと見受けられた。

妻も、よく言った！　と自分の伴侶を目頭を熱くしながら見つめ、後を連れ添った。

誰一人として、言葉を返せる者、後を追う者は、いなかった。

何と言って良いか分からないお客さんが、二組続いた。これに対して、相手様を納得させるような回答を言える者は、皆無だった。

一ノ瀬は、年金の難しさを改めて考えさせられた。

（制度の仕組みを理解する以前に、年金に対する国民の心底からの思いを知ることが大切なんだ。理屈攻めの解説よりも、はるかに深く考えさせられた。それぞれが信念を持って、自分なりに、年金に対して、いや、それ以上に行政に対して、本音で語ってくれた。

たった二組とはいえ、国民の正直な気持ちを教えてくれたものと感じた。うんざりするような建前を言う者、自分を良く見せるための化粧を顔だけでなく、言葉の端々まで塗りたくっている人間は、本当に多い。腹の中を何も隠さず、歯に衣を着せず、あけすけに言う言葉には、本気で耳を傾けたくなる！）

第十章　内部あつれき

平成七年五月下旬。一ノ瀬直登は、初めてK社会保険事務所を訪れた。

一階は、一般市民を対象とした窓口である。多くの来客が、番号札を取って、きちんと待っている。どこか市役所とは雰囲気が違う。相談者の多さと整然と辛抱強く並んでいる姿には驚く。

六十歳を過ぎたら、いかに多くの国民が、生活設計の中で年金を頼みの拠り所にしているのか、骨身に染みて分かる。一ノ瀬は、一段と気が引き締まる思いだった。

各市町村の年金担当者は、二階が窓口になっている。ここは、各市役所や役場の職員が書類を届けたり、各種の事務連絡や問い合わせを担当している階である。

「初めまして、K市役所保険年金課の一ノ瀬直登です。本年四月一日に異動してきました。もっと早く来ようと思っていましたが、遅くなってしまい申し訳ありません」

一ノ瀬は、皆の前で挨拶した。

課の幹部はあいにく不在だった。人の良さそうな年配女性職員から椅子を勧められ、一ノ瀬は彼女の前に腰掛けた。

「お互いに、連休明けが落ち着くまでたいへんですよね。毎年、三月からこの時期まで、本当に異常事態です」と、女性職員は、つくづくと言った。

国民年金を担当している者たちは、市役所も社会保険事務所も皆同じである。

ひと通りの事務的な会話が終わると、一ノ瀬は、離れた席に座っている一人の女性に、思わず見入ってしまった。その清らかさに強く引き付けられた。

年配女性は、一ノ瀬の視線の方向を察した。

「一ノ瀬さんは、独身ですか?」小さな声で言う。

「そうです」

「あそこにいる彼女、名前は花香良子さんと言いますが、いい子ですよ。一ノ瀬さんには、ぴったりだと思います。一ノ瀬さんは、今、何歳ですか?」

「二十七歳です」

「彼女は、二十五歳です。二つ下くらいが、ちょうど良いですね。秩父から通っています」

この言葉に、一ノ瀬は深い関心を示した。

「秩父からですか？」

「そうですよ。秩父線の最寄りの駅に出るまでにも時間がかかり、社保まで二時間かけて通っているそうです」

「ええ、そうなんですか。たいへんですね。でも、秩父は良い所ですよ。私は秩父の山が大好きで、ちょくちょく行っています」

「じゃあ、ちょうど良いじゃないですか」

一ノ瀬の目は更に輝いた。一層興味を持った目で花香を見つめ直し、そして言った。

「もったいないですね。あんなに良さそうな人が独身だなんて」

年配の女性は、一瞬黙った。そして、また話し始めた。

「彼女、お婿さん取りなのですよ」

それを聞くと、一ノ瀬は思わず下を向いてしまった。

「聞いたところでは、一ノ瀬さんところは、母一人、子一人のうちだそうですね」

「はい、そうです。よく知っていますね」と、一ノ瀬は驚いた様子で答えた。

「えっ、ええ。彼女の家、かわいそうなんです。弟さんがいらっしゃったのですが、交通事故で亡くなってしまって」

「本当に、かわいそうですね」一ノ瀬は、またも下を向いた。

「でも、これからは一人っ子の家が、どんどん増えていきますよ」

年配女性は、真面目に一ノ瀬を見つめながら言った。

「そうなるでしょうね」一ノ瀬は、放心したかのように答えた。


一ノ瀬がK社会保険事務所へ初めて行った翌週、権上由紀枝年金係長に呼ばれた。

「一ノ瀬さん、今、手が空いていますか？　お話ししたいことがありますので、こちらにお願いします」遠慮がちな口調であった。

権上は年金係長であるが、保険年金課の課長補佐の役職も兼務している。人口十五万人規模のK市役所では、ほとんどの課で、課長補佐は一つの係長も兼ねている。

由紀枝は、五十歳ちょうどである。その年齢で女性の課長補佐としては、当市では超エリートの部類に入る。数少ない女性課長の次期有力候補であると、自他共に認めている。

夫は、民間企業に勤めているが、妻にうだつが上がらない。由紀枝の方が、家庭内での発言権でも、職場の肩書でも上であり、おまけに年収額でさえも上回っている。

権上係長は美人で人当たりが良く、話術も絶妙だ。また、世故にも長けている。一見控えめに見せながらも、上には自分を売り込むのがうまく、下に対して権力的な言葉を使わずとも、巧みに意のままに操っている。

男性係長とは違う女性特有の物腰の柔らかさで、骨太さは見せないが、芯には強い上昇志向を隠し持っている。それ故、夫には何の期待も持たず、自分の将来だけを生き甲斐にしている女性である。

一ノ瀬は権上係長に呼ばれて、課長席に並んだ補佐席の前に置かれた椅子に座った。

津山課長は、本日不在だった。

「昨日、社会保険事務所の第二課長から電話があって」権上係長は、話し始めた。

社保の二課長といえば、収納率担当の課長である。

「当市の検認率（＝国民年金の収納率）が下がっているので何とか対策を考えてくれ、と言われました」

数秒の沈黙があった。

「一ノ瀬さん、何か、良い方法を考えてくれませんか？」

権上係長は、キッとした表情に変わり、一ノ瀬を厳しい目で見つめた。

一ノ瀬は返事に詰まった。少しの間考えてから、答えた。

「この不況の中でリストラで会社を辞めさせられ、国民年金に切り替えている人が増えています。『働きたいのに首にされ、収入が無いのに掛け金を支払えと言うのか！』と、窓口や電話でよく言われています。

こちらでは、年金に加入して納めておかないと、万一障害者になっても一生障害年金がもらえなくなる場合があるとか、六十五歳になったら納めた国民年金の分が厚生年金に加算にされるとか、説明はちゃんとしていますが……。収入が無いのに支払えというのは酷ですが、本人の為だからと」

一ノ瀬が言い終わらないうちに、権上係長は遮った。

「二課長から言われて、何もしない訳にはいきませんよ！」

一ノ瀬を呼んだ時とは、別人の顔になっていた。

「はい、そのとおりではありますが……」

「具体的には、どうしたら良いと思いますか？」

権上係長の語調は厳しさを増し、矢継ぎ早に攻めたててくる。

一ノ瀬は、表情が止まってしまった。一ノ瀬は一呼吸してから、口を開いた。

「基本は口座振替を増やすことです。あとは、今おこなっている、ハガキによる未納通知書の送付、電話による納入勧奨、休日徴収、それから、公報で年金特集をもっと積極的に組んで大々的にＰＲすることです。年金の素晴らしさを、もっともっと知ってもらうことです。あとは、逆に、納めていないと万が一困ることも、具体的に載せるのです」

一ノ瀬は、二ヶ月間の知識を総動員して答えた。これが精一杯だ。

「うちの市は、国や県からの指導は全部やっています。他に何かありませんか!?」

なおも、権上係長は、一ノ瀬に詰め寄ってくる。完全に敵を睨みつける目に変わっていた。これには、一ノ瀬の忍耐も限界にきた。

「急なご質問なので、今、頭に浮かんだのはそれだけです。国や県から、何か良い御指導はあるのですか？」

「いや、ありません。各自治体に任せるということです」

「あれだけマスコミで、国民年金を納めない人が増えていると報道され、検認率が落ちていても、特別な方法は考えていないのですか？」

「各市町村で状況が異なるから、それぞれの判断に任せるということです。何か、良い方法を是非考えてくださいね！」

権力者は、部下に命令を下した。

一ノ瀬は、更にムッとした。そして、勇気を振り絞って上申した。

「私はこの係に来て、まだ二ヶ月です。係長さん、何か他に良い方法が有りましたら、お願いです、教えていただけませんか？」

そう言って、一ノ瀬は深々と頭を下げた。

「それは命令された人の仕事でしょ！　私は係長なんです。いかに、係員にうまく仕事をさせるかが、私の仕事です。私は部下に命令する立場なんですよ。私が自分でやる訳では、ないのですよ！　成績が悪ければ、特定の人物の名をあげ、社保に報告するだけですから。なにしろ、係の長なんですから！　収納率は、都道府県単位で競争し、同じ都道府県内では各社会保険事務所間での競争なんです」

係長は自らの発言に、舞い上がってしまった。身体全体が心臓で息をしていた。

数秒間が流れた。

「とにかく、社保の課長や私を喜ばせるような、良い方法を考えてくださいね。必ず検認率が上がるような名案をね！」

権上係長は、更に強い口調で言い放った。

一ノ瀬は、それ以上言うのを止めた。そして、自席に戻った。

（この二ヶ月間は窓口業務の一番混雑する時期であり、俺は異動したばかりで自分の仕事を覚えるのに無我夢中だった。権上係長は、三年も前に年金係に来て、しかも長として在任している。それに、同じ係の中で一緒に考えていく姿勢ではなく、敵をやっつけるような、ものの言い方をする！　無年金者を無くし、未納者をいかに減らして、収納率を上げるかという問題は、年金業務に携わる全ての人間が、考えなければならない最重要課題じゃないか！　そういう国や県でさえ頭を痛めている大問題を、なぜ特定の個人ばかりに押しつける気でいるのか！　収納率が上がらないことを、移動してきたばかりの人間のせいにしてまで、自分の責任を逃げる。

それにしても、なぜ社会保険事務所は収納率のことばかりに拘るのだろうか!?）

一ノ瀬はある日、テレビ番組で『大塩平八郎』のことがが放映されるのを知った。学校の授業を受けてから十数年経った今もなお、一ノ瀬の心には、大塩平八郎の名は忘れ得ぬ存在であった。中学、高校の社会科の先生が、大塩を正に立派な人物だったと褒め称えていたのが、今でもはっきり脳裏に焼き付いていた。

二人の先生は、歴史上の他の英雄たちにはそれなりの話し方であったが、なぜか大塩平八郎の時には、感慨深く、心からの敬愛を込めて話していたように思われた。

当時は、その理由がよく分からなかった。今、この年齢になり、現実社会の風雨に嫌という程さらされ、一ノ瀬には、その意味がはっきり分かった。

二人の恩師は、エリートコースに乗ることに、エネルギーを消費させるタイプではなかったのだ。権力者におもねって、自己を殺し、お世辞を言いまくる人間には全く見えなかった。心の何処かで、今も昔も変わらない公務員の体質に、大塩平八郎と同じ義憤の念を感じていたのだろう。

一ノ瀬は、その日の仕事を終え帰宅した。風呂と夕食が終わり、一ノ瀬の一番楽しいひとときが訪れた。

大好きな本格焼酎を飲みながら、歴史番組を楽しむ時間である。時代時代の人物と共に考え、悩み、喜び、そして憤慨する、ここに、一ノ瀬の心の拠り所があった。

見終えて、一ノ瀬は改めて、大塩平八郎の偉大さに感嘆した。江戸時代、おそらく現代よりもはるかに言論の自由が無く、強力な封建体制だった時代。そういう時代に自らを犠牲にして社会を正そうとした偉人。今の時代の公務員改革を、自らの命と引き換えに実現しようとした傑物。

学生時代とは比較にならない深さで、見ることができた。中学、高校の恩師の思いに、少しでも近づけた気がした。酒も手伝ってか、一ノ瀬はいつまでもいつまでも、深い感銘に酔いしれてしまった。

翌朝、一ノ瀬は職場に到着すると、来庁するお客さんが来る前に、どうしても昨夜の感動を周りの人たちに伝えてみたかった。正義感に燃え、弱者救済に命を懸けて立ち上がった偉人を、皆の前で声高々にしゃべりたかった。

一ノ瀬は大きな興奮と共に、ついに切り出した。

「夕べのテレビ番組で、大塩平八郎をやっていましたよ。江戸時代にあんな立派な人がいたなんて、本当に心を洗われました」

更に、一ノ瀬は続けた。

「俺たち公務員も一般市民の立場になって、正しいと思うことはどんどん上にも言って、改革をしなくては。江戸時代でも今の時代でも、公務員の組織が良くならないのは、ゴマすり人間ばかりが、日の目を見る仕組みが続いているからだ」

一ノ瀬は、つい心の中にあることを吐露してしまった。

（ちょっと言い過ぎたかな……）

周りの人たちの視線が、自分の背後に注がれていることを、一ノ瀬は直感した。

その瞬間だった。

「ああ、やっていたね」

思ってもみない声が、一ノ瀬の頭の後ろで聞こえた。当市役所の超エリート、企画課の上林康比古だ。誰もが、レールに乗っていることを認めていた人物だ。

（まさかこんな所で、こんな嫌な人間に出くわすとは、夢にも思わなかった！）

エリート上林は、自信を持って続けた。

「大塩平八郎みたいなのがいたら、上の人は、やりにくくてしょうがないよな」

そこで一呼吸し、勢いをつけた。

「下の者は、上から言われたことを、『はい、わかりました』と素直にやることが一番大事なのさ。一人でスタンド・プレーすれば、潰されるのは当たり前のことじゃないか！　組織にとっては、危険分子だからな！」

一ノ瀬は、超優秀扱いされている人間の言葉を聞いて、頭の中がカーッと燃え盛った。顔から火の粉が飛び散った。もし、忍耐がほんの少し足らなかったなら、首根っこに飛び掛かっていくところだった。やっとの思いで、自分を抑えた。


一ノ瀬には、心の中にどうしても忘れることのできない、苦い思い出があった。自分が正しいと思うと安易には引かない性質だが、以前上司と意見の対立をしたことがある。一ノ瀬が言わなければ誰も発言する者がいなかったため、仕方なく言った。それも、市役所全体の為だと信じ、捨て身になっての決断だった。

しかし、その一言の為に、何百倍にも何千倍にもなって、仕返しが一ノ瀬に返っていった。仕事の引き継ぎには適当な上司でも、危険分子の情報伝達には自然と力が入るものだ。そして、また、そういう人たちに仲間を売っている同僚までいたことも後になって知り、一ノ瀬は愕然とした。

（いくら心血注いで仕事に打ち込んでも、権力に結びついている人間の一言の告げ口に、全てが叩き潰されてしまう。得体の知れない巨大な魔物が、闇の中で待っている。あんなヤツがうちの職場では超エリートなんだ！）

一ノ瀬は、かつて自分が味わった経験を、思い出していた。唇を噛みしめ、その場をぐっと耐え忍んだ。

一ノ瀬が怒りの沈黙をしている間に、エリート人間に従って付いてきたエリート見習いたちも、親分の発言を競って肯定した。年金係の職員たちは、ただ無言のまま聞いているだけだった。市民に対しては全力でぶつかり処理しているが、市役所の内部では市民権を獲得していないかのようだった。

一団が去った後、一ノ瀬は深く沈み込んだ。大塩平八郎に対する、昨夜の燃え上がるような興奮とは打って変わり、耳だけを真っ赤にして石のようにじっと動かずにいた。自身の勇気の無さを責めた。反逆児扱いされている今の己の立場を悔やんだ。

（この社会では、ああいう人間が優秀だと言われている。江戸時代でもこの平成の世でも、役所の体質なんて全く変わっていない！　職場でちやほやされていても、心の中は完全に腐っている。ヤツラは、確かに、法律に引っ掛かるような犯罪は犯していない。しかし、一般職員より特段早い昇格で高い給料を受け取り、問題に当たると巧妙に逃げ去り、楽して出世することに全精力をつぎ込んでいる。公僕でありながら、自分たちの給料を如何に早くアップさせるかばかりに、全力を使い切っている。住民たちの血税を！　これは、公金横領と同じではないか！）

一ノ瀬は、このことがあってから、しばらく気持ちが沈んでいた。

数日後、部課長会議の報告書が回覧されてきた。K市役所の中で、月一回、臨時の時はその都度、部課長会議が開かれている。そのたび毎に、出席した課長がその概要を課員に文書で回覧する。各課の連絡事項もあるが、その中心は、市役所のトップである市長の御言葉だ。

実際の市長の話が熱のこもったものなのか、それとも津山保険年金課長の報告内容が素晴らしいのか、それとも両者なのか定かではないが、今回の報告書に一ノ瀬は強烈な感銘を受けた。

『日本の戦後教育の欠陥について。今の教育は、受験のためのテクニックを教えるだけで、人として如何に考えるか、という最も大切な部分が欠けている。人間としての人格形成がなされていないことにより、当たり前のことが忘れられ、いろいろな汚職や事件が起きている』

それは、一ノ瀬がいつも心の中で思い続けていることと正に合致していた。

(今の当市役所の中と、すっかり同じじゃないか！　如何にうまくエリートへのレールに乗るか、というテクニックを身につけることと同じだ。手柄は自分がしたかのように上司に見せかけ、失敗は他人がしたかのように作り上げていく。それを、いかに自然にもっていくかのテクニックなんだ。

人間としての心を持って、市民の本当の幸福を考え、誠心誠意対処するということではない。いかに権力者に気に入られ、いかに労を少なくして、円錐の頂点に近づいていくか、ということだけだ。そういう人間関係に勝つための、小手先の技術を体得したものが優先される。戦後教育の問題点は、そのまま当市の内部問題と酷似している！　市長の御言葉には、本当に心を打たれる。正にそのとおりだ！

しかし、底辺であえいでいる職員の気持ち、使い捨て要員に組み込まれている職員たちの思いが、市長にどこまで伝わっているのだろうか？　途中で握り潰されていないだろうか?)

平成七年七月。K市役所保険年金課国民年金係とK社会保険事務所とで、顔合わせを兼ねた暑気払いの宴が催された。

直登は、約二ヶ月前、社保で初めて顔を見て以来、ずっと気にかかっていた花香良子に、積極的に近づいた。

今まで社会保険事務所へ行った時、書類を渡しながら、「よろしくお願いします」と言う以外に、言葉を交わしたことはない。

一ノ瀬直登は花香良子に、仕事以外の会話を初めてすることができた。

「いつも仕事で、社会保険事務所さんには、たいへんお世話になっています」

「いえいえ、こちらこそ、市役所さんには、本当にお世話になっております。今日は、たくさん飲んでくださいね」そう言って、花香は一ノ瀬へお酌した。

一ノ瀬は一気に、天国に昇った気分になってしまった。

あまりの感激に、なかなか言葉が出てこない。真っ赤になって黙っているだけだ。

「もう一杯いかがですか」と、花香は更に勧めた。

「あ、ありがとうございます」一ノ瀬は、やっと口をきくことができた。

（よし！）と、一ノ瀬は自分に言い聞かせた。

「私の趣味は、山登りです。秩父の山へは、よく行きますよ」

「えー、そうなのですか？」花香は、目を丸くした。

（チャンスあり！）と、一ノ瀬の心は躍る。

「埼玉県には、日本百名山が三つあるんですよ。三つとも、秩父の山です」

「どこですか？」

「両神山、雲取山、甲武信岳です。雲取山は、埼玉県と東京都、山梨県との境です。甲武信岳はその名のとおり、甲は山梨県、武は埼玉県、信は長野県、三県の県境にある山です。埼玉県単独の山は両神山だけです。私は両神山が大好きでよく行きます」

一ノ瀬は、得意分野から入っていった。調子が出てきた。

「私は、山の中に住んでいますが、三つとも登ったことはないです」

花香は、控えめそうに下を向いた。

「これから、いくらでも登れますよ」

一ノ瀬が言うと、花香はにっこり笑った。女神のようだ。

（思っていた通りの人だ。ああ、こんな女性が俺の前に、二度と現れることはないだろう）

それからも、一ノ瀬は花香にお酌してもらい、積極的に話しかけていく。

「僕の一番好きな食べ物は、七輪で焼いたサンマなんですよ。実は、亡くなった父親が生前、『ああ！　七輪で焼いたサンマが食べたい』と、よく言っていたんです。それが忘れられず、七輪でサンマを焼くと、仏壇に供えているんです。そのうち、こんなにうまいものはない、と思うようになってしまいました」

「へえ、一ノ瀬さんて、そういう人なのですか」

花香は、愛くるしい顔で一ノ瀬を見つめた。

「単純なんですよ。それと、シイタケを七輪で焼いて食べるのも、おいしいですよ。柄の部分と傘の部分を分ける。柄の部分は、平たく切る。傘の部分は、逆さにして載せて焼く。汗ばんできたら、醤油をちょっとたらして、さらに焼く。そして、食べる。これも本当においしいですよ！」

一ノ瀬は酔いも手伝って、大きなジェスチャーでおいしさを表現した。花香は、大いに笑った。

「実は、私の家、シイタケを栽培しているのですよ」

「そりゃ、本当に幸せですね！　毎日、秩父の山並みを見ながら暮らす。そして、うまい酒を飲みながら、焼きシイタケが食べられる。これ以上の幸せは有るのかなあ！」

一ノ瀬は、完全に出来上がってしまった。

宴会の終盤、カラオケの時間があった。

一ノ瀬は指名され、『快傑ハリマオの歌』を歌った。自他共に認める、一ノ瀬直登にぴったり合った歌だ。

まっかな太陽　燃えている
果てない南の　大空に
とどろきわたる　雄叫びは
正しい者に　味方する
ハリマオ　ハリマオ
ぼくらのハリマオ

天地鳴らし　吹きまくる
あらしのなか　もまっしぐら
どとうも岩も　うちくだき

かちどきあげて　押しすすむ
ハリマオ　ハリマオ
ぼくらのハリマオ

空のはてに　十字星
きらめく星の　そのように
七つの海を　かけめぐり
正義に結ぶ　この勝利
ハリマオ　ハリマオ
ぼくらのハリマオ

そして、花香良子も彼女にぴったりの歌を歌った。これほど、この歌が似合う女性を、一ノ瀬は見たことがない。
『あなたの心に』だった。

あなたの心に　風があるなら

そして　それが　春の風なら
私ひとりで　ふかれてみたいな
いつまでも　いつまでも

あなたの心に　空があるなら
そして　それが　青い空なら
私ひとりで　のぼってみたいな
どこまでも　どこまでも

だって　いつもあなたは
笑って　いるだけ
そして　私を抱きしめるだけ

あなたの心に　海があるなら
そして　それが　涙の海なら
私ひとりで　およいでみたいな

いつまでも　いつまでも

ララララララ

だって　いつも　あなたは
笑って　いるだけ
そして　私を　抱きしめるだけ

宴の最後に、出席者みんなが集まり、記念写真を撮った。
数日後、それが参加者全員に配られた。

K社会保険事務所との暑気払いの後、配られた写真は、ネガで撮ったものだった。一ノ瀬はパソコンを買うと、間も無くスキャナも購入した。そして、このネガの写真をスキャナで読み取り、パソコンに取り込んだ。

それが済むと、直ぐにデジタルカメラを購入した。セルフタイマーで自分自身を撮影し、撮ったデータをパソコンに取り込む。

あとは、これらを利用するだけだ。パソコンに入力されていた、花香良子と一ノ瀬の写真をうまく切り取り、カップルになるようにうまく合成した。

花香良子を実際に写した写真は一枚だった。だが、着せ替え人形の如く、デジタル画像で服の入れ替えが簡単にできる。一ノ瀬の写真は、自分自身でいつでも好き放題に撮れる。かつ、画像の編集で服装も思いのままだ。

一ノ瀬は、花香とのカップル写真を、大きく引き伸ばした。それを天井に貼った。夜になると、すべての明かりを消した。懐中電灯で、天井の写真をライトアップした。暗がりの中に、一ノ瀬と花香が浮かびあがった。

一ノ瀬は、この方法で、花香とのデートを何度も楽しんでいた。

一ノ瀬は、K市役所へは車で通勤している。駐車場から市庁舎までは、約十分歩く。ある朝、車から降りて歩き始めた時、仲の良い先輩と会った。先輩は、周りをちらっと見て、辺りに誰もいないことを確認してから、一ノ瀬へ近づいた。

「一ノ瀬、オマエ、この前、市のエリート企画課の上林の前で、とんでもないことを言っただろ」

先輩は小声で、そう言った。

「ええっ、何のことだろ？」一ノ瀬は、怪訝な顔をした。

「大塩とかいう人間のことを言ったそうだな」

一ノ瀬は、直ぐに思い出した。そして、先輩に訊き返す。

「ええっ、それがどうかしたんですか？」

一ノ瀬は、聞き返す。

「俺も、聞いたことのない人なので、よくは分からないが……。エリートは、オマエのことを、上司にたてつく人間だ！　と、いろんな所で言っているそうだぞ」と、先輩は、言いにくそうな顔で答える。

一ノ瀬は一瞬、言葉に詰まってしまったが、先輩に言う。

「そんな……。大塩平八郎というのは、江戸時代に困っている人たちを助けようとした、元与力だった人ですよ。今でいう改革派です。確かに、人によっては悪いイメージを持つ人もいると言いますが、自分の財産を売ったりして、弱い人や貧乏な人を救おうとした人なんですよ」

一ノ瀬は怒る心を落ち着かせながら、説明した。先輩は、顔を引きつらせながら、うなずいていた。そして、数秒の間を置いてから、一ノ瀬に言った。

「まあ、俺たちの世界、どういう人間が偉くなるか分かるだろ？　いや、別に偉くなれとかいう訳じゃないけれど、オマエが攻撃されているのを耳にしたからさ」

先輩は間を置いて、更に続けた。

「オマエは、この世界で生きるには、血と涙が多過ぎるのだよ。それは、それで、オマエの性格なのだろうが……。オマエが、バカをみているのが、かわいそうでな」

先輩は、しみじみと語ってくれた。

一ノ瀬は、顔を真っ赤にしながら黙って聞いていた。なんと言ったら良いのか、分からなかった。そして、市庁舎に入る直前に、一ノ瀬は先輩に、やっとひとこと言った。

「分かりました」

先輩は、黙ってうなずいて、一ノ瀬と別れた。

また、一ノ瀬は、この日、偶然会った後輩から、ひと気の無い所で、こう言われた。

「私は、一ノ瀬さんと同じように、一生うだつの上がらないサラリーマンで終わりそうですよ。同じ仲間ですね」

一ノ瀬は、この時も、なんと言ったら良いか分からず、呆然としていた。

平成七年八月下旬。一ノ瀬は今年の夏も終わりに近づく頃、考えごとをしていた。

（父親に対しては、母と一緒に無事にお盆を送った。また、温泉の大好きな母親には、秩父の日帰り温泉に連れて行った。それは、それで良かった。

しかし、俺個人の夏はどうしたのだ？　仕事だけに明け暮れていた。夏の思い出に、K社会保険事務所の花香良子を誘って、秩父方面へドライブに行きたい！）

一ノ瀬は、いったん心に思うと、頭の中はそればかりになってしまう人間である。市役所も社保も、夏休みの消化闘争で、勤務している職員は少なかった。それゆえ、人に知られることなく、一ノ瀬はうまく花香良子に連絡を取ることができた。

そして、幸運にも初めてのデートができる運びとなった。秩父地方には見所も多いが、夏という季節を考えると、涼しい三峰神社方面に決めた。

花香は、秩父線の駅からも遠く離れていた所に住んでいた。人目につかないような適度な待ち合わせ場所が見当たらないため、花香が約束の道を歩いている途中で、一ノ瀬は車に乗せた。

仕事中以外で二人が会うのは、七月の暑気払い以来だった。もちろん、二人だけで会うというのは、今回が初めてだった。

一ノ瀬は、どれだけ、この日を夢見ていただろう。

（今日は、俺にとって、遅れてやって来た青春なんだ。とにかく、余計なことは考え

ずに、楽しい一日にしよう）

三峰神社下の駐車場に車を止めた。そこから、神社まで歩いた。

ここは、日本武尊の創建と伝えられており、境内には樹齢数百年の大きな杉が数多く並んでいる。山門、本殿、拝殿ともに荘厳な雰囲気を漂わせていた。また、ここの狛犬は狼だった。正に、下界の熱さを忘れさせるような涼しさであり、静寂そのものでもあった。

一ノ瀬と花香は、何気ない会話にも花が咲き、時間が瞬く間に過ぎていった。気が付いてみたら、帰路を考えなければならない時刻となっていた。

一ノ瀬は、来た時と同じように、花香の自宅付近の道で下ろして帰るつもりでいた。

花香は突然、一ノ瀬の方を振り向いて、言った。

「一ノ瀬さん、お願い。私のうちに寄っていって」

唐突な花香の言葉に、一ノ瀬の顔は真っ赤になった。

「いや、このまま帰るよ」と、緊張しながら答えた。

花香は、直ぐに言う。

「ちょっとだけ、ちょっとだけで良いから、寄っていってよ。大丈夫よ。仕事でお世話になっている人だと言ってあるから、余計な心配はしなくて平気よ。本当にお願い」

花香の思いも寄らなかった勢いに、一ノ瀬はほんの少しだけ寄ることに決めた。

(俺たちは、仕事上の清らかな関係だ。正々堂々としていればいいんだ)

一ノ瀬は、そう心に言い聞かせながら、花香の家に車を止めた。

ここは本当に、山の中の澄んだ空気と水に恵まれた場所だった。清楚な花香にぴったりと合っていた。

二人は、家の中に入った。見るからに人の良さそうな夫婦がいた。花香の両親である。一ノ瀬は、丁寧に頭を下げた。

「おじゃまいたします」

そして、花香の合図で靴を脱いで上がった。

「はじめまして、良子の母でございます。娘が、仕事でたいへんお世話になっております」

女性は、いきなり両手をついて頭を下げた。

一ノ瀬も、慌てて同じように挨拶した。頭が畳に着くくらい下げた。

「一ノ瀬直登です。こちらこそ、良子さんには仕事で、たいへんお世話になっております」

一ノ瀬の純朴な態度を見ながら、男性は、にこにこしながら、軽く頭を下げた。

「父です。娘がごやっかいになっております。これからも、よろしくお願いします」

一ノ瀬は、即座に返事した。

「とんでもありません。私の方が、たいへんお世話になっております。ありがとうございます」

挨拶が終わると、父親は娘に言った。

「うどん、打っておいたよ」

「どうも、ありがとう」と、花香は答えて、一ノ瀬の方を向いて、

「ちょっと待っていてね。用意するから」

そう言いながら奥へ行った。直ぐに、ザルに山盛りになったうどんを運んできた。

「たくさん、食べてね」

うどんの好きな一ノ瀬は、初めは遠慮していたが、あまりのうまさに食はどんどん進んでいった。

途中で、花香は、また奥へ行った。戻って来た時には、一ノ瀬の大好物の焼きシイタケが、両手の大きな皿の上に有った。

食事が終わり、休んでいると、父親は一ノ瀬に向かって言った。

「お風呂でも入らねえか。うちの風呂は、薪で燃やしているんだけどな」

「薪で燃やしているのですか！　そうですか……。でも、今日は、今日は止めておきます。帰りが遅くなりますから」

一ノ瀬は、丁寧にお断りした。父も、強くは勧めなかった。

それから、四人でたわいもない話をしていた。

そして、別れの挨拶も終わり、花香の家を後にした。


一ノ瀬は、帰りの車の中で、一人考えていた。

(本当に、仕事上だけのお礼だったのだろうか？

山奥の人は律儀だから、こんなもてなしをしてくれたのだろうか？

それとも、俺を良子の恋人、もしや婚約者として、対応してくれたのだろうか？

……、……。

俺は仕事で疲れた。いや、職場の人間関係にはうんざりした。ああ、こんな山奥で山菜を採りながら、うまい空気とうまい水の中で暮らせたら、どんなに幸せだろうか？

良子と一緒に暮らしたい。

……、……。

しかし、俺も良子も、一人息子と一人娘だ。俺は、自分の母親を見捨てることは、できない。そして、良子の両親から良子を奪うことも、できない！）

第十一章　未換金の当選宝くじ

九月に入ってからも、K市では暑い日々が続いていた。市民も職員も八月が二ヶ月も続いている、そんな思いで過ごしていた。

一ノ瀬直登の席は、課の真ん中辺りに位置する。少し前から、窓口カウンターで大きな怒鳴り声がしているのが、気にかかっていた。同じことを何度も繰り返して、話している。それを聞いているうち、話の大筋がだいたい分かってきた。

お客さんは、今まで国民年金を掛けたり掛けてなかったりで、十二年間納めてきた。満額になる六十五歳までは身体の具合が悪くて、とても待ち切れない。そこで、額が少なくてもかまわないから六十歳からもらいたい、そんな内容だ。そこで、窓口に出た職員が、国民年金だけでは受給する資格が無いかもしれないと、いろいろ調べてみた。その結果、どの可能性を探ってみても、本人が公的年金をもらう資格は一生付かない。それが確認されて、烈火のごとく怒り出したのだった。

「それなら、今まで掛けたきたお金を、利息をつけて返せ！　それはできない？　なら、元本だけでも返せ！　それもできない？　じゃ、今から遡って免除の手続きをしたい！　それもできないのか？　俺が年金をもらう可能性は全く無いのだな！」

お客さんは、とても納得できやしない。

「何が福祉だ！　何が、役所は弱い者の味方だ！　弱い人間が一所懸命汗水垂らして働いた金から、税金や年金を取りやがって！　困ったって、何にもしてくれねえじゃねえか！　てめえら役人は威張ってばかりいて、何が公務員だ！　決まりが有るのは、分かっているよ！　そんなこと、誰だって分かるんだよ！　決まりで助けられない人間を、何とかしてやるのが、オメエらの仕事じゃねえか！　俺が無一文になって、死ねばいいと言うんだな！　テメエらは、俺たちみたいな虫けらは、死ねばいいと思っているんだろう！」

叫び声が、両隣の課まで響き渡っている。正に悲惨な状況だ！

たとえ工面してお金を納めにきても、本人がもらえるものは一銭も無い。もし該当するとしたら、本人が死亡した場合に、遺族に死亡一時金が支給されるのみである。

法律は、真面目に掛金を納めているか？　経済的に納付が困難な場合は真面目に免除の申請がしてあるか？を大前提につくられている。合法的な手続きがなされていなければ、恩恵を受けることができない仕組みになっている。

一ノ瀬は、隣の席のベテラン職員野崎に確認してみた。

「いくら俺たちが怒鳴られても、どうすることもできないんですよね？」

「そうです。国の決まりですから、市町村ではどうすることもできないのです」

「社会保険事務所へ行っても、同じですよね？」

「もちろん、同じです。法律で決まっていますから」

「死亡一時金をもらえる遺族がいない場合には、だれも受け取れる人はいなくなりますよね？」

「そうです」

「そういうお金は、一体どうなるのですか？」

「国のものになります。国庫金として、国へ入るのです。掛金と一緒に、年金会計に繰り入れられます。そういうケースは、けっこう有りますよ」

「そうですか……」

一ノ瀬は、野崎の言葉を何度も何度も、自分に言い聞かせていた。

（年金にも一時金にも該当しない掛金は、国庫金になる。そういうケースは、けっこう有る……）

その日の午後、一ノ瀬は長時間の電話相談を受けていた。ようやく電話が終わり、気が付くと、野崎がカウンターでスーツ姿の男性と話していた。よく見ると、相手方は、大きな黒い鞄を持ち、いかにも銀行員風だった。

野崎が席に戻ると、さっそく一ノ瀬は尋ねた。

「野崎さんが受けていた人は、銀行の方ですか？」

「はい、そうですよ。最近は、銀行や農協などの金融機関の方が、本人の代理でよく請求に来ています。営業の人も、少しでも自分の方に振り込んでもらいたくて、積極的に代理請求をしているらしいです。

中には、銀行で新しく年金を受けようとする人たちの説明会を開き、そこで代理請求の届けとセットで、通帳をつくっているところもあります。少しでも預金獲得に繋げようと一所懸命なのです。高齢化社会になって寿命が延びたので、年金を受け取る期間が長くなり、一件でも多く取ろうと競争が激しくなっているのですね」

「なるほど」一ノ瀬はうなずいた。そして、続けた。

「野崎さんは年金手続きには明るいのですから、退職後は銀行に再就職して、年金相談員になれば良いのではないですか？」

そばで二人の会話を聞いていた永井美鈴が、ニコニコとかわいい笑顔をしながら、話に割り込んできた。

「そうですよ。野崎さんにはぴったりです。年金の生き字引なのですから。さぞかし、銀行から重宝がられますよ」

美鈴は自信を持って、そう言った。だが、野崎は、右手で否のしぐさをしながら、

「もう、年金の仕事はたくさん！　十年もやったので十分です」と、答えた。

すると、一ノ瀬が、

「野崎さん、もったいないですよ。あれだけ知識が有りながら……。市の内部処理にも詳しいし貴重な存在になりますよ、きっと」と、もう一度土俵に乗せようとした。

「いや、もう本当にけっこうです。退職と同時に年金ともキッパリ離れたいのです」

と、強い意志を感じさせる顔で答えた。そして、一呼吸おいて、パッと明るい顔になりながら、

「人生を楽しまなくちゃ！」と、言った。

一ノ瀬は、同調する。

「まあ、そう言われると何とも言いようがありませんね……。確かに人生は一回きりです。自分のやりたいことをやらなくては、生きてる意味がないですね」

最後の一言は、いつも一ノ瀬が心の中で思っていることであり、野崎に言っているうち、自分にも言い聞かせているように感じられた。


数日後、一ノ瀬は窓口で必死に戦っていた。

「納付書を返しに来たよ。俺は、絶対に納めないぞ！」

そう言いながら、男性は納付書と市からの手紙をカウンターの上に置いた。

一ノ瀬は、何の手紙やらと、手に取り読んだ。

主な内容は次のとおりだ。

『あなたは来月で60歳になります。今までに、国民年金を２４０月納めてあります。他の公的年金の納付が無い限り、あと60月納めないと国民年金の受給資格がつきません。

もし、昭和61年3月31日までの期間で、婚姻していて配偶者が被用者年金に加入していた場合は、申し出てください。カラ期間（資格期間）となります。70歳の誕生月の前月までに、資格がつきませんと国民年金の受給権が無くなります。』

一ノ瀬が読み終える頃、お客さんは言った。

「俺は、結婚したことはあるが、カカアは今はこの世にいない」

それに対して、一ノ瀬は話を進めようとする。

「奥さんは、ご主人さんとご結婚なされてから、お勤めをしていた期間は有りますか？」

「ぜんぜん無い」と、男性は即座に答えた。

「では、カラ期間はありませんね。そうしますと、このお手紙にありますように、あと60月を70歳の誕生月の前月までに納めないと、一生国民年金をもらう資格が無くなります」

直登は、できるだけ穏やかに優しく話したつもりだ。だが、男性は、

「60月も納められるか！　一人暮らしで収入も無いのに！」と、再び声を荒げた。

（60歳を過ぎると免除が受けられない）と、一ノ瀬は心の中で言った。

「なんで、年金なんか納めなくちゃいけないんだ！」と、男性は続ける。

それに対して、一ノ瀬は、

「国民年金が無かった昔は、親が子供たちを育てて、子供たちが大人になったら、今度は自分たちの親に、自分たちを育ててくれた恩返しに、扶養したり、仕送りをした

りしてきました」と、静かに語りかけるように話した。

男性は黙って、おとなしく聞いていた。一ノ瀬は続ける。

「今の時代は、国民年金という制度ができ、社会全体で、世代間で扶養するようになったのです。子供たちは、毎月11，700円ずつ掛金を納め、親は毎月65，000円ずつ年金という形で受け取ることになりました。社会みんなでの助け合いになったのです。お互いに助かると思うのです。子供たちが毎月65，000円ずつ、親に小遣いを渡すのはたいへんです。もらう方だって、気を使います。年金として受け取るのでしたら、正々堂々と受け取れると思います。見方によれば、ドライで何の気兼ね無く、国が世代間の中に入って、お金を受け渡しする制度なんです」

一ノ瀬はお客さんがおとなしく聞いてくれていたので、言いたいことを、無事に言い終えることができた。

黙って聞いていたお客さんは、また話し始めた。

「うちには一人娘がいたが、遠くに嫁にいっちまって、全然帰ってこねえよ」

そして、元気よく続けた。

「俺は、一生一人で暮らすからいい！」

「あと、もう少しです。このままだと、今まで納めた分が、みんな無駄になってしまいますよ！」

一ノ瀬は、もう仕事上の話し方ではなくなっていた。思わず、力が入ってしまった。（お願いですから、私の言うことを聞いてください！）そういう願いを込めて、話していた。

だが、お客さんは、

「無駄になったって、かまわないよ。あんたは、俺たちがお金を納めないと、自分たちの給料が無くなると思って、納めろ納めろと言うんだな！」と、再び声を荒げる。

「そんな気持ちは全然ありませんよ！」

温厚な一ノ瀬は激昂した。（人の気持ちも知らないで！）

努めて冷静になり、続けた。

「あと、もう少しですから……。資格が付くまでだけでも良いですから、納めていただき、あとはずっとずっと長生きしていただきたいのです。人生たった一回きりですから！」一ノ瀬は、真剣そのものになっていた。

お客さんは、目と目が合い、一瞬たじろいだ。身体全体が後退したかのように見えた。しかし、直ぐに気が変わったようだ。一ノ瀬の目を見ず、斜め上を向いて言った。

「俺は、市や国のためになんか、絶対に納めない！　一銭も戻ってこなくてもかまわない！」

そして、お客さんは、唇を噛み締めた。

「市や国のためでなくていいんです！　自分のために、納めてください！　資格が付けば、あとは生きている限り、ずっと自分に返ってくるんです！」

一ノ瀬は、完全に市の職員ではなくなっていた。

（すべて、あなたのためなんです！　ただ、それだけなんです！）

男性の目を必死で見つめた。しかし、相手は決して、それに合わせなかった。

「汗水垂らして働いたお金が、他人のために使われてしまうなんて俺は絶対に許せない！」

お客さんは、宙を見ながら大きな声で言い放ち、真っ赤な顔をして帰って行った。

一ノ瀬は自席に戻った。お客さんの持っていた手紙は、隣の野崎容子が送ったものであることは知っていた。

「なんで、あんなことを俺たちに言うのだろう！　本人のために、一所懸命言っているのに！」

普段おとなしい一ノ瀬だが興奮はとても収まらない。野崎もその余波を受けたのか、

「そうなのですよ。私たちは、市民の方がちゃんと年金がもらえるようにいろいろ調べて、足りないところを納めていただくよう連絡しているのです。お客さんのことを考えてやっていますのに！」

温厚な野崎も、話しているうちに珍しく興奮した。

「それなのに……。私も何度も、ああいうことを言われましたよ！」

そう言いながら、年金台帳を戸棚の中から引っ張り出してきた。

野崎は、60歳になる人の資格関係を調べている。

『あと何ヶ月納めれば、受給権が付きますので納めてください。60歳まで納めて足りない場合は、最高70歳まで納めて資格を付けることができるので、手続きをしてください。』

そういった内容の手紙を、作成して送っている。

資格が付かなければ、今まで納めたお金を本人がもらえることは無い。そうならないように、何度も手紙を出している。それでも納めない人が、けっこう多い。

60歳を過ぎれば、免除の制度は適用されない。実額を納めるしか方法が無い。それをしない、できない、で受給権が付かない。

野崎は出してきた年金台帳を、一ノ瀬に見せながら言った。

「あと何ヶ月か納めれば、年金がもらえる。それでも、どうしても納めたくないと本人が言ってきた場合、こうして台帳に経過をメモしておくのです。言った、言わない、そういったトラブルが後々になって起きないように、歴代の年金担当者がそうしてきたのです」

見ると、確かに、台帳の隅に書かれてあった。

『A年B月C日、本人が納付書を持って窓口に怒鳴り込んでくる。俺は絶対に納めない、年金が一生もらえなくてもかまわない、と言った』

『D年E月F日、納付書を持ってきた。あと50月納めると年金が受給できると何度も説明したが、本人は全然聞き入れない。二度とこんなものを送ってくるなと、納付書を叩きつけていった』

『G年H月I日、本人来庁。俺は個人年金に加入したから、国民年金は抜ける。個人年金の方が信用できる。国のやることとは、信用できなくなった。切り換えたから、もう納付書は絶対に送らないように、と強く言って帰った』等。

それらを見ながら、一ノ瀬は野崎に言う。

「もう少しだから、納めれば良いのに！　あと何十万円かを納めれば、一生の間、年に数十万円もらえる。たとえ、借金してでも支払った方が得なのに！」

一ノ瀬は、心からそう思う。それに対して、野崎は答える。

「そうなのですよ。借金してでも納めた方が得なのですよ。それでも、納めない人……、納められない人がけっこういるんです。毎日の生活がやっとで、本当にお金が無い人たちがいるのです。数十万円なんてとても払えません！　と、私も何度も言われました」野崎は数年間を思い出しながら、しんみりと語った。

一ノ瀬も、黙っていることはできない。

「このままだと今まで納めたお金が全く無駄になってしまう。本人は、一生年金をもらわないで終わってしまう！　死んだ時、もし該当者がいれば死亡一時金がもらえるだけなのですね。でも、それも本人にいく訳ではないし……」と思わずそう言った。

落ち着いてきた野崎が続ける。

「そうなのですよ。私は、そういうこともよく話しましたよ。それでも支払えない人たちが、たくさんいるのです。数十万円のお金が工面できなくて、そのまま支払いがストップしているのです」

ここで、一ノ瀬は野崎に質問する。

「そういうお金は、どうなるのですか？」

一ノ瀬は、同じような事を以前に野崎に訊いたと思いながら、再度確認した。

「国庫金として、国に入るのじゃないのですか。国のものになると思います」

「国のものになるんですか？　国は信用できなくなったから二度と納めない！　そう言って初めの百ヶ月を納めて止めてしまった人、そういう人の分もすべて国のものになるのですね」と、一ノ瀬は、更に念を押した。

「そういうことになると思います」と、野崎は答えた。


一ノ瀬は、一人になって考えた。

（なぜ、こんなに年金を納めない人が多いのだろう。税金の収納率の方が高いというのは、俺の考えとは逆だ。税金なんか、いくら納めても直接自分に返ってくる訳ではない。かつて、税金が公平に使われているかどうか、ということについて、あれだけ騒がれたではないか。

税金党という政党までできたことさえある。使われている内容について、全くのところ詳細は誰にも分からない。使途不明金が現実には一体どれだけ有るのだろうか？

年金は、それとは違い直接自分に返ってくる。長生きすればする程、多くの恩恵を受けられる。

税金は自分で納めたお金が何処でどう使われているのか不透明だが、国民年金ははっきりと分かる。納めた期間さえわかれば、何歳から幾らもらえるか、数字で確定される。だから、年金を優先して納めた方が良いと思うが……。でも、公務員としての立場上、それを言う訳にはいかない。

税金の収納率の方が高いというのは、今まで窓口に出て住民の話を聞いているから、よく分かる。それは、納めない場合の罰則の圧迫感が全然違うからだ。税金は、払わないと土地や家まで強制的に持っていかれてしまう。そのことは、周知のとおりで、誰もが知っている。年金は払わなくても差し押さえられたという話は、今のところ聞いたことはない。だからそうなのだろう。

ともかく、あの年金台帳というものは歴代の年金担当者の汗と涙の結晶である！）

平成七年十月。一ノ瀬は、年金係に異動してきて半年が過ぎた頃、県外研修に参加することになった。日々の窓口業務から離れて、年金の理論的な部分について専門家から講義を拝聴できるチャンスなので、意欲的に臨んだ。

研修生は関東甲信越地方全域から出席しており、講師の先生方も厚生労働省や社会保険庁の現役職員が多く、普段の日常業務からでは味わえない一面を持っていた。

法律の解釈や表、グラフを使った学理的な内容が多かった。

その中で、一人の元新聞記者の講義内容が一ノ瀬の心を捕らえた。初めの一言から強烈に胸奥に響いた。

「年金の歴史は、税金と共に政治家の取引材料の歴史だった」

一ノ瀬は、それまでいろいろな年金関係の本を読み、自分なりに勉強していたつもりでいた。それらから、およそ次のような考えをまとめ上げていた。

年金は、将来の人間寿命の予測、経済成長などのマクロ経済学、財政問題、年金資金の運用状況、そういった純粋なあらゆる経済資料を駆使したものの集大成である。諸々の経済理論や統計を基にしてつくられた、国家による国内最高の予想学問である。

そう固く信じていた一ノ瀬にとって、一人の講師の話は、年金学に対する見方を、瞬時にして一変させるものだった。

更に、講義は先に進んだ。

「なぜ、こうも年金改正が多いとは、思いませんか？日本の学問水準は、世界的にトップクラスなんですよ。優秀な日本人が緻密なデータを駆使して、優秀なコンピューターを使って、年金の財政状況を予測する。

確かに、五十年先、百年先のことなら予測は外れるかもしれません。いや、外れるのが当たり前だといっても過言ではありません。

しかし、わずか五年先、十年先のことさえ予測が外れ、改正がたびたび行われているのです。

これの真の意味は、コンピューター予測が大きく狂うことではないのです。政治家の責任なんです。政治家だって人間なんです。五十年後、百年後も政治家をやっていることは、まあ若い人で五十年後なら僅かの可能性も有りますが、それ以外は不可能です。つまり、何を言っても責任を取る必要は全く無いのです。

それよりも、次期選挙に当選することが死活問題となります。当選しなければただの人ですから、必死に自分の人気を上げようとするのです。代議士先生は長くても四年任期ですから、四年先だけを目指しているのが現実なんです。決して、五十年先、百年先を考えての判断ではないのです」

（何て正直な講師なんだ！）と、一ノ瀬は思った。仕事で回覧されてくる、年金関係の諸々の書類には、こんなことは一切書かれていない。

選挙で本当のことを言って国民に危機感を与えるより、少しでも国民が安心するようなことを言って、安心料を結果に結び付けることの方が遥かに得なのは言を俟たない。政治家は未来の夢を売っているが、やることはシヴィアで超現実的なのだ。言われてみれば、確かに、そういうふうに思えなくもない。

世間で言われているように、国会議員で年金をあてにしている人間なんて、一人もいないのではないだろうか？　そんなことよりも、選挙に当選する方が遥かに大事なのだ。得なのだ。

国民年金は、40年払っても、年に80万円さえもらえない。なのに、国会議員の歳費は年2000万円以上だ。

こんなに、コロコロと年金制度が変わるなら、国民から不審に思われても仕方がない。国のやることだから信用できない！　と、いくら市町村の窓口で言われても、職員には制度は変えられないのだ。

この研修会に参加したことが、一ノ瀬にとって、その後の考え方に大きな影響を及ぼした。元新聞記者講師の話がいつまでも心に残り、職場に帰ってからも、一ノ瀬の心に何度も何度も思い起こされた。

十二月に入ると、さすが師走だ。なんやかんやと慌ただしくなる。

人間、やはり心の区切りというものがある。何をするというのでなくとも、十一月三十日から十二月一日へと、カレンダーの一ページが変わっただけで、急に心がせわしくなる。

そして、このころ平穏な心を更に落ち着かせなくする原因の一つに、年末ジャンボ宝くじがある。

朝、来客もまだない頃、一ノ瀬は隣の席の野崎と話をしていた。

「私も宝くじでも当てて、人生を変えてみたいですね！」と、一ノ瀬は言った。

「全く、そのとおりですよ。前後賞合わせて3億円当たれば、これからの人生、遊んで暮らせます」と、野崎は答えながら、まるで本当にそうなったかのように、にっこりと笑った。

一ノ瀬は、最近取り入れた知識を披露した。

「最新情報だと、サラリーマンの生涯賃金が約3億2千万円と計算されました。もし、一等前後賞が当たると、一人の人間が二つの職業を持っているのと同じことになります」

「まあ、確かにそういうことになりますよね……。一人で二馬力に」と、野崎は、うなずいた。

「うちは農家ではないし、貸家も持っていません。収入は役所の給料だけです。もし宝くじでも当たれば、それが唯一の副収入になります。といっても、今まで末等しか、かすったことは無いのですが」と、一ノ瀬は続けた。

「私も、同じです。３００円だけしかもらったことはないですよ。くじ運が悪いのです」

「私も、野崎さんも、要領もくじ運も良い方ではないですね」

一ノ瀬は苦笑いしながら、野崎の方を見た。

しかし、野崎は急に神妙な顔になった。

「私もついに、市役所在職中に買う、最後の年末ジャンボとなりました」

「ああ……、そうだったですね」

一ノ瀬は野崎の思わぬ言葉に、一瞬たじろいだ。そして、言った。

「野崎さんがいなくなると、寂しくなっちゃいます……。今まで年金のことを何でも教えていただいて、本当に助かりました。ありがとうございました」

野崎の方を見て、ていねいに頭を下げた。そして、続けた。

「超ベテランがいなくなると、年金係は大混乱になってしまいますよ」

「そんなことは、ありません。私の仕事なんて誰でもできるのですから……」

「いや、野崎さんの仕事は難しくて、皆がたいへんだと言っています。私がみても、市役所の中でこんなに緻密な仕事は滅多にないと思います」

「……まあ、慣れてくれれば簡単ですよ。私も長い間やって慣れましたから」

「誰も野崎さんの仕事は引き継ぎたくはない、と思います。引き継ぎ者がいないと、野崎さんは退職できなくなるかもしれませんよ？」

一ノ瀬は冗談交じりに言った。

「まあ、そんなことは言わないでくださいよ」

野崎は、明るい顔でにっこりしながら言った。そして、続けた。

「私は定年になったら、やりたいことがあるのですから」と、更に元気になった。

「水墨画ですか？」と、一ノ瀬は尋ねた。

「ええ、そうです」野崎は照れながら答えた。

「今まで役所の仕事は充分やってきましたから、辞めたら思い切り水墨画をやってみたいのです。地元の公民館からも頼まれていますし……」

そう言いながら、野崎は顔を赤くした。

「えっ、講師ですか？（野崎は頷く）本当に、素晴らしいですね！」

一ノ瀬の言葉に力が入った。野崎は、いかにも心から嬉しそうな顔をした。

十二月三十一日になった。今日は、年末ジャンボ宝くじの抽選発表の日である。一ノ瀬は朝から落ち着かなかった。昼までが長くて長くて仕方が無かった。

いよいよテレビ中継が始まった。一ノ瀬は、食い入るように見る。

「頼む！　これで、俺の人生が変わるんだ。今まで、全くついていなかった。当たれば帳消しになる。いやっ、それ以上になる。お願いします！」

当たり数字が一文字一文字公表されていく。一ノ瀬は、固唾を呑んで見つめている。しかし、結果はいつもと、全く同じだった。末等しか当てはまる数字がなかった。

一瞬にして、買値の十分の一になってしまった。


平成八年一月一日。年が明けた。

なぜこうも日本人は、たった一日の差で、やること為すこと全く変わるのだ。一月一日を迎えると、別世界に来たようだ。昨日の自分が、遠い過去の世界に行ってしまったような気がする。

(蟬が殻から抜け出るように、新しい自分に生まれ変わるのだ。今年こそは良い年になりますように！)と、一ノ瀬は心の中で祈願した。

例年どおり平穏無事な正月を迎えた。

一月四日は御用始めだ。以前はいろいろな部署への挨拶回りで、役所内は多くの時間と労力を浪費してきた。膨大な精神的疲労が、住民に対しては全く無意味に、無駄に使われてきた。

　昨今は簡素化になり、挨拶好きな一部の人たちを除いては、割愛されている。それは、住民だけでなく、多数の職員からも支持されている。


　一月五日の出勤途中、車のラジオで聞いた一つのニュースが、一ノ瀬の心に大きな衝撃を与えた。

『一昨年中に宝くじに当選したが、受け取りに来なかった人の総金額は、約２３０億円』というものだった。

　莫大な賞金が、当たっても現金と引き換えられること無く、消滅時効となった。中には、一等当選でもそのまま換金されていないものもあったそうだ。

　一ノ瀬は、今までどんな僅かな金額でも欠かさず引き換えていた。誰にも気兼ねせずもらえる、公明正大なものと考えていたからだ。

　職員駐車場で車から降り、庁舎まで歩いていく途中、一ノ瀬は職場の知り合いに会った。さっそく、つい今しがた得た情報を伝えた。

「朝のニュースを聞いて驚きましたよ。おととしのジャンボ宝くじに当たっても引き換えないお金が、約２３０億円だそうですよ。取りに行かない人が、こんなにいるのですね。俺なんか、３００円でも行くのに」と、一ノ瀬は興奮して言った。

知り合いは、答える。

「ああ、俺もそうだよ。でも、世の中には、抽選のことを忘れていたり、当たり券をどこかにしまい込んでそのままになっている人も、大勢いるらしいから」

「まさに、塵も積もれば山となるのですね。すごいなあ。そういうお金はどうなるのですか？　宝くじを発売している銀行のものになるのですか？」と、一ノ瀬は尋ねた。

「いや、国のものになると聞いたけれど……。国庫金になるのじゃないのかな」

知り合いは答えた。

これ以来『国庫金』という言葉が、一ノ瀬の心に大きな存在を占め始めることになっていく。一ノ瀬は一人になった時、この単語から、今まで心のどこかに潜んでいたものが、次から次へと大きくなっていった。

（未換金の当選宝くじは、国庫金になる？　受給資格まで結び付かない年金掛金と、同じじゃないか。国のものになってしまうのか……。

今まで住民からも、さんざん言われてきた。国のやることは信用できない！　国の金なんて、どうせ不透明に使われていくのだろう。政治家やエリート官僚たちの、思い通りのままに使われていくだけなのだろう。

住専の問題でもそうだった。庶民から吸い上げられた血税が、大企業のお偉方の財産を死守するために使われていった。どうせ、弱い人間や困っている人たちへは、還元されやしない。たとえ、そうされたとしても、ほんの僅かだ。そして、そういう所に使われたお金は、巧妙に宣伝され、権力者に利用されていく。

未換金の当選宝くじは、塵も積もれば山となっていく。年金資格まで満たない掛金も、そうなっていく。同じ国庫金である。

国庫金とは、本来社会の底辺にいる人たちのために、役立たせるべきものだ。なのに、実際は、支配者たちが自分たちの権力を維持していくために、恣意的に使われている。それが、現実の社会システムというものか！）

第十二章　挑戦する反逆児

一ノ瀬は、一人で冷静になった時、こう考えた。

（受給資格まで結び付かない年金掛金。未換金の当選宝くじ。どちらにも共通点がある。年金掛金は、受給資格まで納付されて、初めて年金として結実する。また、当選された宝くじは引き換えられて、初めて実を結ぶ。つまり、どちらも本来は発生しないものなのだ！

もう一つ、共通点がある。どちらも、本来の目的が達成されなければ、国庫金となってしまう。国庫金とは、何に使われているのだ？　会計検査院から、あれだけ指摘され続けていても、一向に改善されない国の支出金になってしまうのか？）

一ノ瀬は、あれこれ考えているうちに、とんでもないことを思い付いていた。

（あと少し納めれば年金が受給できる人の掛金を、本人に成り代わって納めた場合、いったいどうなるのだ？　具体的に計算してみよう。実行するかどうかは別問題だ。モデルとして、考えてみるだけなんだ）

老齢基礎年金は、最低条件として25年（＝３００月）納めれば受給資格が付く。簡単な例から考えよう。今まで20年納めた人は、あと5年納めればよい。

1ヶ月の掛金は１１，７００円（平成7年度）だから、5年間分（便宜上、掛金は変わらないものとする）では、

１１，７００円×１２月×５年＝７０２，０００円

これだけ納めると、一生死ぬまで年金を受給できる資格が付く。もらえる金額は40年（４８０月）納めて満額の７８５，５００円（平成7年度）だから、25年（３００

月）だと、
785，500円÷480月×300月＝490，900円
（端数処理：50円以上100円未満は切上げ。50円未満は切り捨て。100円単位にする）
　毎年、これだけ手許に入ることになる。
702，000円を納めて（投資して）、毎年490，900円ずつ支給される（回収される）のだから、
　元を取るまでの期間は、
702，000円÷490，900円＝約1・43年
↓つまり、1年6ヶ月、年金として受け取れば、得をする（利益になる）。
この例だと、あと5年納めれば25年になる人のケースだが、実際には、これより長く納める人と、短く納めれば済む人がいる。
もし納めた期間が15年の人なら、あと10年分納めることになる。
　納入金額は、
11，700円×12月×10年＝1，404，000円になる。
25年納めて年490，900円の金額は、65歳からの受給を基準としているから、

平均80歳まで生きるとすると、
4９０，９００円×（８０歳―６５歳）＝７，３６３，５００円
たとえ10年間分の１，４０４，０００円を支払ったとしても、15年間でもらえる総額が７，３６３，５００円となるから、
７，３６３，５００円÷１，４０４，０００円＝約５・２
５・２倍にもなって返ってくる。
もし、既に20年納めてある場合だと、これからの納入金額は、５年間分の７０２，０００円だから、
７，３６３，５００円÷７０２，０００円＝約１０・５
これはあくまでも、納付額と受給額が毎年一定であり、65歳から受け取り始めて、15年間受け取った場合である。
平均寿命は、大きく変動することはあるまい。納付額と受給額も、また、同様であると思われる。
今の経済状態から予測して、賃金が大幅に上下する可能性は少ないと見込める。すると、多少変動するにしても、受給額も概ね安定すると見込める。
また、受給額があまり上がらないのに納付額を大きく上げると、野党の攻撃や国民

感情もあるため、掛金の上昇もわずかだろう。

平均寿命、経済状況、政治状況、これらの基本的な三点から考えて、これほど安定した収入が確実に入ってくるものは、考えられない。

他人に成り代わって納めても、対象数を増やして危険分散（平均寿命を安定させる）すれば収入も安定する。絶対に儲かる。

たった一つの問題は、ばれるかどうかだけだ。これは致命的な大問題だ。発覚すれば、免職になり、刑事責任を問われることは必至だ。

ふだん冷静でおとなしい一ノ瀬だったが、驚くほど熱が入ってしまい、興奮した。

（これが実現するためには、給付担当である野崎さんの仕事を、俺が引き継がなければならない。自ら野崎さんの後を受けたいとは、言い難い。誰かがそう言ってくれて、俺は仕方無く受けたという形にしたい）

一ノ瀬は、また、こうも考えた。

（これは、何も凶悪犯罪ではない。ごく普通の神経を持っている人間が、社会のどうにもならない矛盾から、必然的に考え出したものだ。

世の中に、一体、本気で弱い人間たちのことを考えている者が、どれだけいるのだろうか？　それを真剣に考えているのは、ほとんどは同じ立場にある人間だけだ。そういう人たちは、真からその苦しみを知っている。矛盾も痛いほど分かっている。しかし、いくら分かっていても、権力が無いから何もできないのだ！

権力の座にある人間は、そういう人たちを上から見下ろしているだけだ。自分はそうでなくて良かったと考えているだけなんだ。時々、口先ばかりの温かい言葉を、かけてはいる。しかし、それは実質的には弱い人間たちのためではない。自分自身のためなんだ。同情心を示さなければ、自分がそういう人たちから反感を買い、評判が下がってしまうからなんだ。

結局、行き着く所は、自分のためだけなんだ。世の中、一所懸命仕事をし、清らかに精一杯生きている人間が、報われている訳では決してない。底辺の人間は、いつまで経ってもそのままだ。縁の下の力持ちは、ずっと縁の下の力持ちで終わっている。楽して甘い汁を舐めているヤツラは、ずっとその体制を守り続けているだけだ！）

そして、一ノ瀬は結論づけた。

（国庫金。宝くじで当選しても、賞金に換えていない国庫金。年金掛金を納めても、受給権まで結びつかない国庫金。こういうお金自体、本来の目的に処理されていれば、発生しないはずだった！

当選宝くじを皆が換金にいけば、未換金は無い。年金掛金についても、みんなが受給資格が付くまで納めて請求すれば、こんなことは無いのだ。

言わば、社会の中で、本来の目的に活用されていないお金ということだ。それを、その仕組みに気付いた人間が、うまく活用するだけなのだ！）


平成八年三月。数日が過ぎた。どこの市町村でも議会開催の時期になり、また、この頃になると人事異動のことが噂話となる。

今日は、管理職のお偉方も、みんな議会用務で席を外している。普段よりゆったりとした雰囲気が、全庁的に漂っていた。

年金係でもまた、同様である。一ノ瀬の席の周辺でも、話題は、もっぱら異動のことばかりである。

「ところで、確実に分かっていることが有りますよ。野崎さんが退職することです」

「それは、定年だから、当たり前ですよ」

「問題は、誰があの大変な仕事を引き継ぐかです」と、今まで黙っていた一ノ瀬が、そう口を挟んだ。そして、続けた。

「まさか、野崎さんの代わりに来た人が、そのまま引き継ぐということは無いでしょう。新人ではとても無理です」

もっともな話の流れを作っていく。

「今までも、裁定の仕事を、新しく来た人が担当したことはないですよ。卒業試験のようなものですから。ある程度知識のある人でないと、とてもやれませんよ」

話題は、水が高い場所から低い所へ流れていくように、自然に流れていく。

「そうすると、今いる人の中からということですね」

「当然、そうでしょう」

係員の思うことは、みんな同じである。

「誰かが、やらなくては。でも、あの仕事は、本当に大変ですからねぇ」

一ノ瀬は少し誇張して、そう言った。

「一ノ瀬さんなんか、どうですか?」

誰かが発言した。

（ついに風が、こちらに向いた。ここは大事なところだ。慎重にやらなくては）と、一ノ瀬は心の中で言った。

「えっ、私ですか。ベテランの野崎さんのやっていた仕事を私みたいな人間が……」

一ノ瀬は、少し大げさに驚いてみせた。

「いや、一ノ瀬さんなら大丈夫ですよ」

「野崎さんの仕事は、キツイですよ……。隣にいて、本当によく分かります」と、一ノ瀬は、もっともらしく続ける。

「そう、隣なのですよね。それなら事情をよく知っていていいんじゃないですか?」

他の誰かが、一ノ瀬を援護射撃するかのように、口を挟む。

「いや、まあ、……。私は、ただ隣に座っているだけで、仕事の中身は全然分からないですよ」一ノ瀬は、困った顔をしながら答えた。

「まあ、いずれにしろ、野崎さんが辞めるのは絶対なのですから、誰かが引き継ぐのは間違いないです」

誰かが、そう結論した。それで、その場は終わった。


野崎の仕事が係の中で一番きついのは、誰もが認めていた。年金がもらえるかどうかの資格を調べ、社会保険事務所へ請求書類を届ける担当である。

でも、本当に大変なのは、それらの事務処理よりも、受給資格が付くまで納付するよう指導する仕事である。これは、本人のために将来年金がもらえるように、納付や免除を勧めるものである。

免除については、法律上六十歳までしか認められていない。それ以降については、自分で現金を納めるしか方法が無いのだ。これが、本当にきついのである。

年金が受給できるように、「納めてください」と一所懸命本人に伝える訳だが、あたかも市役所や国が儲けようとしているかの如く、市民から非難される。

野崎の仕事は、年金係の中でも内容が難解で、苦情もダントツに多い。できることなら引き継ぎたくはない。ほとんどの職員は、そう思う。

一ノ瀬もここに異動してきた頃は、もちろんそう思っていた。しかし、今は違っていた。一ノ瀬直登には、人生を賭けてみたい計画が有るのだ！　実行して、そのまま、ばれずに一生が終わるかもしれない。もし、そうなれば、知識や知恵を使った、最高に頭脳的で安全確実な金儲けとなる。そのためには、どうしても野崎の仕事を引き継がなければならない。

後任が確実に分かるのは、三月下旬に発表される人事異動の内示があってからだ。それが確定しない限り、誰が引き継ぐかは全く分からない。

三月二十五日。いよいよ内示の日が訪れた。市の職員は、どこの部署でも、皆そわそわしている。年に一度の大行事だ。

サラリーマンは結局、このイベントを中心に人生が動いていく。どんなことがあっても、辞めない限り、これに従わなければならない宿命にある。

津山保険年金課長が、人事課より渡された名簿を見ながら、該当する職員を一人ずつ呼んだ。国民年金係からは野崎の他に、権上課長補佐兼国民年金係長、それに窓口担当の若手職員会田聡が呼ばれた。

権上補佐は、当市では数少ない女性課長に昇格した。しかも、一番年の若い女性管理職となった。満面の笑みが、身体中から、ありありと浮かんでいる。これで、家庭内の力関係でも職場の肩書でも、完全に夫を凌駕した。

一ノ瀬は、とりあえず、自分が保険年金課から異動しないことに安心した。課内の転出入が確定すると、次にくるのは仕事の分担である。年金係の一番の決め事は、誰が野崎の担当を受け継ぐかである。

一ノ瀬は権上補佐から、野崎と共に、権上の前に呼ばれた。

なぜ呼ばれたのか？　一ノ瀬の直感は当たった。

権上補佐は一ノ瀬の顔を見つめて、言った。

「一ノ瀬さん、野崎さんの後を引き受けていただけませんか？」

そして、穏やかな口調で続けた。

「この仕事が年金係の中で一番大変なのは、誰もが分かっています。一ノ瀬さんは、ここに来てまだ一年しか経っていませんが、隣の席にいて、野崎さんの苦労を一番よく理解しているものと、私は思っています。一ノ瀬さんは、あやふやな仕事はしない人だと見てきました。できることはできる、できないことはできない、それを住民にはっきり言える人がこの仕事に適していると、私は思っています。

ベテラン野崎さんの後を引き継ぐのは、誰がみても大変です。でも、これから当分、この仕事を一ノ瀬さんにやっていただきたいと、私は願っています。野崎さんも私と同じ考えだと聞いて、安心しました。一ノ瀬さんに是非お願いいたします」

次期女性課長は、深々と、一ノ瀬直登に頭を下げた。

野崎も隣で軽く会釈した。

「そうですか……。私は、これ程お褒めいただける人間では、決してありません。でも、微力ながらお引き受けさせていただきます。がんばります」

一ノ瀬は、権上補佐と野崎に、それぞれ丁寧に頭を下げた。権上補佐から思ってもみない栄誉の言葉を受け、感極まった。

そして、こういう形で野崎の後を受け継いだことに、未来への大きな期待を予感した。

三月三十日、退職日の前日。明日は年度末で非常に忙しいため、保険年金課を挙げて、野崎の退職慰労会が催された。

一ノ瀬は先頭になって、この会を盛り上げた。一ノ瀬には、心の中に強い思いがあったからだ。

野崎のように、現場の窓口で毎日地道に住民と応対する姿、これこそが末端公務員である市町村職員の本来の姿だ。決して上司にお世辞やゴマすりをすることもなく、朝の始業から夕方の終業まで真摯に住民と向き合い、それだけに全力を尽くす。こういう縁の下の職員がいてこそ、初めて末端行政は成り立っているのだ。一ノ瀬は、野崎の退職で改めてその思いを強くした。

そして三月最後の日、市長室で退職辞令を受け取ると、野崎は保険年金課職員として最後の顔を出した。一ノ瀬には、野崎は今まで見てきたうちで一番輝いているように見えた。

（私は、やるだけのことはやった！　明日からは、第二の人生でがんばります！）そういう潔い誇りが、全身からみなぎっていた。

野崎は、保険年金課職員全員が見送る中、花束と拍手を受け、庁舎を去っていった。眼鏡越しに、両目を真っ赤にしていた。「ううっ」という涙声を必死に堪えていたのが、とても印象的だった。

一ノ瀬は、一番最後まで後ろ姿を見つめていた。そして、頭を膝に付くくらいお辞儀した。

（あなたこそが、本当の市町村職員です！　長い間、お世話になりました。ありがとうございました。いつまでもいつまでも、お元気で長生きされることを、心よりお祈り申し上げます）


翌日、暦は四月一日を迎えた。いよいよ、新しい体制で全てがスタートした。権上課長補佐兼国民年金係長の後任は、やはり女性職員の西村友代だった。権上前補佐よりは年齢はいくつか上で、性格はおとなしく、部下のやり方にほとんど全てを任せるタイプであった。

これをみて、一ノ瀬は思った。

（俺は遂に、念願の野崎さんの後を引き継ぎ、給付担当になった！　思えば、一年前ここに異動してきた頃は、年金のことなど全く分からず、ちんぷんかんぷんだった。ベテラン野崎さんは雲の上の存在であった。自分は何年在職しても、あれだけのことはできやしない、そう思っていた。

今、こうして一年が経ち、俺は年金について、それなりの知識を得た。そして運の良いことに、計画を実行できるポジションに着くことができた。これだけの発想は、一生のうちに一度有るか無いかのものだ。

野崎さんの仕事は、隣にいた俺がそうだったように、担当以外の者にはほとんど分からない。つまり、全てが俺のやり方でやれる！）

平成八年四月。下旬になり、年金係の異常な混雑も、とりあえず一段落した。

一ノ瀬に、いよいよ計画を実行に移す時が来た。

（まずは、行動を共にする仲間を探さなければならない）

野崎との事務引継を思い出した。K市では、国民年金加入者に、六十歳を迎える前月の十日から十五日の間に、『六十歳になるあなたへ』というお知らせ通知を送付している。これは法律上しなくてはならないということではないが、市民サービスの一環として行われている。

細部の内容は、六十歳の時点で国民年金加入者を、次の四種類に大別している。

A．国民年金だけで受給資格のある人

B．他の公的年金である厚生年金や共済年金等と合算することにより、受給資格の付

く人（この場合、社会保険事務所等で請求していただくよう通知書に書いてある）

C．市役所のデータからだけでは受給資格の確認ができない人（これは、本人や配偶者の国民年金以外の記録や本籍が他の市町村にあるため、資格の確認ができない等による）

D．市役所のデータからは国民年金のみ加入していて、配偶者のカラ期間を入れても受給資格が付かないため、六十歳を過ぎても何ヶ月か国民年金を納めなければならないと思われる人

このうち、AとBは既に受給資格の有る人である。請求する機関が市役所か、それ以外かである。

Cは調べてみないと、どういう結果になるか見当がつかない。市役所だけでは分からない記録も有り、既に受給資格の付いている人もいる。また、国民年金以外の資格が有り、そのため他の機関で請求する場合もある。

Dは市役所で調べる限り、国民年金しか加入したことがなく、六十歳以降も納めなければ受給資格の付かない人である（Dの中にもCと同じように、調べてみると国民年金以外の加入期間の有る人もいる。しかし、それはごく稀である）。

一ノ瀬は野崎の仕事を受け継いで、窓口で「納めたくても、納めるモノが無いの

だ！」「今まで納めた分を返してくれ！」等、大きな声で言ってくる人は、多分Dの通知を受け取った場合であるような気がした。

制度として、六十歳を過ぎたら免除は受けられないので、現物（現金）を納めるしか方法がないのである。また、一度納めた掛金は、生活が苦しくなったからといって、絶対に戻ってはこない。

一ノ瀬は、この大計画を遂行するためには、まず、今までにどういう人たちにこのDの通知を送ったのか、調べてみることが必要であると考えた。

さっそく過去二年間の記録をみた。九十五件の通知が出ていた。次にこの九十五件について、高齢任意加入の手続きがしてあるかどうか、端末機で一件ずつ確認した。

その結果、七四件は加入の手続きがしてあった。つまり、本人が六十歳以降も掛金を納める意志を示した、ということである。残りは二十一件だ。この二十一件というのは、野崎が再三催告しても、一向に年金掛金を納めようとしなかった人たちである。

一ノ瀬は、これらの人たちに、自分でも、もう一度高齢任意加入を勧めてみることにした。年金台帳に本人とのやりとりや交渉記録も書かれているので、うまく利用できるからだ。

（これぞ、野崎さんが在職中によく言っていた『年金台帳』だ。俺は、これも好き放題に見られる立場に着いたのだ！）

一ノ瀬は、そう思いながら、仕事の合間をみつけて一件ずつ検索していった。

（うーん、本当に大先輩の言うとおりだ。歴代の担当者が、後日、「言った」、「言わない」の争いごとを避けるため、記入していったのがよく分かる。そういったトラブルが余程の心労だったのだろう。これを見ていると、歴然だ。到底納める見込みは無さそうだ）

やがて、一件の台帳に目が釘付けになった。

（おやっ、こういうものもある）

見ると、メモ用紙が付け足して貼られてあった。そこには、こう書かれていた。

『２４０月ちゃんと納めているのに、突然納めなくなった。噂によると、夜逃げをしたらしい。昔はとても羽振りの良い生活をしていた。小学校・中学校時代はＰＴＡの会長もしたことがある。事業を拡大し過ぎて、バブルの影響に遭ったらしい。事業所も自宅も、今は更地となっている。住民票は、そのまま更地の上にある。債権者が殺到するので動かせないのでは？　全く音信不通である』

（こういう人生もあったのか！　あと60月納めれば良いのに。それさえできずに、15年以上も経っている。もう直ぐ60歳か。この状況では借金取りに追われ、公の場に出るのが困難だろう……。仕方がない。今までの分を無駄にしないために利用させてもらおう。俺は、絶対に花を咲かせてやる！）

一ノ瀬は台帳の記録を丹念に読みながら、国庫金に消えてしまう確率が極めて高い人たちを、入念にチェックした。

二十一件のうち電話番号が分かっていた十三件は、一ノ瀬が直接電話をした。

「国民年金は、納付期間と資格期間を合わせて３００月にならないと、年金をもらうことができません。足りない場合は、60歳で高齢任意加入の手続きをして３００月になるまで納めていただくことになります。そうしないと、今まで納めた分が無駄になってしまいます。受給資格が付いたら請求して、長生きされますことを願っております」

一ノ瀬は、一人一人、丁寧に熱っぽく説明していった。

しかし、それにもかかわらず、住民の反応は冷ややかだった。「毎日毎日の生活が苦しくて、とても50万（約42月分）も、１００万（約85月分）も払えねえよ！」

「食料費と薬代を支払うのがやっとで、年金払ったら飢え死にしちゃうよ」

「払う気は全然無い。もう二度と電話してくるな！　手紙もよこすな！」

「年金なんかコロコロ中身が変わる。信用できやしない」

「公務員のやることは全然信用できない。今までの分はオマエラにくれてやる！」

「せっかく納めても、一体いくらもらえるんだい？　それどころか、もらう前に死んでしまうかもしれない。もし、そうなったらどうなるんだい？　何？　生計を共にしていた遺族に死亡一時金がでるって、いくらだい？　今まであれだけ納めてもそれだけかい？　生きていくのがやっとの人間が無理して払って、早死にしてしまえば大損だ！　そんなばくちは打てない！」

一ノ瀬は（たとえ借金したって、納めた方が長い間には絶対に得なんだ！）と思い続けてきたが、そうとばかりとは限らない事情もだんだん分かってきた。

（無理して納めた方が絶対に得するとは、誰にも言えやしない。それを断言できる人は、世の中に一人もいない。いつまで生きていられるかなんて、誰も分からないのだ！）

二十一件のうち、いくら電話番号を調べても分からない八件については、文書で対応した。電話で話したのと同じ勧奨内容をワープロで打ち、手紙として送付した。

受け取った者の一人から電話が届いた。たまたま一ノ瀬が電話口に出た。「せっかくご親切に手紙をいただきましたが、支払う余裕は全くありません」という内容だった。

八件の郵便物のうち、五件は《転居先不明のため配達できません》と赤スタンプが押されて、返送された。

ある日、直登がK社会保険事務所へ年金請求書類を提出に行き、市役所へ戻った時のことだった。

年金係の職員が、一ノ瀬の顔を一斉に見た。当の本人は、何事が起きたのかさっぱり分からず、素っ頓狂な顔をしていた。

すると、この四月に新しく就任した西村年金係長から、一ノ瀬は呼ばれた。頭の中が真っ白なまま、新係長の席の前に座った。西村係長から、次の説明があった。

一ノ瀬が社会保険事務所に行っている間の出来事だ。60歳の年金無資格者で一ノ瀬が納付勧奨の通知を送付した人のひとりが、その手紙を持って、怒涛のごとく年金係に押し寄せてきた。

窓口に出た職員だけでは埒が明かず、当時保険年金課長も管理職会議で席をはずしていたため、西村係長が応対した。すると、強面が食って掛かってきたと。

「三度三度の飯も食えない人間に、もらえるかどうかが分かりもしない年金を納めろだと！　何？　必ず自分の所に、納めた以上のものが返ってきますだ！　よし、分かった！　ならっ、俺はオマエのために納める。三度のマンマを二度にしても納める。その代わり、もし俺が早死にして俺が苦労して納めたカネが、オマエの言うように納めた以上に返ってこなかったら、俺のオッカアにその分を払うと、念書を書け！

年金は国の制度だから、そんなことはできないだと?!　なら市で支払うと書け！　それもできない？　そんならっ、年金係長が、私が責任を持ってお支払いいたします、と一筆書くんだ！　そんなにしつこく取り立てる気なら、絶対にそうしろ！」

そういう内容だった。

一ノ瀬は、西村係長に答えた。

「今までにも、本人のために納付を勧めて苦情を言われることが何度もありましたが、これ程までのケースは、ありませんでした」

今後も同様のケースが起きることが考えられるので、年金係内で話し合いをもつことになった。一ノ瀬の行ってきた行為、つまり60歳以降の人にも積極的な納付を勧める姿勢に対して、屈託の無い意見交換会が行われた。

納められない人や、全く納めたくない人に何度も納付を勧めることが、本当に良いことなのだろうか？　結果的に本人のためになることなのだろうか？　窓口でさんざん文句言われながら、やる価値があるのだろうか？

他のお客さんにも迷惑がかかる。そして、はたから見ている人たちから、市役所が弱い者いじめをしていると勘違いされる。人の寿命なんて、誰にも分からない。お金だけのことを考えると、これから納入金額を増やしても、かえって損失が増えることもあり得る。これから一生涯年金がもらえるようにと無理して納めることを勧めても、死亡時期が早ければ、本人にとって損失が大きくなるだけである。かといって、本人が忘れていたり、気が付かないことも考えられる。

最低限のことをやるだけで、良いのではないだろうか。その意見が、大勢を占めた。そして、今後の細かい事務手続きや苦情処理については、すべて一ノ瀬に任すことになった。

一ノ瀬は心の中で思った。（俺は、みんなから、お墨付きをもらったのと同じだ。本人《一ノ瀬のリストアップした対象者》と、職場の全係員から。俺は全権委任されたのだ。これ以上、納付勧奨をしなくても良い！）

一ノ瀬が野崎の後を引き継ぐ、同じように高齢任意加入を勧めたのは、二十一人だ。念には念を入れ、待ちに待って二ヶ月が経過した。その間、実際に加入手続きをしたものは皆無だった。また、ほんのちょっとでも、その手続きをしそうだとか、また、納付をするかも知れないと思われた人は、六人だった。

十五人については、今後、納める見込みが全く無い、と思われる。これで確定しようかと、一ノ瀬は思った。

だが、その瞬間、大事なことを見落としているのに気付いた。

六十五歳までに、年金の受給権が発生しなければ、特例高齢者加入の手続きをしなければならなくなる。これだと、本人の戸籍謄本が必要だ。これは避けたい。

十五人を調べると、六十五歳までに年金の受給権が発生しない者が五人いた。従って、この五人は除いた。最終的にちょうど十人となった。

一ノ瀬は着実に、自信を深めていく。

(選びに選んだ十人だ。計画を実行する。これで『今まで俺たちが納めたお金を、うまく活用しても良い。あとのことは、すべて一ノ瀬直登に任せる!』そういう言われたのと同じだ。俺の罪悪感は、少しは薄らいだ)

具体的な収支計算をもう一度してみた。

まずは、受給資格が付く300月にするにはあと何ヶ月納めれば良いのか、10人について一人ずつ調べた。

一番少ない人で60月（5年）、一番多い人で84月（7年）、そして、平均すると70月（5年10月）だった。
この前に計算した時は平成7年度だったが、平成8年度でもう一度計算してみる。
1ヶ月の掛金は12，300円（平成8年度）だから、5年間分では、
一番少ない人で、　12，300円×60月＝　738，000円
一番多い人で、　12，300円×84月＝1，033，200円
平均では、　　　12，300円×70月＝　861，000円
これだけ納めると、一生死ぬまで年金をもらうことができる。
受給資格が付くためには、300月納めれば良いから、これで請求することにする。
もらえる金額は40年（480月）納めて満額の785，500円（平成7年度～9年度）だから、25年（300月）だと、
785，500円÷480月×300月＝490，900円
毎年、これだけ手許に入る。
平均で、一人当たり861，000円を納めると（投資して）、毎年490，900円ずつ支給される（回収される）ことになる。
元を取るまでの期間は、

861，000円÷490，900円＝約1・76
一年十ヶ月で元が取れるのだ。
300月（25年）納めて年490，900円の金額は、65歳からの受給を基準としているから、平均80歳まで生きるとすると、
490，900円×（80歳—65歳）＝7，363，500円
たとえ7年間分の1，033，200円を支払ったとしても、15年間でもらえる額が7，363，500円となるから、
7，363，500円÷1，033，200円＝約7・13
7倍以上にもなって、返ってくる。
10人の合計では、納める額は、
861，000円×10人＝8，610，000円
そして、受け取る額は、65歳で請求し、80歳までなら、
7，363，500円×10人＝73、635、000円
これは、すごい！　絶対にやる価値は有る！
現在60歳の人は2年前の58歳から納付できるので、一番早い人は、58歳から5年納

めて63歳から受給できる。
65歳からの金額を基準（１００％）にしているため、それより若い年齢で受け取ると減額されるが、安全確保のため、早く回収できるものはしておいた方が良い。
もし、63歳から受給すると、65歳以前の受給額は一月につき０・５％ずつ減額になるから、基準より24月分減るので、
０・５％×２４月＝１２％の減額となる。
63歳から受け取る年金額は、
７８５，５００円÷４８０月×３００月×（１－１２％）＝４３２，０００円
63歳から80歳までの17年間に受け取る総額は、
４３２，０００円×１７年＝７，３４４，０００円
これは、７，３６３，５００円と、ほとんど同額だ。
安全的回収のためにも。受給資格が付いたものから順次請求した方が良い。
正に、塵も積もれば山となる！　宝くじをヒントに発想したが、これほど確実に収入が入ってくるバクチは無い。
一ノ瀬は収支計算をして、改めて自分のアイディアに酔いしれた。

次に、具体的な事務手続きについて考えた。

1　法律上免除の手続きがされていれば、その期間は納付期間に参入されるが、今回の10人については、過去2年間にこの手続きをしてある者は、選んでいない。したがって、過去2年間分は、必ず納付しなければならない。そして、納付資格が付くまで納める。

納付書については、当年度の四月分以降は住民票の有る市町村で発行する。それ以前については、原則として管轄の社会保険事務所で発行することになっている。ただし、市町村でも手書きのものなら発行できるので、納付はすべての期間についてできる。

60歳を過ぎて年金掛金を納める場合は、高齢任意加入の手続きが必要である。これは、市町村に備えられている用紙に必要事項を記入すればそれだけで済む。65歳までに受給資格が付けばそれで良い。

2　納付条件が満たされたと仮定すると、いよいよ年金の裁定請求になる。この場合、全ての請求者に戸籍謄本（戸籍の全部事項証明）を添付しなければならないのだ。やはり、どうしてもここを避けることはできない。

次に引っ掛かるのが、通帳の問題だ。現在の年金受取りは、すべて口座振込となっている。最近、金融機関で通帳をつくったことはないが、以前のように勝手につくれなくなったと聞いたことがある。昔は実在していない人の分も好き放題につくれたが、現在はそういうことはできないらしい。

3

裁定請求までが済んだと仮定し、その先を考えると、また一つ大きな問題点が考えられた。年金証書の送付先だ。年金が請求され決定されると、社会保険事務所から証書が自宅に送付されることになっている。そして、年金証書と同時に、初めての振込の場合細かな計算書も送付される。

もし、本人宛に送付され、本人が受け取れば、今までの努力が全く徒労に終わる。今までの、本人に成り代わって納め、請求した、全てのお金・時間・苦労が水泡に帰してしまう。そうなれば、本人は自分が請求していないのに振込がなされたと、社会保険事務所か市役所に駆け込むことになるだろう。犯罪が発覚してしまう。

一ノ瀬は、考えていくうちに次第に顔が強張っていった。ふだんは受付で預かった書類の確認をしているだけだが、改めて請求者側に立って考えてみると、見落としていた落とし穴もあることに、初めて気付いた。日頃の何気ない受付事務の中に、思いも寄らなかった難問が隠されていた。

（何で俺は、今までこんなことに気が付かなかったのだろう！　うまくいった場合の計算ばかりを夢見て、電卓をたたいてきてしまった。保険年金課に異動して一年数ヶ月経つが、なぜもっと深く考えなかったんだ！

俺は自分の立場ばかりしか考えず、相手の立場のことを忘れてきてしまった。ここにきてそれが響いた。この計画を実行するのがいかに難しいか思い知らされた……）


ある日、一ノ瀬は何気なく夕食後のテレビを見ていた。

そこへ、突然、一ノ瀬の怒りを爆発させるニュースが流れた。

細かな箇所まで知りたくて、翌朝目が覚めると、さっそく新聞に飛びついた。

政府系の超一流銀行出身で大手百貨店の前会長が、経営危機に陥っている当百貨店から10年間で44億円もの給与を得ていたという。この百貨店は、総額6，300億円もの借金返済を免除されることが、数日前の報道で取り上げられていた。更に、このうちの1千億円は、我々の血税が投入されるというのだ。

（この前会長は、一年間に平均4億4千万円もの莫大な給与収入を受け取ってきた。一般的なサラリーマンが、まじめに一生涯汗水垂らして働いても受け取ることのできない金額を、たった一年で得ている！　日本の社会を根底から支えている我々庶民のわずかな所得が、政府系エリート人間の財産を守るために、吸い上げられているのだ！）

一ノ瀬には、しばらく忘れ去られていた住専の問題も脳裏に蘇ってきた。数年前、物議を醸した社会的大問題だ。やはり基本的には同じ図式だった。財務省が指揮・監督していた金融機関が経営危機に陥り、それを救うために我々の血税が注ぎ込まれた。

（政府や公務員のやることは全く信用できない！　と、市町村の窓口で、言われても仕方がない。庶民の汗と涙の結晶である血税が、日本のエリートの財産づくりを保全するために使われてきたのだ。この時も、テレビや新聞、特に雑誌等で大きな反響をよんだ。

しかしながら、国民の納得がいくような結果をみられないうちに、時の流れに助けられて、人々の関心から消えていった。国へ上納されたお金には、確かに、我々の生活を幸福にしてくれるのに還元されているものもある。だが、このように一部の上層部を守るため、闇から闇へと流れていったものもかなりあるはずだ。国庫金が何に使われているのか、一般庶民にはほんの概略しか分からない）

一ノ瀬のしばらく眠っていた思い、世の中や職場内での不公平、やるせない憤懣が、急激に膨れ上がっていった。

（みんな、自分たちのことばかりしか考えていない！　日本のエリートは、国家の金を自分たちの私財のごとく使っている。役所のエリートも、似たようなものだ。権力者にゴマをすりながら、楽な職場ばかりを渡り歩き、特別待遇で昇格し、多くの税金をぶん取っていく。合法的な金儲けを堂々としているのだ！　だから、俺もそれに近いことをやってやる！　俺は俺のやり方で。絶対に、このままでは済まさない！）

　そして、自分の立てた計画に目を向けた。

（年金掛金として納められ、資格まで結びつかないお金。このままでは国庫金となり、政府高官や政治家の思いどおりにされてしまう。国家公務員でも地方公務員でも、底辺の人間には、これではおかしいと思う人たちもきっといるはずだ……。俺は、本来発生しないお金をうまく活用していくだけなんだ！）

　一ノ瀬は、目を瞑って考えた。そして、唇を噛んだ。

（俺は、社会の底辺代表となって、やってやる！）

第十三章　取調べ1

○平成二十一年一月六日。夜九時、ＮＨＫニュースウォッチ９。
『宙に浮いた年金』年金記録約５，０００万件のうち、誰のものか解明できたのは、２，３００万件。そのうち本人のものへと記録が統合できたのは７５１万件。

残り２，７００万件は、持ち主が分からなかったり、まだ調査中のままで、年金を取り戻すことができないまま年を越した。

平成十九年十二月より、ねんきん特別便が送付された。記録があいまいだったため確認できない。

そういう人たちのために総務省が設けたかけこみ寺が、平成二十年七月につくられた年金記録第三者委員会だ。当初は、一応確からしいと本人の申し立てを認める性善説の方針だった。

総数は６万８，３８０件。ところが、先月（平成二十年十二月）二十五日現在、第三者委員会のうち結論が出た（審査済）のは、４万１，７４０件。そのうち、本人の申し立てが認められたのは、１万５，５８６件だった。

○平成二十一年一月十四日　A新聞

（見出し）年金記録　再裁定待ち74万件

社保庁、担当増めざす

（記事抜粋）社会保険庁のずさんな管理による受給者の年金記録の間違いが、昨年1～10月に93万6千件見つかり、このうち、正しい年金額を確定できたのが約2割にとどまっていることが13日、分かった。

年金額が確定した後、本来の支給額が本人に支払われる。社保庁は作業の迅速化のため、担当職員を現在の２８０人から５００人に増やす方針だが、時期は未定だ。

「ねんきん特別便」などで記録漏れが見つかった場合、社会保険事務所が審査した後、正しい年金額の計算（再裁定）は、社会保険業務センター（東京都）が一括処理する。センターが再裁定を受け付けてから、本人に本来の年金額が支払われるまで、平均7ヶ月かかり、1年以上かかる例もある。

再裁定は人手に頼る部分が多く、「複雑な作業」（社保庁）とされる。応援組や派遣社員がこれをこなせるか、懸念も残る。

平成二十一年一月八日。K警察署、宇賀神警部補に電話が入った。相手は、K社会保険事務所の小辻庶務課長からだ。

「まったく信じられません。刑事さんの言うとおりのことが起きそうです。我々が見る限り、大川富蔵さんと山脇勉さんが、年金を請求した時の請求書の筆跡が、とても似ているような気がします。あとは、専門家に筆跡の鑑定をお願いいたします」

「あっ、そうですか！　さっそく、これからお伺いします」

宇賀神の心臓は高鳴った。自分が、苦心の末、思い付いたことが的中するかもしれない。車を運転しながら、興奮を抑えるのがやっとだった。

K社会保険事務所に到着した。そのまま、小辻庶務課長のところへ飛んで行った。

「これが、二人の年金請求書です」

庶務課長は、用意してあった書類を宇賀神警部補に見せた。

「ここに、K市での受付印があります」そう言いながら、請求書に押してあった、K市役所保険年金課で受け付け時の日付印を指差した。

「山脇勉さんのものは、平成十一年七月に受け付けてあります。納付記録をみますと、平成十一年六月に最終分を納入し、ちょうど三百月の納付となっております。

大川富蔵さんの分の受付印は、平成十一年九月となっています。最終月の納付は、前月の平成十一年八月です。納付月数は、同じく、ちょうど三百月でした。

二人の筆跡を見る限り、私にはどうも似ているように見えます」

宇賀神は、用意されていた大川富蔵と山脇勉、二人分の年金請求書を手に取って、とくと見比べた。

小辻庶務課長の言うとおり、確かに同一人物が書いたものに見える。正確を期すために、筆跡鑑定人に調査を依頼することにした。

宇賀神警部補は、K社会保険事務所を後にした。


ふと、宇賀神は目を瞑り、首を傾け、考え込んでしまった。

(もし、二人の筆跡が同一人物のもので、そして、筆跡者の指紋が大川富蔵事件の時に解明できなかった、《ねんきん特別便と郵便受けに付着していた指紋の主》と一致したならば……。

大川富蔵事件、山脇勉事件の犯人は、同一人物であろう。

そして、もしかしたら？　町田高行殺人事件も……。

三つの事件の犯人は、同一人物かもしれない……!?

しかし、こんなことが有り得るのだろうか？

そして、さらに……、もしや犯人が……？　そんなことが!?）

宇賀神は考えているうちに、恐ろしい推測が胸の中に去来してきた。そして、思わず唇を強く噛んだ。


宇賀神はK警察署に戻った。一ノ瀬直登の指紋を採取するうまい方法がないか、考えようとした。しかし、その前に、確かめたいことを思い付いた。

もし、一ノ瀬が大川富蔵と山脇勉の国民年金掛金の二ヶ月分、三ヶ月分を支払ったとしたら、一ノ瀬の通帳にその経緯があるかもしれない。二人の年金納付記録を見ると、平成九年一月二十二日に二ヶ月分の２４，６００円、そして平成十年七月三日には三ヶ月分の３９，９００円が、それぞれ納入されていた。

ということは、一ノ瀬の通帳からその当日か前日に、２４，６００円の二人分の４９，２００円、更には、３９，９００円の二人分である７９，８００円が引き下ろされているかもしれない。指紋の採取は、この確認が済んでからでも遅くはない。

宇賀神警部補は、K市内の金融機関に、一ノ瀬直登名義通帳の、平成九年以降の出入金記録の調査を依頼した。

時間がかかると思われたが、コンピューター処理されており、記録が保存されていたので、予想外に早い結果となった。

宇賀神は、平成九年一月二十二日の、一ノ瀬直登の通帳記載記録を見て驚愕した。なんと、引き下ろされていた金額は４９，２００円ではなかった。２４６，０００円だった！　同様に平成十年七月三日の引き下ろし額は、７９，８００円ではなく３９９，０００円だった！

これはどういうことか？

２４６，０００円とは二ヶ月分の10倍。そして、同様に３９９，０００円とは、三ヶ月分の10倍だ！

この二日以外にも、通帳から引き下ろされた金額を調べた。日によって、まちまちの金額だ。だが、一定の条件に当てはまる。

すべての金額が、一ヶ月分の10の倍数であった。ということは、一ノ瀬直登は10人分の掛金額を、定期的に自分の通帳から引き下ろしていたことになる。

ここまでくれば、K市役所職員一ノ瀬直登が、K市で起きた三つの事件に、何らかのかたちで関わっている可能性が、極めて高いと思われる。

宇賀神警部補は、そう判断した。

次に、一ノ瀬直登の指紋を採取しなければならない。物証を一つずつ集めていくことが必要である。

どうやって？

そうだ！　うまい方法がある。

一時間後、宇賀神警部補は、K市役所市民課の窓口に到着した。

一ノ瀬係長は、市民から苦情を受けている最中だった。宇賀神はお客さん用のソファーに座って待っていた。正面で一ノ瀬係長が、真摯な態度で市民と応対している姿が見える。

（一ノ瀬係長、あなたは市民と本気で向き合っている。全力で取り組んでいる。俺は、そう思う。その俺が、今、ここであなたを待ちかまえている。これから、俺にとっても、あなたにとっても、一生に一度のドラマが始まるかもしれない……）

宇賀神は待った。十分待った。まだ、一ノ瀬係長は市民と対応している。

二十分待った。まだ終わらない。宇賀神は、トイレに行った。

市民課へ戻った。窓口には、一ノ瀬係長の姿は見えない。

宇賀神は慌てた。市民課の窓口へ駆け付けた。あまりの勢いに、職員も待っている市民も目を向けた。

「一ノ瀬係長さんは、いらっしゃいますか？」

「はい……、お待ちください」

取り次いだ女性は、奥の小さな部屋に入っていった。

直ぐに、一ノ瀬係長が出てきた。とても疲れた様子に見える。先程の苦情処理が効いているに違いない。だが、宇賀神の顔を見ると、今いたばかりの部屋へ案内した。

宇賀神警部補は、捜査関係の書類を一ノ瀬係長に渡した。市民課で調べれば、簡単に分かる内容のものだった。

数分後、一ノ瀬は調べた結果を宇賀神に手渡した。その書類には、たっぷりと一ノ瀬直登の指紋が付着していた。

宇賀神警部補は事務的な挨拶を一ノ瀬係長に言って、市民課を後にした。

K警察署に戻った宇賀神は、直ぐに鑑識へ行った。

受け取った書類から検出される一ノ瀬直登の指紋が、大川富蔵事件で不明とされていた『ねんきん特別便と郵便受けに付着していた指紋』と一致するのかと、鑑定に依頼した。

結果が出るまで、宇賀神はじっと待っていた。

(頭を空っぽにしよう。どんな結果になろうが、出たとこ勝負だ。本当に、それでやるしかない！)

そう自分に言い聞かせながらも、宇賀神剛には一ノ瀬直登との思い出が、次々と脳裏に浮かんできた。

(一ノ瀬直登は、本当に真犯人なのだろうか？　極悪人なのだろうか？

俺には、そうは見えなかった……。

俺は、警察官を天職だと思って、今までやってきた。

俺は本当に、警察官に向いているのだろうか？)

やがて、鑑識から電話が入った。極度に緊張した顔で、宇賀神は、鑑識部屋に飛び込んだ。

回答があった。

「書類から検出された指紋が、大川事件のものと一致しました」

これで、全てが終わった！

いやっ、これからが始まりだ!!

K市役所市民課職員一ノ瀬直登の取調べが、K警察署で行われた。

担当したのは、宇賀神剛警部補だった。宇賀神は、淡々と話し始めた。

「私は今まで、ねんきん特別便が絡んだ死亡事件を、聞いたことはありません。大川富蔵さん事件は、私も現場に立ち会いました。指紋や足跡など採取できるものは、全て取りました。でも、その中に未だ解明できていないものがあります。亡くなられた大川富蔵さんが、座っていたと思われる座布団の下から出てきた、ねんきん特別便に付着していた指紋です。この通知書には、もちろん大川富蔵さん自身の指紋もありましたが、もう一人正体不明の人物のものが付いていました。

同じ指紋が、大川さんの居間に掛けてあった郵便受けからも、見つかりました。我々は、この指紋が一体誰のものであるのか、苦労してきました。それだと思われる人物もいましたが、調べてみると外れました。

それが、まさか一ノ瀬さんのものと一致するとは夢にも思いませんでした。なぜ、あなたの指紋が、大川富蔵さんの家に有ったのか、教えていただけませんか？」

宇賀神警部補は、やさしく問い詰めた。

一ノ瀬直登は、宇賀神の顔を見た。宇賀神は、努めて優しくうなずいた。一ノ瀬は、目を瞑り、下を向いた。沈黙が続いた。

やがて、一ノ瀬直登は目を開けた。そして、決心したかのように、語り始めた。

「私は、昔、保険年金課の年金係にいました。その頃から、大川富蔵さんを、知っていました」

それに対して、宇賀神は調書を見ながら言った。

「こちらの調べによると、あなたは、平成七年四月一日から平成十四年三月三十一日まで、K市役所の保険年金課国民年金係に配属となっていますね」

「はい、そのとおりです。私は、国民年金係で、初めの一年間は納付の担当でした。次の年から異動するまでは、ずっと給付の担当をしていました。納付の担当の時に、たまたま大川さんと知り合うことになりました。それで、大川さんの納付記録を見ました」

ここで、宇賀神は発言した。

「私が調べたところでは、納付は、今は社会保険事務所で行っていますが、平成十四年の三月までは市でも納められていたようですね」

その言葉に一ノ瀬は驚いて、宇賀神の顔を見た。そして言った。

「そこまで、お調べですか」

宇賀神の顔は赤くなった。一ノ瀬は、また、話し始めた。

「私が年金係にいた頃は、市のコンピューターでも国民年金の納付記録は、自由に見ることができました。大川さんの記録を見ると、若い頃は真面目に納めてあったのですが、ある時期から急に納付が途絶えてました。本人の話によると、事業に失敗して、税務署の調査が入り、税の取り立てが厳しく行われた、ということです。

私は大川さんに、税金と年金は別もの、税務署と社会保険事務所と全く組織が違うのです、と言いました。年金を納めておかないと、自分が将来困りますよ。大川さんに強く言いました。本人のためだと思ったからです。

でも大川さんは、『俺にとっては、税務署も社会保険事務所も同じだ。どっちも国じゃあねえか！　俺は国は大きらいだ。絶対に納めねえぞ！』とそればかりでした。

私は、年金はちゃんと納めれば、やがては自分に返ってきますから、と何度も何度も言いました。そしたら、大川さんは『俺が掛金を納めているうちに、もし俺が死んだら、その金がみんな国のものになってしまう。絶対に、そんなことはさせないぞ！』と、言うのです。それを言われると、こちらもどうしようもないのです」

宇賀神は、うなずいて聞いていた。

「それから、私は保険年金課から納税課へと異動になりました。今度は税金の徴収をする係です。係内では、皆が仕事の内容は同じですが、地区によって担当が分かれています。たまたま私の担当区域に大川さんがいて、引き続きお会いすることになったのです。

『あんたに悪いから、市税は納めるよ。今は、生活が苦しいから少しずつだけど。俺は、国税は納めたくはない。国が大きらいだから、税務署や社会保険事務所には納めたくはないんだよ。でも、K市には、お世話になっているから、少しずつだけど納めるからな』と、よく言っていました。

大川さんは、私との約束は守ってくれました。必ず、少しずつでも市税を納めていただきました。どうしても無理な場合だけ、大川さんからお詫びの電話が掛かってきました。そんな関係が続きました。

時々地区替えをしましたが、大川さんは私を担当に指名してきましたので、私が納税課にいる間はずっと、大川さんのことを引き受けました」

宇賀神は、相変わらず、うなずきながら聞いていた。

「私は、次に収税課から市民課へ異動しました。これで、ようやく大川さんとは、仕事の繋がりが切れました。

ところが、昨年七月に、大川さんが突然、市民課窓口にやって来たのです。そして、私は呼ばれました。窓口に行ってみると、大川さんから、ちょっとでいいから話がある、と言われました。話が他の人たちから聞かれないように、私は離れた場所で聞きました。大川さんの話は、こんな内容でした。

『俺の別れたオッカアが死んで、その間に生まれた三人の子供たちが、近いうちに俺のところへやって来ると聞いた。俺は思った。オマエのせいで、母ちゃんは早死にしたんだ！　きっと文句を言いに来るにちがいない、金をせびりに来るかもしれない、と。俺は、昔とは違う。今は全然元気が無い。生きていくのが精一杯だ。

ヤツラから話があった時、俺は年金さえもらってはいない、そう言ってやった。そしたら、俺の今まで納めた国民年金は、どうなってしまうのか？　俺は気になってしまった。あんたに言われた時に、ちゃんと納めておけば、俺は、今頃、年金生活者になっていた。今思うと、あの時あんたに税金なんか納めないで、年金を掛けておけば良かった。本当にそう思うよ。

俺は、気になって社保に電話した。いくら電話しても話し中だ。やっとのことで通じた。俺は、国民年金を掛けるのを途中でやめてしまった。だから、年金なんてもらえないのは、分かっている。俺の今まで納めた掛金を返してくれっ！　俺は年金はいらない。しかし、半分でも良いから納めた分の掛金を返せ！　国民が困っているんだ。社保は本当に冷たいんだな！　そう怒鳴ってやったら、社保のヤツは言った。調べるから、年金手帳を持って社保に来てくれ、と。

俺は、日と時間を決めて社保に行った。年金手帳を持って。いろいろ聞かれた。そして、本人で間違いはないだろうということになり、調べてもらった。

そしたら、俺はぶったまげた。俺の知らない間に、何者かが、俺の年金を請求して、既に受け取っているんだ！

こんな、バカなことをやっているなら、俺は新聞社に社保を訴えてやるぞ！と怒鳴ってやった。社保の記録では、俺は納付資格が付くまで納めたことになっているんだ。

一ノ瀬さん、あんたは、市の年金係にいたよな。だから、俺なんかより年金のことをよく知っているはずだ。年金なんて難しくって一般の国民なんかじゃあ、よく分からねえ。俺はシロウトだ。あんたは年金に詳しい。こんなバカな話は本当に有るのかい？　俺は新聞社にバラすと言ったが、こういう話はよく有ることなのかい？　あんたに聞きたかった。あんたは納税課にいた頃、よく俺の所へ税金を取りに来てくれたよな。家は知っているはずだ。こんなバカなことが本当に有るのかどうか、あんたに見てもらいたいんだ。

初め、社保のヤツラは、俺のねんきん特別便が既に送付されているようなことを言った。俺の特別便が既に送られてある？　オマエラは本気で言っているのか！　見ず知らずの他人の所へ俺の記録が送られたのか！と言ったら、これが事実なら大問題になると思ったらしい。社保のヤツは慌てて言葉を濁した。ねんきん特別便は、人数も多いし、内容も複雑だし、送付期間が長い。お宅様の所へは、これから届くはずです。そう言った。

ちゃんと、俺の所へ送るんだぞ！と、俺の住所を紙に書いてきたんだ。それが、昨日、やっと届いたんだよ。それを、あんたに見てもらいたいんだ』

大川さんは私に、そう言いました」

「そういうことが有ったのですか」

宇賀神は、思ってもみなかった話を聞き、何とも言いようのない顔をした。

一ノ瀬は続けた。

「私は、約束どおり大川さんの家に行きました。大川さんは、居間にあった郵便受けの中から、青い封筒を取り出しました。そして、封筒から社保から送付されたねんきん特別便を出して、私に見せました。私は念のため、特別便を手に取って、納付記録を見ました。私が国民年金係にいた頃、調べ、そして、手を加えた結果とぴったり合っていました。特別便の記録は、正に正しかったのです。

私は、もはや逃げられないと悟りました。大川さんに言いました。『急にお腹が痛くなりました。申し訳ありませんが、トイレを貸してください』

大川さんは私に、『トイレくらいゆっくり入ってきな』と、言ってくれました。

トイレの中に十分くらいいて、考えました。何と答えようか？　いい考えが浮かばない。今日は話だけ聞いて、数日のうちに、また出直そうか？　その間に、秘策を考えよう。そう思って、私はトイレを出ました。

トイレから出て、居間に来てみると、卓袱台に皿が置かれていました。よく見ると、皿の上には、皮を剝かれた梨がたくさんありました。側の床には、ツルツルの広告紙があり、その上に剝かれた梨の皮がありました。

私は大川さんに、『梨の皮が剝けるのですか？』と、聞きました。

大川さんは、私に言いました。『皮くらい剝けるさ。俺は、梨が大好きなんだよ。さあ、どうぞ食べてくれ。俺はあんたに、こんなことくらいしか、できないから』と、

それから、大川さんは『おっと、その前に、物騒だから、これを片付けるか』と、言いながら、床に置いてあった包丁を手に持って、歩き始めました。そして、私に何か言おうとしたのか、こっちを振り向きました。その拍子に、足が梨の皮とツルツル広告紙で滑って、包丁を手にしたまま、転んでしまいました。あっという間の出来事で、私は助ける間もありませんでした。

大川さんは転んだ際、手にしていた包丁が鳩尾の中に吸い込まれ、その上に全体重が乗ってしまいました。

私は、救急車を呼ぼうとしました。大川さんは動かなくなりました。大川さんは既に亡くなっている。今さら、救急車を呼んでも……。でも、考えました。それに人が来たら、何故私がここいるのだ？と、大川さんの家にいる理由が追及される。ミラクル年金のことが世間にばれてしまう、そう思いました。

その時、誰かが訪ねてきた気配がしました。私は直ぐに逃げようとしました。でも咄嗟に思い出しました。あっ、ねんきん特別便に私の指紋が付着していると。特別便を探さなければならない。急いで床や卓袱台の上を探しましたが、どこにも見当たりません！　郵便受けを見ました。郵便物がぎっしり詰まっていたので、急いで、郵便受けを摑み、中身を出しました。ハガキや封筒がいっぱい出てきましたが、ねんきん特別便は有りませんでした。

ちょうどその時、門から砂利や踏み石の上を誰かが歩いてくる音が聞こえました。そのうち人が家に入ってくるかもしれない、そう思いました。私は急いで玄関に行き、履いてきた靴を持って、台所の勝手口に下りて、様子を見ていました。少しの間、そうしていましたが、誰も入ってきませんでした。私は玄関から周りを気にしながら見て、大川さんの門から出て行きました」

一ノ瀬は、ここで一息入れた。今まで聞き手だった宇賀神が言った。

「今のお話で、ねんきん特別便と郵便受けに、一ノ瀬さんの指紋が付着していた理由が分かりました。一ノ瀬さんの靴の跡が、玄関と勝手口にあった訳も分かりました。あなたが探していたねんきん特別便は、大川さんの座っていた座布団の下にあったのです。一ノ瀬さんがトイレに行っている間に、大川さんが座布団の下に置いたものと思われます」

(これは、大川が梨を剝こうとしたとき、ねんきん特別便が汚れないようにそこに置いたのだった)

宇賀神は、少しだが、ほっとした顔になった。

宇賀神警部補は一ノ瀬を凝視して、言った。

「一ノ瀬さん、ちょっとお聞きします」

「何でしょうか?」

「先程の話の中で、大川富蔵さんのねんきん特別便を見たら、『私が国民年金係にいた時に調べ、そして、手を加えた結果とぴったりです』と、言いましたね。その『手を加えた結果』とは、どういう意味なのですか？　それが今回の事件についての最重要点だと、私には思えるのですが。詳しい話を、聞かせていただけませんか？」

一ノ瀬は、「うーん」と口をへの字にした。

そして目を瞑った。何事か考えているかのようだった。そのまま数分を経過した。

宇賀神は、じっと黙っている。何も言わない。

それが、かえって一ノ瀬直登に口を開かせたかのようだ。

「私は、黙秘権を使うこともできます。でも、やがては、話さざるを得なくなるでしょう。どうせそうなるなら、宇賀神さんにお話しします。こうなるのも、また、二人の運命だったと思っています。

私は、保険年金課に異動して一ヶ月もすると、一つのことが気にかかりました。

国民年金を途中まで納めて、受給資格が付かない前に、納付をやめてしまった人。そういう人が今まで納めた掛金は、一体どうなってしまうのだろうか？　と。

本人が二度と納める気が無いことが確認できたら、本人に成り代わって受給資格が付くまで納める。そして、資格が付いたら、本人に成り代わって、年金を請求して受け取る。こういうことは、果たして可能なのだろうか？

もしかしたら公金横領になるかもしれない？　そういうことも考えました。でも、周りを見て、たいした仕事もしないで、ゴマすりや告げ口ばかりに精を出し、人より早く昇格し、高い報酬を得ている人間は、いっぱいいます。そして、ポストに就けば、ただ座っているだけで、肩書きに対する高額な報酬をもらうだけ。正に、税金泥棒です。こういう人たちこそが、公金横領だ！と、思いました。

私は或る時、ニュースで聞きました。当選しても現金に引き換えに来ない宝くじが、年に何百億円も有ると。

私は、途中で納めるのをやめてしまった年金掛金と同じだと思いました。本来の目的が遂げられずに、国庫金に入れられてしまう。そして、何に使われてしまうのか、分からない。社会の弱い人たちに、還元されるかどうかなんて、分かりゃしない。以前ニュースで騒がれた住専の問題を思い出しました。その破綻処理に、七千億円もの公的資金が投入されて、大きな社会問題となりました。

国庫金になったら、権力を握った人間たちの、好き放題になってしまう！」

一ノ瀬直登は、思わず力が入ってしまった。

宇賀神剛は、顔を真っ赤にして、下を向いた。

第十四章　取調べ2

一ノ瀬は、興奮が鎮まると、また語り始めた。

「私は、年金係では、六十歳になる人に、六十歳になる前月に、年金の手続きに関する通知文を送っていました。

国民年金だけの人は市役所で、それ以外の年金期間がある人は、社会保険事務所で請求するよう、お知らせしていました。

そして、受給資格が付いていない人へは、資格が付くまで納付を勧めていました。

実は、これが一番たいへんな仕事でした。この仕事を続けていくうちに、何度話しても、もう納める見込みが無い人がだんだん分かってきました。

そして、本人に成り代わって、納めることができる対象者が絞られてきました。

私は、こうして、誰の迷惑をかけることもなく、本来発生しない国庫金をうまく利用してできた年金を、自分なりに『ミラクル年金』と、名づけました」

一ノ瀬は、真剣な表情になって言った。

宇賀神は、一ノ瀬の顔を見つめたが、何と言ってよいのか、分からなかった。

一ノ瀬は、また、話し始めた。

「対象者がある程度決まった後に、私は、本人に成り代わって、高齢任意加入という書類を作成しました。これは、60歳までに受給資格の付かない人が、60歳以降も受給資格が付くまで、納められることができる制度です。高齢任意加入の場合は、住民登録のしてある市町村で、届書に記入すれば良いのです。添付書類は特に必要ありません。65歳までに未だ足らない場合は、特例高齢者加入といって、最高70歳までに資格を満たせば良いことになっています。

ただ、特例高齢者加入の場合には、印鑑と戸籍謄本が要ります。私は、これはやめました。対象者は全て、65歳までに受給資格が付く人に限定しました。

結局、私が選んだ対象者は、十人でした」

宇賀神警部補は、表情を変えずに、じっと聞いていた。

一ノ瀬の話は、続いていく。

「私が次にやることとは、本人に成り代わって、実際に納めることとです。

納付の時効は、免除手続きがされていない場合は二年です。免除がされている人間は、年金に関心が有ると思われますから、外しました。

60歳で高齢任意加入の手続きをし、二年前から納めることになります。

当時の国民年金の掛金は、役所の会計年度でいうと、現年度は市町村で、過年度は社会保険事務所で、納めることになっていました。通常、過年度を納める場合は、社会保険事務所へ電話すると社保から電算打ち出しした納付書を本人のところへ送っていましたが、本人が市町村で手書きの納付書で納めることもできました。

私は、十人分の過年度納付書を、仕事の合間を見つけて必死で書きました。そして、納めました。高額でした。しかし、私はミラクル年金に、自分の人生の全てを賭ける決意でいました。今まで貯めてきた自分の貯金を下ろして、これに使いました。

一段落すると、私は心の中で、こう思いました。公的年金は、国家が主催する人生最大の博打である。その博打性は、人間寿命の不確実性にある。一人一人としては博打かもしれないが、数が増えるに従い、博打性は薄れ、安定した目標に近づいていく。つまり、安定した収入に近づいていく」

一ノ瀬は、自信有りそうに言った。宇賀神は相変わらず、黙って聞いていた。

一ノ瀬は続ける。

「次は、いよいよ、裁定請求に取りかかる番です。もし、これがうまくいかなければ、今までやってきたあらゆる努力が水泡に帰すことになります。アイディア、エネルギー、時間、それに虎の子の貯金、すべてが！

まず、必要な書類などを、用意しなければなりません。年金請求には戸籍謄本が必要です。それに年金振込先の通帳も必要になります。

どうしたら良いのだろうか?と、私は考えました。保険年金課に異動してきてからの諸々のこと、野崎さんのしていたどんな小さなことでも、一つ一つ思い起こしました。そして、ある一つの考えを思い付きました。戸籍謄本を取ることと年金振込先の通帳をつくること、これが同時に解決できるかもしれないと。

野崎さんのところへ何度か訪れた黒い鞄が、私の頭にパッと浮かんだのです。金融機関の人を利用、いや利用というより共存共栄なんだと、私は思いました。金融機関の人は営業成績に繋がるのですから。私は、あまり体の大きくない金融機関の方で、真面目にがんばっている男性を見つけました。そして、声をかけました。

『私は、保険年金課で国民年金の仕事をしています。年寄りの方から、年金は手続きが難しいのであなたに任せます、口座をつくる手続きも面倒なので、それも、あなたにお任せします。相手の金融機関の方が分かれば、すぐに代理人選任届を書きますので、連絡してください。市民から、そこまで言われています』と、伝えました。

初めは金融機関の方は、恐る恐るでしたが、やがては私の言うことを信用してくれました。これで、年金請求用の戸籍謄本と、年金振込先の通帳の問題が一遍に解決しました。通帳をつくるためには住民票が必要なので、戸籍謄本と一緒に請求することにしました」

「どうやって、戸籍謄本や住民票を手に入れたのですか?」と、宇賀神は訊ねた。

一ノ瀬は、隠し立てはしない。宇賀神に、紙と鉛筆を用意してもらった。

それに、自分が作ったのと同じ、代理人選任届を黙って書いた。


一ノ瀬は、また、語り始めた。

「私に任せていただいたのは、高齢者の方ばかりです。だから、私は左手で、これを書きました。そして、選任者の氏名の後に買ってきた三文判を押しました。

私は、代理人選任届を金融機関の方に渡しながら手続きの流れを説明しました。
1　この選任届を金融機関の方に渡す。
2　金融機関の方は、それを持って市民課にいく。同時に自分の身分証明と銀行で使用している名刺も見せる。
3　戸籍謄本を私の所に持ってくる。私は、それを年金請求書に添付する。
4　金融機関の方は、住民票を職場に持ち帰る。それで、年金振込先用の本人名義の通帳をつくる。年金裁定請求書には、金融機関確認印を押す。

5　金融機関の方は、作成された通帳を私の所に持ってくる。私は、年金請求書の振込欄にその内容を記入する。
金融機関の方は、私の言うとおりにしてくれました。

私は、年金裁定請求書を書きました。

私は、金融機関の方の筆跡を研究して、その方が書いたように年金裁定請求書を作りました。そして、一般市民の請求者の分と一緒に市の決済を受け、社会保険事務所に請求書類を提出しました。

以上、一連の流れが、普段と何もかも同じように行われました。市でも、社会保険事務所でも、私のしたことに、疑いを抱くものは100%いませんでした」

一ノ瀬の話は、一段落したと思われた。宇賀神は訊いた。

「これで、全てがうまくいった訳ですね。本人に成り代わって納めること。本人に成り代わって請求すること。これで、あなたの目的が達せられたのですね？」

だが、宇賀神の質問に、一ノ瀬は唇を噛み締めた。

「いや、そうは問屋が卸しませんでした」

一ノ瀬の返事に、宇賀神は目を丸くした。予想外だったようだ。

他に何が有るのだろうか？

一ノ瀬直登は語る。

「請求した年金が決定されると、社会保険事務所から年金証書が送られます。その送付先です。私は、これで捕まってしまった！　その思いでした」

そう言って、一ノ瀬は厳しい顔をして、口をすぼめた。

宇賀神は、「ああー、そうか！」と言い、それきり言葉を失った。

数秒の沈黙が流れた。一ノ瀬は、口を開いた。

「思えば、これが一番最後の問題であり、かつ一番の難題でした。

請求時に住民票の添付が必要なのは、振替加算のある場合やカラ期間が必要な場合でしたが、私が選んだ十人はこれに該当する人は一人もいませんでした。

ただ、裁定請求書には、現在住民票のある住所を原則として記入します。社会保険事務所にある記録が、これを基にして作られているからです。

これを解決するには、どうしたら良いのか？　私は悩みました。住民票のある住所に証書が送られたら、今までの苦労が全て無駄になってしまいます。私は考えました。必死になって考えました。そしたら、急にパッと頭の中に、ある書類が浮かびました。年金受給者の住所変更届の用紙です。これを利用すれば何とかなるかもしれない、と思いました。

　市役所で裁定請求書を受け付けてから社保に提出するまでの間に、本人から住所変更が出たことにすれば良い、そう思ったのです。通常、この用紙は、既に年金を受け取っている者が、提出するものです。これをそのまま提出すると疑われますから、これに理由書を付ければ切り抜けられる、と考えました。

　近いうちに、住所を移す予定がある。だが、個人的な事情があって、なかなか住民異動届ができない。このまま前の住所に送られてしまうと、年金証書が、知らない人間の手に渡ってしまうことになる。一～二週間のうちに必ず住所を動かすので、証書は新しい住所に送って欲しい。

　私は、市の年金請求の担当者です。社会保険事務所の担当者に、市民の便宜を図ってもらうことを要望しました。住所変更届に、本人が申し出た理由書を添付すれば、年金証書は異動先の住所に送付することで合意しました。これで、この問題は、何とか決着しました。本当に苦しかったです」

　そう答えた一ノ瀬には、身体全体に苦労の痕跡が見えた。

　宇賀神は、それには触れず、事務的に質問した。

「新住所はどこにしたのですか？」

一ノ瀬は答える。

「私は、市の職員からいろいろな話を聞いています。課税課の職員から、こんなことを聞きました。未申告者の調査に行くと、大家が東京に住んでいて、建築後30～40年経過しているような安アパートがある。家賃も2万～3万円くらいだ。建て替えることもせず、かなり古い。所得のわずかな国民年金受給者でも、どうにか家賃を支払うことができる。やっとの生活をすることのできそうなアパートだと。

私は、実際にそこへ行ってみました。こんな会話でした。

『○×さんのお宅ですか？』

すると、こんな返事が来ました。

『いや、違います。それは、たぶん、ずっと前に住んでいた人だと思います。前にも聞かれたことがあります。住民票をここ置いたままじゃないのですか？

実は私もここには住んでいますが、住民票はここにはもっていないのです』

これだ！と思いました。私は、大家さんを調べて、そこを契約しました。そして、その家に、できるだけ土曜日、日曜日、たまに平日に顔を出しました。

私は仕事上、裁定請求書を社保に提出してから、年金証書が郵送されてくるまでの期間を知っています。そこで、証書が届く頃になると、紙で表札をつくり玄関戸に貼っておきました。そして、証書が届いたら表札を剝がしました。

そのアパートは、近所同士の付き合いも、ほとんどありませんでした。隣に誰が住んでいるのかも知りません。サラ金から逃れるような人たちが寝るだけなので、お互いに周りの人たちに関心を持たないのです。自分の素性を隣の人に知られたくないように、自分からも決して隣人の事は聞かない。曰くのある人間たちの集まりだということは、お互いに分かっています。だから、隣の人に必要以外の事は絶対に言わない、聞かない。それがこのアパートの掟でした」

一ノ瀬が言い終わると、宇賀神は言った。

「なるほどね。世の中、我々の知らない世界がいっぱいありますからね。ところで、社会保険事務所から年金受給者には、年に一回現況届が送られていると聞きましたが、これはどうしたのですか？」

宇賀神警部補は、年金を勉強したことが役立っている。

一ノ瀬は宇賀神の顔を見て、そう言おうとしたが、聞かれたことのみに答えた。

「通常は、社保から本人宛に電算で印字された現況届が送られていきます。しかし、これを紛失したり、書き損じた場合などを考えて、予備として手書き用の現況届が、社保や市町村に置いてあります。今までは、市役所に置いてある現況届に手書きで記入して、年一回誕生月ごとに、それを社保に送付していました。それがちゃんと社保に送付されている限り、年金は振り込まれてきました。

ハガキの現況届に変え、平成十八年十二月に、十二月生まれの方から、住基ネットを活用して、現況届と同じことが行われることになりました。社会保険庁で、住民コードが分かれば、コンピューターで検索して生存確認ができることになったのです。私は、市民課の職員です。住民コードを調べることができます。これは、本人以外は通常知らない番号です。

年金受給者の変更届に住所変更を書き、住民コードを記入、そして年金証書のコピーを添付して社保に送りました。これで社保は本人から申請があったものと信用します。社会保険庁は、住民コードをたたいて生存確認をすれば年金は振り込まれます。これで今まで行っていたハガキによる現況届の提出は、必要無くなりました。

年金受給者が死亡すれば、社保で死亡が確認でき、自動的に年金は止まります」

一ノ瀬の話は一段落した。一通りの流れは話したように思えた。

ここで、休憩時間を入れた。静かな時間が流れていく。

取調べが再開された。

宇賀神警部補は、一ノ瀬に訊ねた。

「あなたは、自分が名付けた『ミラクル年金』とやらについて、どう思いますか？」

一ノ瀬は目を瞑った。そして、十秒くらいの黙考後、答えた。

「私は自分の計画を実行していて、もうダメだ！と、何度思ったか、分かりやしません。でも、そのたびごとに、何かに助けられてきたような気がします。そして、ついに最後までこぎ着けることができました。これは、私個人の力だけだとは思えませんでした。私には、至る所に、目に見えない仲間たちがいっぱいいる。そして、この世の諸々の現象が、私のミラクル年金に協力してくれた！　そういう思いです」

宇賀神は、鞄から何か書類を取り出した。それを、一ノ瀬の前に置いた。

「これは、大川富蔵さんと山脇勉さんの国民年金の納付記録です。K社会保険事務所から、頂いてきました」

その言葉に、一ノ瀬はガクッと気を落とした。

宇賀神は、ある部分を指差しながら、言った。

「なぜ、ここが24，600円、そして、ここが39，900円となっているのですか？　よく見ると、前月を含めた二ヶ月分、そして、ここは前二ヶ月分を含めた三ヶ月分を、一緒に納めていますね。これは、どういうことなのですか？」

宇賀神は、静かな口調で訊ねた。一ノ瀬は、それに答えた。

「ミラクル年金を途中でやめようと、思ったんですよ。そしたら、何処からか、声が聞こえてきたのです。

『オイっ、一ノ瀬直登、俺たちが誰だか分かるかい？　忘れてしまったのか！

オマエに選びに選ばれた十人だ。俺たちを仲間に引き入れて、後はそのままにしてしまう気なのか？　俺たちはどうなってしまうんだ！　俺たちの金は、このまま年金として成仏できずに、終わってしまうのか？　受給資格に結びつかなければ、俺たちの金は国庫金として国の収入となる。そうすれば、俺たちの金は何に使われてしまうか、分からないんだぞ！　国のやることなんか信じられるか？　今まで、何度だまされてきたんだ！　オマエは、俺たちのことを、どれだけ知っているんだい？

世間からみれば、まあ、落ちこぼれだと思われても仕方がないが……。ただ、俺たちは、今の社会に対して、信用ができないだけなんだ。俺たちが真面目に納めていた頃は、少しは期待していたのさ。それが今は……。政治にも経済にも、まったく期待はできない。関心も無い！　未納は、俺たちの今の社会に対する反抗の一つだと捉えられても、それはそれで良いのさ……。

お願いだ！　一ノ瀬直登。俺たちは、オマエと運命を共にしたいんだ！　俺たちの金を無駄にしないでくれ！　うまく活用してくれ！　このままでは、俺たちが精一杯納めた何ヶ月分かの掛金も、上層部の利益を守るために利用されてしまう。国庫金にされ、闇から闇へと消えてしまうだろう。俺たちの金は、エリートの道具に利用されたくはない！　年金として、結実させたいのだ！』

私には、そう聞こえたのです」

一ノ瀬直登の話に、宇賀神警部補は黙ってしまった。

休憩を入れた。その間も、宇賀神は両手を組んで目を瞑っていた。

やがて、取調べは再開された。宇賀神警部補の質問から始まった。

「山脇勉さんを、ご存じですか？」

「はい、知っています」

「山脇勉さんが亡くなられたのも、ご存じですか？」

「はい」と、一ノ瀬は答えた。宇賀神は、緊張した顔になって言う。

「山脇さんの死亡に一ノ瀬さんは、関わっているのですか？」

この質問に一ノ瀬は、押し黙って、下を向いた。答え方を考えているようにも見える。時間が流れていく。宇賀神は、一ノ瀬の発言を待っている。一ノ瀬の沈黙は続いている。

宇賀神は、しびれを切らせて、もう一度言った。

「山脇さんの死亡に一ノ瀬さんは、関わっているのですか？　否定しないということは、認めたということで宜しいのですか？」

宇賀神は厳しい口調になり、念を押すように訊いた。

「私は、山脇勉さんを、殺していません」と、一ノ瀬も、厳しい口調で答えた。

「それは、どういうことなのですか？」と、宇賀神の口調は幾分穏やかになったが、厳しい目で質問を続ける。

一ノ瀬の口調も穏やかになり、淡々と答える。

「山脇勉さんは、私が給付の仕事をしていた時、年金台帳に書かれてあった人でした。そこには、こう記入されてありました。

『240月をちゃんと納めているのに、突然納めなくなった。噂によると、夜逃げをしたらしい。昔はとても羽振りの良い生活をしていた。小学校・中学校時代はPTAの会長もしたことがある。事業を拡大し過ぎて、バブルの影響に遭ったらしい。事業所も自宅も、今は更地となっている。住民票は、そのまま更地の上にある。債権者が殺到するので動かせないのでは？　全く音信不通である』

山脇さんのこの記録が、私の計画の出発点だったのです。これを読んだことが、すべての始まりでした。

平成十二年一月のある日のことです。私が電話に出ると、いきなりこう言われました。

『あんたの名前を教えて欲しい。私は、別にあんたを悪用する訳ではない。あんたにお願いがある』

私は、びっくりしました。でも、電話口の向こうの方が必死だったので、何か事情があると思い、こちらも真剣に聞きました。もちろん、私の名前も言いました。

すると、電話口の方は言います。

『あなたを信用して言う。決して他の人には言わないでもらいたい。私の名は山脇勉という。住民票の住所はK市荒川町1-2。だが実際にはそこには住んでいない』

まさか！　私は、気が遠くなりそうでした。年金台帳に書かれている人です。私にとっては計画の最初の人だったので、現地まで行き、確認をしています。そういう人から電話がきて、本当に驚きました。私は、この時、既にミラクル年金をもらっていましたから」

宇賀神警部補の心の中に、昨年、自身で確かめた記憶が蘇っていった。

（そうだったのか！　山脇勉については、俺は群馬県警の兵藤と一緒に、住民票の置いてある現地までいった。そして、近所の人たちからも、話を聞いた）

一ノ瀬の話は続く。

「私は、山脇さんの話を黙って聞いていました。山脇さんは、次にこう言いました。『言いにくいことだが、私は多額の借金があり、住所を転々としている。若い頃は、真面目に国民年金を納めていた。その後、事業に失敗し、食うのがやっとになった。債権者から逃げ回るのにも、本当に苦労した。私は六十歳をいくつか過ぎた。最近、ある人から、国民年金をもらい始め生活が楽になった話を聞いた。すると、諦めていた年金だったが、急に気になった。若い頃納めた国民年金が何ヶ月あり、あと何月納めれば、もらえるかなと。

それで、俺はK社会保険事務所に電話したんだ。運よく、年金手帳は持っていたんで、年金番号は分かった。社会保険事務所は、電話では教えられないと言う。俺は何度も電話して、そっちに行けない理由を話した。しつこいくらいに話すと、やっと答えた。

本当に、ぶったまげた。俺の国民年金は、資格が付くまで納めて有って、既に受給していることになっていると。K市で受け付けてありますから、細かいことは、K市で確認してください。そうK社会保険事務所で言われた。

あなたに頼みがある。俺は、K市に行くことはできない。もし、顔を見られたら、どうなるか分からない。今までの苦労が水の泡になってしまう。だから、俺と会ってもらいたい。あなたには俺の年金のことを調べてもらい、その結果を教えて欲しい。

俺は今、群馬県の山の中で、一人で暮らしている。妻とは、別れた。俺のことは、絶対に、誰にも言わないでくれ。人は滅多にこないが、景色の良い場所がある。そこで会いたい。では、頼んだぞ！　俺は、あなたしか頼める人間がいないんだ』

だいたい、そんな内容でした」

宇賀神は、じっと静かに聞いている。一ノ瀬は、一呼吸した。

そして、また話し始めた。

「電話があってから、私は本当に悩みました。山脇さんに全てを話すかどうか、について考えました。でも、いくら考えてもいい考えが浮かびません。結局、私が出した結論はこうです。取り敢えず、山脇勉さんに会ってみる。後は成り行き次第だ、と。

数日後、私は山脇さんから指定された場所に行きました。たぶん、埼玉県との境辺りの群馬県だったと思います。都道府県が違えば捜査は逃れやすい、そう思ったのでしょう。

山脇さんは私に『電話でも言ったけれど、俺は山の中で、誰にも会わないように、一人で暮らしている。テレビで自給自足の生活をやる時があるけど、俺は、今、それを実践している。川魚や木の実、きのこを食べながら、生活しているんだ』と、言いました。なぜか、『くれぐれも、女には気をつけるんだよ』とも、言いました。

電話で話したK社会保険事務所とのやり取りを、もう一度話し、私に深く頭を下げながら、頼んできました。目が潤んでいました。

私は胸が詰まってしまい、何も言えませんでした。頭の中は、空っぽでした。山脇さんが『絶景だろう』と言ったので、二人で良い景色を眺めていました。何分かして、私の頭の中が、活動を始めようとしました。

その時、突然、山脇さんが私に、指を差しながら言いました。

『あんな場所に凄い岩茸が有るよ』

山脇さんの指の先を見ると、二人がいる地面から一メートルくらい下がった崖っぷちの岩に、付着している黒い茸が有りました。私は一度も見たことが無かったので、『岩茸ですか?』と訊き返しました。山脇さんは、

『そうです。あれは、岩茸と言って、超珍品な食材なんですよ。一年に僅か一ミリメートルくらいしか成長しないのです。我々山の中にいる人間でも滅多に食べられな

い貴重なものなんですよ』と、言いました。

　私が『だって、こんな崖に生えているなら、危なくって取れないでしょ!?』と、言うと、山脇さんは、

『確かに危ないですよ。でも、岩茸っていうのはこういう所にしか生えないのです。だから、貴重なんでしょう。漢方薬にもなるらしいです。一ノ瀬さんに会う機会なんて、滅多にありませんから、私が採ってやりますから、待っていてください』と、言うのです。私は慌てて言いました。

『私のためなら、採らなくてもいいです。こんな危ない場所なら命がけです。お気持ちだけで、結構です。本当に、それだけで十分です』

　私は、山脇さんを止めようとして必死で言いました。でも、山脇さんは、

『私が一ノ瀬さんに、自然に生えている岩茸を取って、渡すことなんて滅多にありません。一生に一回だと思いますよ。一ノ瀬さんには、年金のことでお世話になります。今の私にできることは、こんなことくらいです。お願いですから、私の気持ちを受け取ってください』

　そう言いながら、山脇さんは地面に寝そべりました。顔から、崖下を覗きました。私も寝そべって、下を見ました。滑落したら、明らかに命はありません。

山脇さんは、左手で傍にあった小さな木に摑まりました。そうしながら、少しずつ体を空中に張り出していきました。体の中で、腹ばいになって地面に接している部分が少しずつ少なくなり、その分、崖の上の空中にある重量が少しずつ増えていきます。山脇さんは体を垂直に折り曲げ、木を摑みながら、崖に沿って、体を少しずつ下げていきます。一センチメートルずつ手が岩茸に近づいていきます。見ている方も、ハラハラドキドキで、固唾を呑みながら見ていました。あと、二、三センチメートルのところまで近づき、それ以上は進まなくなりました。

山脇さんは、木を摑んでいた左手を、根元からあと数センチメートル上を持てば、右手が岩茸に届くと思ったようです。左手を上にずらしました。

その瞬間、空中部分に張り出した体の重みに耐えきれず、崖下に真っ逆さまに落ちていきました。もちろん、誰にも、どうすることもできませんでした」

一ノ瀬は、そう言うと、唇を嚙み締めた。下を向いて、黙った。

宇賀神警部補も、黙っていた。

やがて、頭の中の整理ができたのか、宇賀神は、脇に有った鞄の中から、何か出した。薄汚れた手帳を、一ノ瀬直登の前に置いた。そして、一ノ瀬にこう言った。

「これが、白骨となった山脇勉さんの、衣類のポケットから出てきたものです」

そして、あるページを開いて、一ノ瀬に見せた。
『平成12年1月28日
K社会保険事務所に電話する
あと何ヶ月納めれば、オレは年金がもらえるか？
年金番号をいう
11※※—※※※※※※
オレには年金を受ける資格がついている
すでに請求してあり、振り込まれている！
だれかが、オレの年金を受け取っているのだ!!』
これを見て、一ノ瀬直登は、顔が変形するほど驚いた。
沈黙が続いた。休憩を入れた。

第十五章　取調べ3

取調べが再開された。

宇賀神警部補は、頭から離れなかった事件について、どうしても確かめたかった。

「私が、K市に在職していた十年前、信用金庫職員で町田高行という男性が亡くなられた事件がありました。殺人事件と思われ、犯人らしき人物を、私はずっと追ってきました。でも、逮捕までには、至りませんでした。

つい最近まで、その可能性も探ってきました。

しかし、先程の大川さんと山脇さんとの事件を聞いているうちに、一ノ瀬さん、あなたは町田高行さんの事件にも、関係していると、私は直感しました」

そう言って、宇賀神は、いくつかの書類を一ノ瀬直登の前に差し出した。

大川富蔵と山脇勉の、二人の年金請求書があった。それと共に、それぞれホッチキスで留められた添付書類を横に置いた。

その中で、一番上にあったのは、代理人選任届だった。

「大川富蔵さん、山脇勉さん、この二人は国民年金を納めていましたが、途中でやめてしまいました。そして、驚いたことに、本人の知らない間に、第三者によって掛金が納付され、そして、受給の請求までが為されていました。

私は、同一人物の仕業だと睨みました。これは、シロウトではとても無理です。相

代理人選任届

代理人　住所　K市　　　　　　　　　　　（銀行員）
　　　　氏名　町田高行　　　　　　　　　（銀行員）
　　　　生年月日　　　　　　　　　　　　（銀行員）

上記の者を代理人に選任し、次の権限を委任したので、お届けします。
委任事項1．国民年金請求に関する一切の権限。

平成　　年　　月　　日

選任者　住所　K市　　　　　　　　　　　（年金請求者）
　　　　氏名　大川富蔵　　　　　　　　　（年金請求者）印
　　　　　　　（山脇勉）
　　　　生年月日　　　　　　　　　　　　（年金請求者）

K市長　　　　様

当年金に詳しい人間でなくては、できない。そう推測しました」

そう言って宇賀神は一ノ瀬を鋭く見つめた。一ノ瀬の顔から血の気が無くなっていた。

宇賀神は続ける。

「初めは、社会保険事務所の人間が怪しいと疑いました。年金の掛金を、本人に成り代わって納付できる立場にあるのは、社会保険事務所の人間であると思ったからです。その線で、捜査を進めていきました。

調べていくうちに、平成十四年三月までは、市の職員でも、社会保険事務所の職員と同じように、掛金を納めることができたことが、分かりました。

私はここで考えました。市の職員の方が社会保険事務所の職員よりも、住民票データを見やすい立場にあるということです。納付が社会保険事務所の職員と同じようにできれば、住民票の動きを詳しく把握できるのは市の職員であると気が付きました」

一ノ瀬は、最後の言葉で全てを悟ったようだった。

(宇賀神警部補は、俺が実行したシステムを、全て見破ってしまったのだ！)

宇賀神は、更に続ける。

「私はこの代理人選任届を見て、大川富蔵さんと山脇勉さんの事件には、あなたと亡くなられた町田高行さんが、絡んでいると推測しました。何故なら、今までの話の中で、あなたの計画には金融機関の人間が必要だったのです。年金は全て、口座振込です。本人が通帳を作ったのではないとすれば、金融機関の人が作成した、と考えられるからです。

信用金庫職員町田高行さんは、既に死亡しています。そうすると、自然とあなたに疑いを向けたくなるものです。一ノ瀬さん、あなたは町田高行さんの死亡事件にも、関係していますね。お話ししていただけませんか」

宇賀神警部補は、きっぱりと言った。

一ノ瀬直登は、宇賀神剛のこんな厳しい顔を、今まで一度も見たことは無かった。

一ノ瀬は、沈黙した。目を瞑った。時間が流れていく。

やがて、一ノ瀬直登は意を決した。逃れることなど決してできない！

宇賀神警部補の質問に、素直に従った。

「平成八年の六月に、私は初めて、町田高行さんとお会いしました。

市職員のボーナス支給月ですから、朝の市庁舎入り口や昼休み時間には、金融機関の方が積極的に勧誘に来ていました。さきほど話した、私の計画に必要だった金融機関の方が、町田さんであることはご推察のとおりです。町田さんには、本当に感謝しています。町田さんがいなければ、私のミラクル年金は存在しなかったと思います」

一ノ瀬の言葉に、宇賀神は突然、激怒した。

「そんな協力者を、あなたは殺したのですか！」

あまりの強い口調に、一ノ瀬はたじろいだ。身を縮めて、動かなくなった。

厳しい静寂な時間が流れていく。やがて、一ノ瀬は話し始めた。

「私と町田さんはうまくいっていました。町田さんは、私の言うことをよく聞いてくれました。私も町田さんにそれなりのお礼をしていました。二人三脚だったのです。

やがて、二人の、持ちつ持たれつの仕事も無くなりました。

私は町田さんに頼むことを、しなくなりました。自分の目標を達成したからです。

そんな状態が続いた或る日、私は町田さんから、二人で話がしたいから公園で会って欲しい、と言われました。二人でいるところを人に見られたくないから、うす暗くなった頃がよいとのことでした。私は、町田さんから指定された場所に、指定された時刻に行きました。会うと、町田さんは私に言いました。

『最近、年金の請求を頼まれないのですか？　以前、一ノ瀬さんから紹介された方には、全員が私の信用金庫を、年金の振込先に選んでいただきました。お陰様で、私は成績を上げることができました。厳しい獲得競争の中で、大変助かりました。本当にありがとうございました。私は、それなりに協力してきましたが、最近、一ノ瀬さんからお話がなくて、成績は芳しくありません。ノルマもあります。もちろん、一番の原因は、私にあります。私の力不足です。それは、よく分かっております。ここのところ暫く、新規のお客さんが取れない状況が続いております。誠に申し訳ありませんが、以前のように、一ノ瀬さんのお力をお貸しいただけないでしょうか?』

それを聞いて、私は言いました。

『私が初めて町田さんを見たのは、ボーナスの頃、預金獲得の勧誘をしている時でした。本庁舎の前で色々な金融機関の人が朝の出勤時にいました。

私が知る限り、町田さんは、毎日朝早くから来ており、一所懸命仕事をしていました。人柄も誠実で、親切で、信頼できる人に見えました。

私は、すべての金融機関の人を公平に接しなければならない立場にありましたが、町田さんの態度を見ていると、是非この人を助けてやりたいという思いが、心の中に強く感じました。それで、お声をおかけしました。

私は人に親切に接していたので、あなたに年金の請求を頼みたいと、窓口で市民の方から時々言われました。更に、こう言われました。あなたは良い人だから、もし知っている金融機関の人がいたら、あなたからその人に話していただければ、私はそこに年金を入れます。そうすれば、あなたは、その金融機関の人と一層仲よくなれるでしょう。あなたも市役所に勤めているから、金融機関の人を幾人か知っているでしょ。あなたに、お任せします。私は、こんなことくらいしか、あなたにお返しできません。私の気持ちを汲んでください、と。

そう言っていただいた方は、十人いました。その全ての人を、あなたに紹介しました。私は自分から、年金請求者に頼んだのではないのです。市民の方から言われて、あなたに紹介したのです。

その十人以降、誰からも、そういう話はありません。私の方から、そういう話をすることはできません。相手から、先に言われた場合だけです。最近、そういう人はいなくなりました』私が、そう言うと、町田さんは、

『一ノ瀬さんの方から、言うことはできないのですね?』と言うので、私は、

『私の方から言うことは、絶対にできません』と、答えました。

すると、町田さんは『そうですか。分かりました!』と怒ったように言いました。

だから、私は言い返しました。

『特定の金融機関の人に、便宜を図ることはできません。公務員は、公平にやらなけ

ればならないのです』と。

すると、町田さんは『そう言っても、あの十人については、私に回してくれたじゃないですか。便宜を図ってくれたじゃないですか！』と、言うのです。私も熱くなってしまい、『そういうことを言うのですか！　私の親切を仇で返すのですか？』と、言ってしまいました。お互いに熱くなっていますから、町田さんは、『仇で返す？　自分だって、市民から喜ばれ、感謝されたじゃないですか！　仇で返すという言い方には、私は頭にきました。あなたは、公平な公務員ではない！』

そう言って、突然立ち上がり、背中をこちらに向けて、足早に帰っていきます。私は、公平な公務員ではない！と言われたことに頭にきて、町田さんを追いかけていきました。町田さんのためにやったのに！　二人とも、駆け出していました。

突然、町田さんが急に止まって、こちら向きになりました。何か言おうとしたみたいです。私は勢いよく走っていたので、急には止まれず、町田さんに突進してしまいました。町田さんは、こちら向きのまま、体のバランスを失い、倒れました。後頭部から地面に落ちました。運悪く、後頭部を砂場の縁のコンクリートに、ぶつけてしまいました。私は、直ぐに傍に行きました。町田さんは、意識が全くありません。私は、町田さんの鼻や口の辺りに私の手をもっていき、息を確かめましたが、全然感じられませんでした。死んだと思いました。

どうしようかと考えましたが、怖くなって、逃げました」

一ノ瀬直登は話が終わると、下を向いて黙った。

今までじっと聞いていた宇賀神警部補が、言った。

「現場で倒れていた町田さんの爪と指の間に、正体不明者の血液と皮膚が入っていたのが、確認されました。調べた結果、正体不明者は、一ノ瀬さん、あなただということが、分かりました」

宇賀神警部補は、問い詰める目で、厳しく一ノ瀬を凝視した。この意味を説明せよ、と言っているかの様だった。はたまた、町田と一ノ瀬がもみ合って争っている最中の出来事だったのでは?と、疑っているかのようにも取れた。

一ノ瀬は、緊張した面持ちだったが、澄んだ目で答えた。

「町田さんは倒れながら、無我夢中で、私の腕を摑みました。その時摑んだ爪で、私の腕から出た血液と皮膚です」

宇賀神は、これ以上は、この件で追及しなかった。

次の質問をした。

「町田さんは亡くなられた日の夕方、公園内の木立の中で男性と口論をしているのを、近くを歩いていた人から、声を聞かれました。辺りが暗かったので、顔は分からなかったが、声は町田さんで間違いはないと、証言者は言っています。町田さんが『年金の振込先……』、『私は、協力してきました……』と言ったのを断片的に記憶しているそうです。あなたが今、話していただいた内容を、裏付けるものになります」

宇賀神警部補は、そう言うと、傍に置いてあった鞄から書類を取り出した。そして、一ノ瀬の前に広げた。一ノ瀬は、思わず叫んだ。

「あっ、これは！」

「見覚えがありますよね。あなたの家の中から見つかったものです。難しい表です。かなり、年金を熟知した人が作ったものだと感じました。一ノ瀬さん、この表を説明していただけませんか？」

宇賀神が一ノ瀬の前に置いたのは、『年金収支計算表』だった。（※本章、最終ページ）

「ああっ、これは！　……、……。私の夢でした」

一ノ瀬直登は、この年金収支計算表について、宇賀神警部補に丁寧に説明する。

《名前あ》は山脇勉であり、《名前い》が大川富蔵であった。

《名前あ》を例に説明。今までに２４０月納付している。受給資格を満たすのは３００月なので、あと60月が必要。５年分を支払う。60歳で過去２年分を一括納入。それから３年納めて63歳から受給する。満額の65歳までには24月ある。65歳より早く受給申請すると、１ヶ月につき０・５％ずつ減額される。

24月早く受け取るので、０・５×２４＝１２。12％減額されるので、満額の88％の額が支給される。

損益分岐点は、７３８，０００÷４３２，０００＝１・７１年。

１２×１・７１＝２０・５２月。これより多い21月受け取れば利益となる理屈である。

この年金収支計算表は、受給資格が付けば直ぐに申請することで計算した）

やがて、一ノ瀬は言った。

「私が、Ｋ市役所の年金係に在職していたのは、平成七年四月から十四年三月までの七年間でした。その後、納税課に異動し、それから、市民課に異動しました。ずっと住民票を見られる課にいました。対象者の生存確認が何時でもできましたので、助かりました」

沈黙が流れた。一ノ瀬の話をじっと聞いていた宇賀神が言った。

「あなたが、自分で立てた計画のために、町田さん、山脇さん、大川さん、三人もが亡くなってしまいました。裁判をしてみないと、どういう結果になるのか、私には分かりません。お話を聞いていて、あなたのやっていたことは、いつか暴露すると思いました。その時には、残りの八人のあなたの仲間たちも、死ぬ運命にあった、と思いませんか！」

宇賀神警部補は厳しい口調で、一ノ瀬を問い詰めた。

一ノ瀬はその迫力に押し黙った。静かな時間が流れた。やがて、一ノ瀬は口を開いた。

「確かに、ミラクル年金の仲間たち十人のうち、二人が死んでしまいました。残りの八人については、私は本当のことを話すつもりでした。

このまま放っておけば、今まで納めてきた年金掛金が無駄になってしまう。本人には、全く還元されない。それなら、私が本人の代理となって、受給資格が付くまで納める。そして、本人の代理で年金を請求して受け取る。

もし、本来の権利者が、私の前に現れたら、私はその人とバトンタッチする。本来の権利者は、その時点から再出発する。再出発する時点で、お金の精算をする。私が今までに、本人の代理で支払ってきた金額を合計する。私が今までに、本人の代理で受け取ってきた金額を合計する。そして、その差し引きをして、精算額を出す。二人だけの関係ならば、本来の権利者が、本来の形で年金を受給できるように戻す。

一番簡単に済む方法は、口座の振込先を本来の権利者に変えるだけで、大丈夫かもしれない。私と本来の権利者との話し合いが纏まれば、それでうまくいく。うまくいかなければ、二人の間での交渉になると思いました。最終的には、お金次第になると思いました」

「あなたは、そう思っていたのですか!?」と、宇賀神は興奮して言った。

一ノ瀬は、ほとんど動揺せずに答える。

「私は、掛金を本人の代理で、ずっと納めてきました。時間と労力も、けっこうありました。それだけでなく、年金を請求する際に必要だった戸籍や住民票を集めたり、請求書に金融機関から口座番号が正しく書かれているかどうかの確認印をもらったり、そういう手間もありました。

そういったことが、口座変更届の提出だけで済むかもしれない、と思いました。

もしそういう機会が来たら、私は本来の権利者に言います。お互いに絶対に第三者には言わない。誰にも言わずに黙っている。そうすれば、事が穏便に収まる。本来の権利者も、自分が年金を支払っていなかったことが、世間一般の人に知れ渡らずに済みます。国民年金を未納だったことが、白日の下にさらされずに済みます、と」

宇賀神は呆れた顔をして、聞いている。一ノ瀬は、続ける。

「国民年金の制度ができたのは、昭和三十六年です。それから、全国の市町村職員では、何万人、何十万人もの職員が国民年金の仕事に携わってきたのか、分かりません。私のような考えを持った人が、いたかもしれません。あるいは、実際に実行した人もいたかもしれません。もし、実行していたとしても、実行者と本来の権利者の間でうまく話が纏まり、表沙汰にならずに水面下で収まっていた、そういうことも考えられます。こればかりは、当事者以外には誰にも分からない部分です。

私が、この案を思い付いた時には、ねんきん特別便の事は夢にも思いませんでした。これさえ無ければ全てがうまくいった！と、今でも、思っています。その頃の状況がどんなものであったかは、テレビや新聞などで報道されていたとおりです」

一ノ瀬直登の話は終わった。

繰上支給率 （%） 100－0.5×B	支給額 C	損益分岐	80歳までの 受取月数 D	80歳までの 受取額 C÷12×D
88	432,000	21月	204	7,344,000
89	436,900	21月	202	7,354,483
89.5	439,400	22月	201	7,359,950
90.5	444,300	22月	199	7,367,975
92	451,700	23月	196	7,377,767
93	456,600	23月	194	7,381,700
94.5	463,900	24月	191	7,383,742
95.5	468,800	24月	189	7,383,600
98	481,100	25月	184	7,376,867
－	490,900	26月	180	7,363,500
－	4,565,600	－	－	73,693,583
92.22	456,560	23.1月	194	7,369,358

年金収支計算表

名前	受給資格を満たすまでの月数　A	納付額 12,300×A	支給開始年齢	減額月数 B
あ	60	738,000	63歳	24月
い	62	762,600	63歳2月	22月
う	63	774,900	63歳3月	21月
え	65	799,500	63歳5月	19月
お	68	836,400	63歳8月	16月
か	70	861,000	63歳10月	14月
き	73	897,900	64歳1月	11月
く	75	922,500	64歳3月	9月
け	80	984,000	64歳8月	4月
こ	84	1,033,200	65歳	―
合計	700	8,610,000	―	―
平均	70	861,000	63歳10月	15.6月

計算上、納付額は全月12,300円、支給額満額はすべて785,500円とする。
減額月数は、繰上げ請求月から65歳到達月の前月までの月数
支給額は、785,500÷480×300×繰上支給率
損益分岐は、納付額÷支給額を月単位に切上げたもの。この月数以上受給すれば、利益になる。

第十六章　平成のネズミ小僧

平成二十一年一月十七日　A新聞
（見出し）厚生年金の天引き保険料
「ネコババ」３５００件　計３億円
（記事抜粋）厚生年金の保険料を従業員の給料から天引きしながら、事業主が社会保険庁に納めなかったケースが昨年９月までに、３５０７件、計約３億円分見つかった。厚生年金の「消えた年金」を救済する特例法に基づき、法施行の07年12月〜08年９月の状況を社保庁が16日、国会に報告した。
このうち２２７４事業所がすでに納付に応じ、計約1億９千万円の保険料を納めた。
厚生年金の保険料は従業員と事業主の折半。特例法では、総務省の年金記録確認第三者委員会のあっせんに基づいて被害者に年金を払うとともに、徴収の時効（２年）が成立した保険料についても事業主に納付を求める。

平成二十一年一月二十某日　X新聞

（見出し）K市役所職員　三人を殺害か？

発端は、ねんきん特別便？

前代未聞の成り済まし殺人事件？

（記事抜粋）K市役所職員一ノ瀬直登は、市民三人の死亡事件の現場にいた。どこまで関与か？　すべて国民年金に関わる事件だった。二人については、国民年金掛金を本人に成り済まして納め、成り済まして受給していた。他の一人については、国民年金請求に係わる内輪もめが原因と思われる。

ここ数日、K市役所職員一ノ瀬直登に関わる死亡事件が、新聞やテレビを賑わせている。その実態が明らかになるにつれ、大きな社会問題となっていった。

K市役所には、多くのマスコミが取材に訪れた。数年前の夏、日本一の暑さを記録して以来のことである。

一ノ瀬直登は勾留された。

一ノ瀬は、母のことを思うと、胸が苦しくなり、涙が止め処無く流れていった。

(お母さん、申し訳ありません。こんなことで、私の名が世間に知れ渡ってしまいました。もっと、立派なことで有名になれば良かったのですが……。ここにいて、私の頭の中にあるのは、お母さんのことだけです。お母さんの身体のことだけが、とても気がかりです)

勾留期間中、K市役所国民年金係にいた頃の思い出が、一ノ瀬の頭の中を次々と通り過ぎていった。

ミラクル年金が成功するまでの一ノ瀬の趣味は、有名ではないが、安くておいしい酒を探し出すことだった。これが見つかると、一ノ瀬は宝物を掘り出したかのように嬉しかった。

ミラクル年金が軌道に乗ってくると、今まで行ったことのなかった高級な店に、たびたび通うようになった。

初めのうちは好奇心で、ワクワクとした気持ちで飲んでいた。だが、次第に、それが自分の性に合うのか、疑問を抱くようになっていった。

ある時、一ノ瀬は酒に酔いながら、ホステスに言った。

「お姉さん、国民年金は、ちゃんと納めておいた方がいいよ」

「えっ、こんなことを言うお客さんは初めてよ！　国なんか、信用できないわよね」と、ホステスは答えた。一ノ瀬は、更に言う。

「国を信用しなくてもかまわないけど、国民年金は信用した方がいいよ。余程のお金持ちでない限り、年を取ったらみんな、年金を頼るようになるのさ。その時、もらえなかったら、たいへんだからね。世の中、最後は皆、一人ぼっちになってしまう。貧乏になったって、定期的にお金をくれる人なんか、誰もいませんよ」

「まあ、あなたは社会保険事務所の役人なの？」と、ホステスは怪訝な顔で、一ノ瀬を見る。

「いやっ、決してそうじゃない。年金がもらえなくて、惨めな人の話を聞いたからさ」と、一ノ瀬は答えた。

「誰が言っていたの？　政治家？　政治家なんて、私たちと同じよ。いやっ、私たちよりずっと嘘をつくのがうまいわ！　でも、同じ接客業でも、私たちに無いものを持っているわね。お金とプライドよ！」

「はっはっは、うまいことを言うなあ」と、一ノ瀬は笑った。

一ノ瀬は、また、こんなことも思い出した。

ただ、この事が、その後の一ノ瀬の行動に大きな変化をもたらしたのだ！

年金係にいた或る日のこと、何気なく窓口の方を見た。かなり年老いた女性がカウンターの側に立っていた。

一ノ瀬は急いで駆け寄って行った。そして、訊ねた。

「国民年金の関係でよろしいですか？」

「掛金を納めに来ました」と、女性は答えた。

腕は棒のように細く、それに皮がくっ付いているという感じだった。顔から見て、七十歳を超えているように思えるが……。

（掛金を納めに来た？　この年齢では、『今月分の年金がまだ振り込まれていません』か『現況届のハガキが送られてきません』。それが、圧倒的に多い問い合わせだ。もしかしたら、本人は七十歳未満で、特例高齢任意加入で納めているのかもしれない）

一ノ瀬は、そう思いながら尋ねた。

「ご自分の分でよろしいですか？」

「いや、私はとっくに年金をいただいております」と女性は笑った。そして答えた。

「息子の分です」

（やはり）と、一ノ瀬は納得した。

女性は信玄袋の中から、ビニールにくるまれた納付書とお金を取り出し、カウンターの上に置いた。

「はい、お預かりします」

そう言って、一ノ瀬は事務的に年金を納める手続きをした。

だが、心の中で思った。(こんな年老いた母親に、わざわざ年金を納めに来させるなんて！　どういう息子なんだろう？　納めているということは、障害年金をもらっている訳ではない。それなら、健康な人間だということだ。そんな人間が、こんなことを自分の親にさせるなんて許せない！)

一ノ瀬は処理を終えて、自分の席に戻った。

すると、同じ係の野崎が一ノ瀬のところにやって来た。そして、「相変わらずに、納めに来ているんですね……」と、切なさそうに言った。

それに対して、普段おとなしい一ノ瀬が、思わず声を荒げて尋ねた。

「どういう息子なんですか！　自分の年老いた母親にお金を納めに来させるなんて」

野崎は一瞬沈黙した。それから、静かに答えた。

「あそこの家の息子さん、新聞に載ったんです」

「なぜですか？」と、一ノ瀬は驚いて、目が大きくなった。

「行方不明になってしまったのです。警察も近所の人も、みんな絶望だとみています。でも、あのおばあちゃんは、自分の子供ですから、きっと帰ってくる、と言ってきかないのです。周りの人が、いくら言ってもだめで……。もう、誰も何も言わないのです。今は、たった一人で暮らしています。自分の僅かな国民年金の中から生活を切り詰めて、息子が帰ってきたら国民年金がもらえるようにと、お金が貯まると市役所に持ってくるのです」

野崎は、やるせない思いで下を向いた。

「そうだったんですか……。知らなかった……」

一ノ瀬は、胸が痛くなった。何とも言えぬ物悲しさが、急に込み上げてきた。目を瞑った。老母の骨と皮ばかりとしか言いようのない、二本の腕が頭の中に蘇った。

(俺は何をしていたんだ！　年金でも税金でも大きな器は同じだと思っていた。庶民の僅かなお金を国が吸い上げ、住専や不良債権処理に、そのお金を回している。国庫金なんて、そんなものだと思ってきた。でも、この年老いた女性のように、自分の息子を信じ、お上を信じ、すべてを捧げている人だっているんだ！

俺は、このままで良いのか!?　今のままで満足か？　俺が作り上げたミラクル年金の中には、あのおばあちゃんの、せっせと貯めたお金も入っているかもしれない。こんなことで良いのか！　……、……。俺が、こんなことを甘受できるはずがない！

そうだ、そんなことは分かりきっている。俺の本質ではない！）


また、一ノ瀬は、ある日、テレビ番組に『大塩平八郎』が載っていた時のことを思い出した。

（そういえば、昔、俺は大塩平八郎のテレビを見た。そして翌日、その素晴らしさを職場に行って話したことがあった。そしたら、近くにいたエリートが俺を反逆児と告げ口した。俺はそれ以降、冷や飯を食い続けてきた。苦汁をずっと舐めてきた……。大塩先生は本当に立派なお方だ。また、放映される。是非、もう一度拝見しよう）

一ノ瀬はテレビ番組を見て、またも大いに感動した。その弱者救済の行動力に、改めて深い感銘を受けた。飢えに苦しむ庶民を一向に救済しようとしない役人社会に、死を懸けて戦い挑んだ。そして密告により幕府軍に情報が伝わり、志半ばで息絶えた。

そして、また、解説者の言葉にも胸に突き刺さる思いを感じた。その解説者は、元公務員で、現代作家として活躍している人だ。氏は言った。

「今の時代、あれだけの人、自分の命を捨ててまでやる人物はいない。それは時代の変化だ。社会や文明の進歩によって、人の価値観や社会の環境・状況は変わった。

しかし、今の時代でも小さな大塩平八郎はいる。うまく世渡りして、上を目指す人は多い。しかし、腐敗した組織を、自分だけでも少しずつ変えていこうという心を持っている人間も多数いる。目立った行動はなかなかできない。自分のできる範囲でがんばっているのが現状だ」

二、三日後の新聞で、テレビ番組『みんなの声』欄に、大塩平八郎のことが大きく取り上げられた。

『今の公務員に大塩平八郎のような者はいないのか！』

『本当に惜しい人物だ！』

『今の時代に正に必要な人だ！』

大塩を讃える多くの国民の声が掲載されていた。

一ノ瀬は、それらを読んでいると、胸が詰まった。

（当時、権力の座にあるエリート役人たちが、己の利益や保身ばかりを考えていた。少しでも体制に意見を言えば逆賊として扱われ、組織を挙げて徹底的に潰しにかかった。公務員の本質は二百年前とまったく同じだ。今も昔もちっとも変わっていない！あの時代、心ある志士たちが、困っている人たちを助けようとし、社会の不公平と戦い、そして死んでいった！

俺の今まで考えてきたことは……。俺は、なんてちっぽけな人間だったんだ。このままではいけない！　何かをしなくては！　いったい、何をすれば良いのだ？）


そんな頃、一ノ瀬はラジオのスイッチを入れた。ニュースが流れた。

『倒産した大手デパートを救済するために、税金が１５００億円投入されることになりました。これについて、あなたは、どう思いますか？』

アナウンサーが街頭で市民に意見を聞いた。

『どうなっているんですか！　私たちの血税がこんなことに使われるなんて！　明らかに犯罪ですよ。何億円もの給料をもらいながら、会社を潰し、海外に自分の隠し財産をつくっている。会社への背任だけでなく、国民への背任ですよ。よくノコノコ平気でいられますね！』

『ふざけるんじゃねえぞ！　中小企業の経営者は、はるかに小さな小さな金額さえ工面できずに、自殺しているんだぞ！　俺のオヤジも一万分の一でも公的資金を投入してくれたら、死なずにすんだんだ。大企業の社長なら国は助けてやるが、中小企業なら死ねというのか！』

『もう税金なんて支払いたくないですね！　まあ、私もある程度の所得がありますから、国民の義務として納めますよ。それは、制度がそうであるからだけじゃないんです。私も小さい頃、貧乏で、国からの援助で育ててもらったのです。国は有り難いものだ、税金は弱い人たちを守ってくれるものだ、と信じてきたのです。

今、この年になって昔の恩返しに、恵まれていない人たちのために、少しでも私のお金が還元されてくれれば良いが、そう思って納めているのです。今余裕の有る私が、今余裕の無い人たちに、国が仲を取り持って渡してくれるものだと、思ってきました。子供の頃、私がそうされたように、国がそうしてくれるものだと信じてきました……。

それなのに、エリートとして何の苦労もなく育ち、思う存分蓄財してきた人間の財産を守るために、私のお金が使われてしまうのですね。私がどういう気持ちで国家に納税しているか、分かりますか！』

（これだ！　俺の為すべき事が分かった！　今余裕の無い人たちに、国が仲を取り持って渡してくれる！　正に、俺の考えとピッタリだ！）

一ノ瀬直登は、今、勾留の身になっている。

自分が公金横領と言われているらしいと聞いた。憤慨した。

（俺が公金横領した？　確かにそうかもしれない……。それなら、ゴマすりやコネづくりに全力投球し、それのみで高いポストにつき、市民のために働かず、高額な肩書き料を分捕っていくヤツラは、公金横領ではないのか！

形だけの役職をつくり、ろくな仕事もしないで時間を潰して帰るだけの人間はどうなるのだ！　必要もない海外旅行を計画し、同じ人間が何度も税金で行っている。それらは公金横領とは言わないのか！　俺よりも、正々堂々と公金横領しているのに！

俺は、今まで、真面目にやればやる程バカをみてきた。蟻地獄に落ちていくようだった。世渡りのへたさを悔いてきた。世渡りの巧すぎる人間を、陰で批判する人は多い。だが、そういう人間と面と向かって戦う奴なんて滅多にいない。誰もが巧みな社交家を陰で非難するが、誰もがそういう人間とは、正面から戦いたがらない。それは、この社会は、人間関係の方が汗水垂らした努力よりも、具体的な力となることを知っているからだ！

それを俺は実体験し、いやという程味わってきた。本当に身に染みて分かった！）

世間ではここ数日、テレビや新聞で年金成り済まし事件のことが話題になっている。

一ノ瀬直登への風当たりが強くなっていることを、自ら想像していた。一ノ瀬は、食事も喉を通らないくらい、考え込んでいる。

（俺なんか、どうなってもいい！　でも、お母さんは！　最愛の母上様に対して、俺は、とんでもない苦しみを味わわせてしまった！　俺を、ここまで育ててくれて、本当にありがとうございます。今、俺が死ねば、書類送検されても、被疑者不在で不起訴となるはずだ。呼称も被疑者どまりで、犯人と呼ばれることはない）

一ノ瀬直登は、K社会保険事務所の花香良子のことを思った。

（ああっ、彼女に、もう一度会いたかった！）

一ノ瀬は想像した。

（自宅の天井に、良子と自分の大きな写真を貼る。良子には、白無垢を着せる。自分には、純白の羽織袴を着せる。秩父の地酒を、たっぷり飲む。部屋を暗くする。懐中電灯で、良子と俺を、ライトアップする。バックに『あなたの心に』と『快傑ハリマオの歌』が流れる。その夢心地の中で、眠りにつく。これで、俺は快く死んでいける）

一ノ瀬直登は、拘留の中で自殺。

一ノ瀬は亡くなるまでずっと、未換金の当選宝くじは、国庫金になると信じて疑わなかった。宝くじ公式サイトには、次の様にあった。

時効当せん金は、宝くじの収益金と同様に、全額、発売元である全国都道府県及び

20指定都市へ納められ、収益金とともに公共事業などに役立てられます。

死後、一ノ瀬が銀行に、貸し金庫を持っていたことが分かる。

その中から、かなり使いこまれた一冊のノートが見つかった。時々書きながら涙を落としたのだろうか。濡れ跡が所々に有り、厚さが二倍くらいに膨れ上がっていた。

そこには、今まで真面目に生きてきたが、恵まれない人生を余儀なくされた人たちのことが書かれてあった。皆、年金関係のことだった。おそらく、一ノ瀬直登が国民年金係で働いていた頃に、見聞きした体験に基づいて、記録したものだと思われる。

その中には、法律の上では救われない人たちの例も、幾つか書かれてあった。それは、年金担当者がどうにかして助けてやりたいといくら思っても、法的には、どうにもできないものである。制度として、誰にも助けてもらえず、一円の金銭ももらえず、処理せざるを得ない人たちだった。

事例1

ある若夫婦がいた。妻は「今、体調が悪く薬を飲んでいるので、子供をつくるのを少し待ってください」と、必死で夫に頼んでいた。だが、夫は激しく言った。

「直ぐに欲しい。僕との愛情が本当なら、今、是非欲しいんだ！　証拠をみせてくれ。二人の愛の結晶じゃないか！」

嫌がっているのに、強引につくってしまった。妻は妊娠したが、気が気でならなかった。悩み苦しんだ。そして、産んだ。その子は、重度の障害があった。夫は後悔の念もあったが、これから先の苦労の重さに、恐れおののいた。この妻と子を置いて、若くて美しい女のもとへ、行ってしまった。

妻の涙の訴えも吐き捨て、夫は一方的に離婚し、若い女と再婚した。残された妻と子は、特別児童扶養手当と母子家庭手当、それに妻の実家の年老いた両親が、老体に鞭打って得た僅かな援助によって、息を繋いでいた。

やがて子供が二十歳になり、障害年金の請求に市役所を訪れた。母と子の二人で来た。子は多量の副作用による出産であることは、自明だった。母は祖母に見間違えるほど、疲れ果ててやつれていた。

実家の年老いた祖父母も勤め先を解雇された。その分の家計費を補うため、母は幾つもの職場で、パートとして身を粉にして、働かなければならなかった。

事例2

夫と死別した、美人の子連れの女性がいた。女性は再婚する気は、毛頭無かった。そこへ、ある男が現れた。その男は、余りにもしつこく結婚を迫ってくるものだから、女性は男と再婚した。すると、男は生来の女癖が出て、次々と浮気していった。妻はどうにも我慢できなくなり、離婚した。

女性は思った。最初の夫は、私と子供のことを本気で思ってくれた。二番目の夫は、子供が周りからいじめられているのを見て、俺が守ってやると言ってくれた。それで、私は再婚した。そしたら、とんでもない男だということが分かった。こんな男が父だなんて、この子はかわいそう。おまえの、本当のお父さんは立派な人だった。再婚した男、あんな男が父だなんて、はずかしい！　女好きのあんな男が父であるはずがない！　そして、離婚したのだった。

この女性は、遺族年金を一生もらえないのか？　いったん再婚してしまうと、すぐ離婚しても、二度と遺族年金は受け取れない。そういう決まりになっている。

もう、経済的にも精神的にも私はくたくただ。子を思う母の気持ちからとはいえ、私は再婚した。私が悪いのは分かっている。罪の意識で、もう働く気力も何にも無い。自殺して最初の夫のもとへ行きたい。最近、私は、ずっとそう思っている。でも、私が死んだらこの子はどうなるの？　たとえ裁判で僅かの慰謝料や養育費をもらえたとしても、法律上遺族年金がもらえることは二度と無い！

私は自殺しても償えないくらい、悪いことをしてしまった。最初の夫に対しても、子供に対しても！

事例3

ある障害者がいた。彼女は難産の末、医者から引っ張り出されて生まれた。生まれつき小児麻痺で3級程度の診断なため、1、2級に該当せず障害年金は受給できない。やがて結婚し、障害児を産む。親子そろって障害者となった。

子供は中学を卒業して働くが、職場で周りの人たちからバカにされ、長く続けて働けなかった。母親は働く意思があっても、誰がどう見ても働ける身体ではない。

彼女は思った。少しでもいい、働ける身体に生まれたかった。たとえ、わずかでもいい。やっと食べるだけの収入でもいい。自分で働いて、自分で稼いで、遣り繰りしてみたかった。私は一度でもいいから、そういう喜びを味わってみたかった。自分には、いくら働く意思はあっても、雇ってくれる所なんて一つもない。職業や働き口を選り好みしている人はぜいたくだ。雇ってくれさえしてくれたら、どこでも一所懸命働きたい。この身体では、使う方も心配になり、どこも雇ってくれない。

子供は、二十歳になった。不幸は重なった。子供が免除の申請をたまたま出し忘れた時に、交通事故に遭ってしまった。そのために、障害年金の納付要件を満たさなくなり、請求できなくなった。


このあとにも、不幸な事例は続いた。

そして、内容ごとに百万円単位の金額が記載されていた。

恵まれない人たちへ、お金を渡す計画が事細かにしるされていたのだ。


ノートと共に、ワープロで書かれた手紙も見つかった。一ノ瀬直登が、作成したものだった。

『はじめまして
私は、あなたのことを少し知っている者です。

あなたは、せいいっぱい生き、がんばってきました。しかし、世間では不幸なことばかりにあってきました。私も、ずっと同じ思いをしてきた人間です。

世の中は、だれかがそういう人たちを助けてやらなければならないのです。私も、昔、名前の知らないだれかに、そうしてもらったことがあります。

今、私にそうすべき番がきました。

このお金は、私のほんの気持ちです。どうぞ、安心して使ってください。本当にそうしてください！

それだけを、私は心から望んでいるのです。

平成のネズミ小僧より』

警察官宇賀神剛は、疲れた足を引きずり、一人暮らしの我が家に辿り着いた。

頭の中には一ノ瀬直登との思い出……、K市役所市民課で初めて会った時のこと、スナックで宇賀神がセーラームーンを歌っているのを一ノ瀬に見られたこと、ばったり会って飲み屋で二人で飲んだこと、取調べ……、次々と脳裏に蘇ってくる。

現場の警察官が、日本を支えているのです。

縁の下の力持ちは、ずっと縁の下の力持ちで終わるのです。

ミラクル年金……

ああっ、一ノ瀬直登よ、
あなたには、他のことに、頭を使ってもらいたかった。

庶民の、安全と幸せのために。

私は、あなたと一緒に、仕事をしたかった！
一ノ瀬直登の自殺に、母は泣き崩れた。
ああ、直登よ！　おまえは私の最高の宝物。
死んだお父さんに、見せてやりたかった。
お父さんが、おまえの心をつくったのだ！
これが最高の財産さ。
もっともっと、生きていて欲しかった。
私のために、そして困っている人たちのために！

著者プロフィール

紋手 久里人（もんて くりひと）

埼玉県立熊谷高校、埼玉大学を卒業。
平成年間に埼玉県内の市役所を定年退職。
本書が初出版。

ミラクル年金の功罪

2023年１月15日　初版第１刷発行

著　者　紋手 久里人
発行者　瓜谷 綱延
発行所　株式会社文芸社
〒160-0022　東京都新宿区新宿１－10－１
電話　03-5369-3060（代表）
03-5369-2299（販売）

印刷所　株式会社暁印刷

ISBN978-4-286-27055-5　JASRAC　出2207506－201